쓰뭉 선생의 좌충우돌기

강병철의 교육 에세이
쓰뭉 선생의 좌충우돌기

초판 1쇄 인쇄 • 2008년 2월 15일
초판 5쇄 발행 • 2013년 2월 1일

글쓴이 • 강병철
펴낸이 • 황규관
편집장 • 김영숙
편집 • 노윤영 윤선미
총무 • 김은경

펴낸곳 • 도서출판 삶창
출판등록 • 2010년 11월 30일 제2010-000168호
주소 • (121-838) 서울시 마포구 서교동 355-22 우암빌딩 4층
전화 • (02)848-3097
팩스 • (02)848-3094
홈페이지 • www.samchang.or.kr

ISBN 978-89-90492-56-2 03810

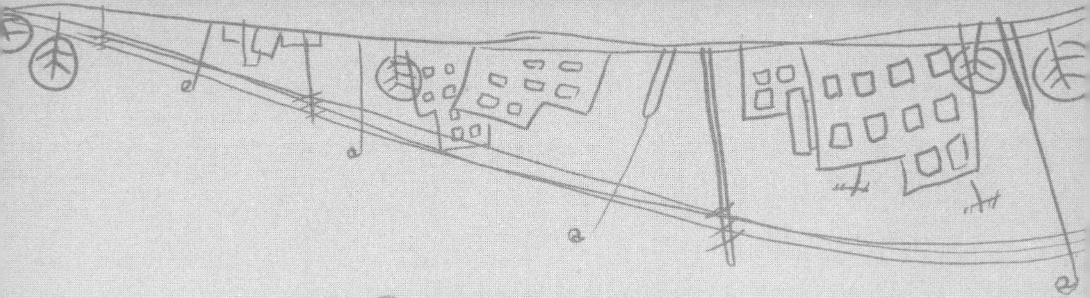

강병철의 교육 에세이

쓰웅 선생의 좌충우돌기

삶창

I 차 례 I

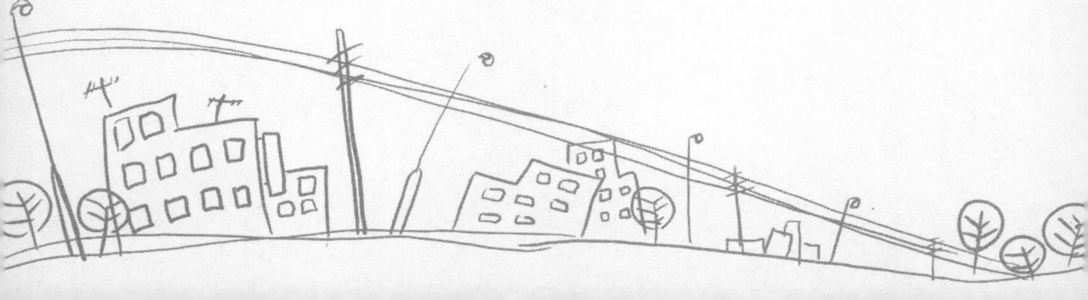

3 꼴찌에게 갈채를

4 잘 있었나, '70-80 초상들'이여

| 머리글 |

뜨거운 가슴으로

젊은 날, 그런 스승의 모습을 꿈꾸었던가. 종소리 울리는 계단이나 운동장 후미진 구석 어디쯤이었을 게다. 쏟아지는 저녁놀 그리고 사내아이 계집아이 함께 모인 그 자리에서 오그르르 옛날 얘기에 빠진 늙은 교사의 파안대소 풍경이다. 털지 않아도 풀풀풀, 먼지가 뭉게구름처럼 솟구치는 사랑의 공동체를 그리던 그때의 나는 어지간히 순수했었다. 시장 골목을 돌아오면서 '선생님' 하고 부르는 소리에 자르르 가슴 설레며 자전거 페달을 멈추기도 했던가.

혁명을 품던 청춘도 있었다. 이상과 현실의 간극으로 번민하며 비로소 세상의 실체를 체득하던 아픈 젊음이었다. 분하다. 공든 탑 푸른 꿈들을 잘근잘근 짓밟던 군홧발 시국의 기억이 밥풀처럼 붙어 다니기 때문이다. 도심 한 복판으로 호루라기 불어제끼면 하수구에 숨었던 자라목들이 일제히 뛰쳐나올 것만 같아 밤마다 숨고르기에 지성을 모았다. 그 어금니 갈던 혼돈 속에서 학교를 쫓겨난 것도 당연한 숙명이다. 이제는 '누님 같은 꽃' 이 된 예전의 '두고 떠나온 소녀들' 이 오래도록 감싸주기도 했다.

마침내 책에 빠지기도 했다. 돈도 명예도 모두 부질없으므로 오로지 책만

이 인생의 전부라고 우기던 관념의 세월이다. 활자판들이 떼거지로 몰려와 상처받은 공복의 자리를 포만감으로 채워줄 것이라고 굳게 믿었다. 술 먹는 시간을 빼고는 당연히 날마다 책과 씨름했다. 도서관에 처박혀 글자 수를 맞추다가 동트는 새벽을 맞이하면서 가슴을 부풀리기도 했던가. 그러다가 공허함에 시달린 것이다. 그해 늦가을 파릇파릇하던 총기의 흔적들이 쏜살같이 빠져나간 이유를 나는 잘 알고 있다.

장년이다. 분필 밥에 파묻힌 지 어언 기십 년. 강산이 몇 차례 바뀌었지만 나는 여전히 예전의 그 거친 버전으로 살아간다. 아카데믹과 관료의 반열에 선 벗들이 킬킬대며 귓밥을 후비는데 나는 아직도 운동장 모래알로 남아 '안고 드잡이' 에 취해 있다. 아이들은 내가 청소를 맡거나 시험 감독에 들어가면 키득대거나 박수를 치곤 해서 민망하게 만든다. 그 해맑은 미소조차 경계하는 나는 필시 '대인기피증' 일 게다.

핸드폰을 구입하기로 마음만 먹는 중이다. 빨랫비누를 집어던지고 샴푸로 머리를 감기 시작하면서 머릿결의 차이를 확연히 느낀다. 현금인출기에 카드를 넣으며 자본주의로 체화되는 장년의 사내는 이따금 순결을 확인하러 아랫도리를 훑어보기도 한다. 화들짝 놀라 아파트 텃밭에서 저녁놀에 취한 채 아, 하는 감탄사를 내뱉는다. 붉게 탄 겨울 하늘이 산그늘 아래로 쩌렁쩌렁 무너진다. 슬프지는 않다. 그런데 베란다에 앉아 있으면 자꾸 눈물이 흐른다.

여덟 번째 출간인데도 여전히 출산의 설렘에 시달린다. 어깨가 아파 게시판 못질도 망설이면서 마음만은 팔팔 올림픽 시절 막바지 젊음처럼 팔팔한 줄 알고 있다. 어쩔 수 없이 더 뜨거워야 한다. 서리 내린 머리칼과 굽은 등의 새로움을 첫사랑의 설렘으로 맞이해야 한다. 그게 인생인 줄 알면서도 무시로 가슴이 서늘하다. 배추 뿌리 뽑혀진 자리 너머 넘실거리는 억새풀 탓이다.

2008년 2월

강병철

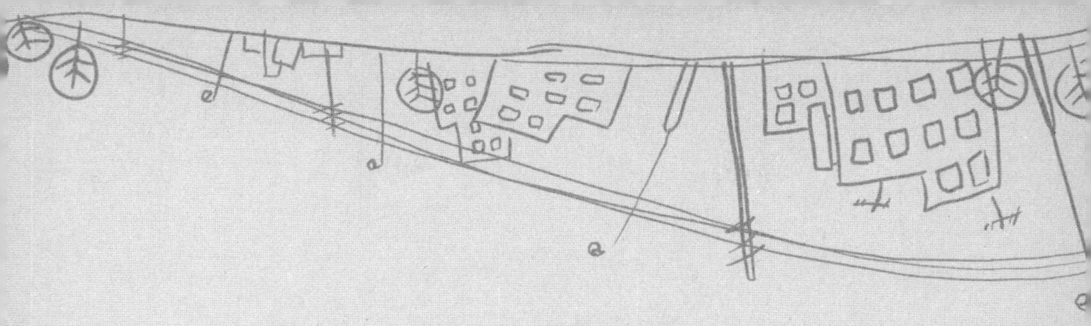

1

사랑한다고 전해줘

나는 네 손에 '사과 두 알'을 쥐어준다. 닦고 또 닦아서 반들반들해진 사과알에 네 눈빛과 내 눈빛이 동시에 쏟아진다. 첫사랑을 고백하는 것이 이만큼 두려울까. 나는 꽁꽁 뭉쳐두었던 그 한마디를 간신히 던진다.

"너를 사랑한대."

아이가 화들짝 놀라 나를 쳐다본다. 눈빛이 마주치자 내가 먼저 움찔한다.

"나 말고…… 느이 아빠가."

사랑한다고 전해줘

그의 포장마차에서 이따금 술을 마셨다. 젊은 날 잘 나가던 보험회사를 교통사고로 물 말아먹고 임시방편으로 포장을 치게 된 그 친구다. 아침 시장에서 떼어 온 물건으로 좌판을 차리면, 열한 시쯤 막국수로 점심을 때우려는 직물공장 여공을 첫 손님으로 시작해서 밤이면 삼겹살이나 생맥주를 거친, 술판 끝물의 사람들이 흐느적흐느적 '딱 한 잔 더'를 벼르는 그 자리다. 산부인과 신축건물 공사판이 끝나 포장집이 철거당할 그때까지 버티며 종자돈을 마련하여 재기하겠다고 했다.

나는 체질적으로 손이 느려 일을 단칼에 끝내지 못한다. 여기저기 손을 빌려 아랫돌 빼서 윗돌 괴면서 간신히 하루를 버틴다 할까? 일과가 끝나고 학교에 남아 잡무 처리에 시달리면서 교문 앞 희뿌연 가로등을 바라보면 공복감으로 그 포장집 꽁치구이와 딱 한 잔의 소주가 발목을 잡는 것이다. 비가 오면 구두 밑으로 물방울이 젖기도 하는 그 자리가 왜 아늑한지 나는 그 이유를 안다. 언제부터였나. 음습한 구석에서 홀짝홀짝 소주잔을 들이키다 보니 어둠침침한 공간이 더 편안해진 것이다. 연탄불

위로 지글지글 끓는 빨간 양념들이 그리도 서정적이다. 그래서인지 의료원 건물 담벼락을 따라 십오 분쯤 더 걸으면 나타나는 포장집 전구 빛의 감동은 날마다 새롭다. 그는 가스 불판을 닦거나 김치통을 나르면서 쓰뭉하게 고개를 끄떡였다. 잘 되는 날은 십만 원 가량 매상이 오르기도 하지만 궂은 날에는 이삼만 원 정도로 문을 닫을 때도 있다고 했다. 그의 딸이 내 학교에 다니고 있고, 가출 경력이 있는 고만고만한 색깔끼리 몰려다닌다는 소문이 풍문으로 스치기도 했지만 그냥 그런가 보다 했다.

그날 밤 일찌감치 손님이 끊어졌나 보다. 친구는 포장을 내리고 '각 일병씩' 해결하자며 두꺼비 뚜껑을 땄다. 전구 불을 꺼서 행인들에게 마감을 알리고 대신 트럭 불빛에 의지해 상을 차렸으니 본격적인 우리들의 자리가 시작되는 것이다. 좋구나. 셔터를 내리고 주인장과 겸상으로 술 마시는 그 자리가 내가 바라던 풍경이다. 술에 젖은 내가 '민주주의와 빵과 통일과 사랑'을 독설처럼 퍼부으면 그는 그런가 보다 하는 표정으로 오뎅 국물을 퍼 오기도 하며 주거니 받거니 밤이 깊었다. 그러던 그가 문득,

"사랑한다고 전해 줘."

한마디 던지는 것이다. 처음에는 건성으로 고개를 끄떡였다. 그런데 그 말을 연거푸 몇 차례 더 던지는 것이다. 그러마고 했다. 그때쯤엔 흔들흔들했다. 자동차의 라이트 불빛이 질주할 때마다 산부인과 간판이 스크린처럼 숨었다가 나타나곤 했다. 그렇게 시간이 까무룩 흘렀다. 야간자습 끝내고 귀가하는 여고생들이 "어, 선생님이다" 하면서 달려와 오뎅 꼬치 하나씩 꿰어 가기도 해서 비로소 시간이 열한 시가 넘었음을 알았다. 진열장 유리에 비친 서리가 하얗게 내린 머리칼을 보며 조금 우울한 마음으로 계산을 치렀던 것 같다.

이튿날 친구와의 약속을 깜빡 잊었다. 빈 시간마다 공문 처리에 시달렸

고 학부모 상담에 연구학교 기획까지 정신이 없었다. 벌써 기십 년의 오랜 경력에도 불구하고 장부 정리에 익숙하지 않다. 사실 내 손 탓만은 아니다. 학교는 예나 지금이나 문서화, 위계화에 시달리는 중이다. 모든 게 공문화되어야 안심을 하며, 잡무처리 절감 공문조차 복잡한 잡무가 되기도 한다. 금일 마감인 공문을 그날 오전 열한 시에 갑자기 보내기도 해서 바쁘게 컴퓨터를 두들기는 중이었다. 그저 혼자 시부렁거리며 교육행정을 개탄하다가 서둘러 수업에 들어가곤 하는 것이다. 그런데 그에게서 전화가 왔다.

"전해줬나? 친구야."

"……."

무슨 뜬금없는 소리인가 하다가 그냥 헤헤헤 웃었다.

"숙희한테 '아빠가 엄청 사랑한다' 고 전해줬냐고?"

'그런 애기를 나누었던가?' 퍼뜩 정신을 차렸지만 기실 너무 바빴다.

"확실히 전할 테니 걱정 마."

그러면서도 부득부득 선생을 통해 '사랑한다' 는 말을 전하려는 '아비의 심보' 를 나는 이해할 수 없다. 살붙이의 사랑은 매개체를 통한 전달이 아니라 일상의 고초에서 스며 나오는 것이 아닌가. 그렇게 궁시렁대면서도 약속을 했으므로 마음이 이중고로 바빠진다. 공문서 철을 간신히 꿰매어놓고 2학년 12반 교실로 찾아갔다.

기실 처음이 아니다. 예전부터 네 얼굴을 익히기 위해 일부러 2학년 12반 교실로 자습시간이나 시험 감독을 자청하기도 했다. 번호순으로 책상 숫자를 차례로 세면서 얼굴을 더듬어 '아, 저 아이구나' 확인도 했지만 모른 체 시치미를 뚝 뗐다. 까만 피부에 눈망울이 옹달샘처럼 그렁그렁 패어 있었다. 언젠가 한마디 나눠보겠다고 마음을 먹기도 했지만 직접

실행에 옮길 여유는 없었다.

문제는 오늘도 너를 부를 용기가 없다는 겁쟁이 선생의 소심증 탓이다. 복도에서 멈짓멈짓 교실 유리창을 훔쳐보며 망설인다. 다행히도 너는 영문도 모른 채 아이들 틈에 파묻혀 낄낄대는 중이다. 엄마가 집을 나갔고 결손가정에 문제아로 분류되어 있지만 너는 여전히 밝다. 그런 너를 부르려는데 왜 그렇게 손이 떨렸을까. 이미 복도에서 여러 번 마주쳤던 사이였지만 그냥 머슥하게 지나친 뒤에야 안도하는 것이다. 너도 내가 아빠의 친구인 줄 알고 있었고 나 역시 친구의 딸인 줄 알았지만 쑥스러움의 벽을 허물지 못하는 것이다.

나는 태생적으로 부끄러움이 많은 체질이다. 다혈질 얼굴이 푸르락푸르락 시뻘겋게 변하면 교실의 숨통이 콱콱 막히지만, 고요한 자리에서 진실을 나눌라치면 부끄러움으로 또 발그스레해진다. 다혈질은 갑오징어 붉은 빛이고 부끄러움은 살사리꽃 연한 빛이다. 그래서였을까. 나이 오십 장년의 교사가 너를 만나기 위해 복도 창문 너머로 힐끔거릴 때마다 두 뺨이 살사리꽃 연한 빛으로 몇 번씩 달아오르고 있었다. 그러다가 유리창 너머 네 눈빛과 마주쳤을 때 나는 가슴이 철렁해져서 그냥 납작 엎드려버렸다. 너 역시 쓰뭉하니 지나쳤던가.

'사랑한다' 는 말처럼 두려운 것은 없다. '사랑한다' 는 것을 어떻게 언어로 표현한단 말인가? 게다가 이건 내 마음을 전하는 것도 아니지 않는가. 아버지의 말을 선생을 통해 전달하라니 웬 신파조인가. 도대체 아버지가 전하지 못하는 속사정을 선생더러 뭘 어쩌란 말인가. 그렇게 투덜대면서도 나는 약속을 지키지 못했음이 종시 마음에 걸린다. 하여, 저물녘에 다시 포장마차를 찾는다. 왜 내가 사랑한다는 말을 전해야 하느냐고 소극적인 항변조차 못하고 죄인처럼 고개 숙인다. 사시미칼로 오징어

배를 따던 친구와 눈빛이 마주치면 재빨리 눈을 내리깔고 구두코만 바라봐야 했다. 도대체 나는 왜 이 모양인가.

그랬다. 친구가 장사를 끝내고 밤 두 시쯤 귀가하면 딸내미는 항상 깊은 잠에 빠져 있다고 했다. 눈을 뜨면 어느새 딸내미 혼자 밥 챙겨먹고 학교에 갔고, 그는 늦은 아침 햇살을 받으며 설거지를 했다고 했다. 이따금 수원 어디쯤에 산다는 '집 나간 엄마' 한테 갔다가 무단결석으로 처리되면 학교에 찾아가 머리를 조아렸다고 했다. 즈이 엄마 찾아가는 딸이 야속하다고 할 때 나는 말문이 막혔다. 다만 '가족은 밥을 함께 먹어야 한다' 며 '저녁상만큼은 함께하도록 노력하라' 고 충고했지만 그게 어디 가능한 얘기인가. 술손님들이 들이닥칠 때 통닭 한 마리 주문해주고 슬그머니 나왔다. 통닭 상자 위에 '숙희와 함께 먹어' 라고 써놓고.

그런데 통닭을 어떻게 함께 먹으란 얘긴가. 곤하게 떨어진 아이에게 통닭 먹자고 밤 두 시에 깨우란 말인가. 아니면 신새벽 해파리처럼 늘어졌을 즈이 애비를 끌어내어 차갑게 굳은 통닭을 한 입씩 뜯어먹잔 말인가. 관념과 구체성의 간극은 술자리에서는 채워지지만 깨어나면 때때로 난감해진다. 그렇다고 각자 알아서 먹으라고 쓸 수도 없고.

간밤의 기억을 끌어안고 부채 탕감하러 가듯 다시 2학년 그 교실을 찾는다. 아이들은 틈입자 교사 따위는 안중에도 없이 여전히 즈이끼리 키득키득 짧은 휴식 시간을 보내고 있다. 때리고 꼬집고 도망치며 킬킬댄다. 이단 옆차기가 날아오면 치마 속에서 하얀 종아리가 알타리무처럼 쑤욱 튀어나오기도 한다. 저 다리다. 알타리무 같은 저 다리가 내 인생을 쥐었다 놓았다 하면서 스물 몇 해 쏜살같이 흘렀구나. 숨을 가다듬다가 다시 교무실로 내려온다.

나는 교무실 책상 밑에서 사과 두 알을 꺼낸다. 농고에서 재배한 자투리 사과다. 한 보따리 챙긴 걸로 부모님도 드리고 옆 자리 선생님에게도 깎아주며 톡톡히 효자 노릇하다가 이제 딱 두 개 남았다. 거칠거칠한 껍데기를 신문지 구겨 박박 문지르자 발그스레한 사과 빛깔이 제대로 나오는 것도 같다. 이 사과 두 알을 가지고 부닥쳐 보리라. 너를 부르러 다시 올라간다. 이번엔 꼭 해결하리라. 아자자, 돌진한다.

아, 나는 왜 쉬운 길을 그리 고뇌하며 부닥쳐야 하는지 설명할 수 없다. 다시 가슴이 두근거린다. 그리고 간신히 교실 문턱에 빠끔히 고개를 걸쳤을 뿐이다. 순간 아이들 눈빛이 일제히 출입문으로 쏟아진다. 두렵다. 그런데 너는 이미 예고받은 것처럼 뚜벅뚜벅 나오더니 내 뒤로 자석처럼 따라붙는다. 문득 내 굽은 등이 싫다. 당당한 버팀목이 되지 못한 채 굽은 등으로 사람을 만나는 게 싫어진다. 그러거나 말거나 너는 그림자처럼 뒤를 밟아와 상담실 의자에 기대어 손바닥만 비비는 중이다.

"느이 아빠 친구야."

알고 있다는 듯 고개만 끄떡인다.

"아빠는 얼굴이 잘생겨서 동창생 여자아이들이 좋아했어. 고등학교 땐 싸움도 얼마나 잘했는지 몰라."

그랬지. 우리는 원두막에서 참고서를 외우다 이따금 바닷가에서 태권도 연습을 하곤 했다. 그중에서도 느이 아빠는 잘 생기고 발차기가 일품이어서 여자아이들의 짝사랑을 받기도 했었다. 사춘기 시절, 나는 여자아이들과 소곤대는 친구의 모습을 곁눈질로 훔쳐보며 선망과 증오심을 동시에 품기도 했다. 그가 소개시켜준 '방앗간집 딸' 앞에서 나는 진짜 한마디의 말도 걸지 못했다. 또 있다. 그 발차기 솜씨로 논두렁 건달들을 두들겨 팰 때 싸움도 예술이 될 수 있음을 처음 알았다. 그리고 수컷들의 동물적 우월감과 비굴함의 실체가 교차되는 시간이기도 했다. 덩치 큰 사내가 무르팍을 꿇는 장면에서야 비로소 키 작은 내가 혼신으로 매달려서 싸움을 말리기도 했다. 문득 콧등이 싸해진다.

어느새 세월이 거침없이 흐르더니 우리가 이렇게 만나고 있구나. 그러거나 말거나 너는 그냥 고개만 푹 숙인 채 한마디 말도 없다. 네 머리카락 너머 배추 뿌리 뽑아낸 벌판에 억새꽃만 새하얗다. 바람이 불면 억새꽃이 낭창낭창 흔들리며 밥풀떼기 같은 파편을 토해낼 것이다. 나는 네 손에 '사과 두 알'을 쥐어준다. 닦고 또 닦아서 반들반들해진 사과알에 네 눈빛과 내 눈빛이 동시에 쏟아진다. 첫사랑을 고백하는 것이 이만큼 두려울까. 나는 꽁꽁 뭉쳐두었던 그 한마디를 간신히 던진다.

"너를 사랑한대."

아이가 화들짝 놀라 나를 쳐다본다. 눈빛이 마주치자 내가 먼저 움찔한다.

"나 말고…… 느이 아빠가."

숙희의 눈에 이슬이 맺히는 모습을 차마 바라볼 수 없었다. 네가 고개 숙인 채 닭똥 같은 눈물 흘리기 전에 나는 눈곱을 떼면서 교무실로 쏜살같이 도망쳐왔다. 나 이제 정말 '사랑의 우체통' 노릇 다시는 못하겠노라 되씹으며.

이십이 년만의 해후

제자 이성희는 1983년도에 2학년 5반 2번이었어요. 키 순서로 2번 이성희와 3번 이성희가 동명이인인데 둘 다 표정이 밝았지만 2번 이성희가 좀 더 에너지가 넘치는 아이였답니다. 체육대회 때는 목이 터지게 응원을 하고 소풍날엔 비실이들을 독려하여 분위기를 이끌어내기에 안간힘을 쓰는, 그러면서도 착하고 공부도 어지간히 잘하던 그 이성희 아줌마한테 연락을 받았고 나중에 제자 임선진 아줌마가 갑자기 장소가 바뀌었다고 통보했어요. 그 옛날 여고생 임선진은 윤영순, 백현숙, 이연구 등과 패거리를 지어 우리 하숙집 담벼락 넘어오던 오동통한 무리 중의 하나지요. 그해 사월, 하숙집 목련 그늘 아래에서 머리를 감다 보면 여고생들이 반짝반짝 빛나는 종아리 부닥치며 까르르까르르 몰려오곤 했었지요. 집에서 출발하기 오 분 전에 그녀로부터 전화를 받았길 망정이지(핸드폰이 없으므로) 하마터면 '아줌마가 된 여고생들'과 이십이 년만의 감동적인 상봉 기회를 놓칠 수도 있었던…… 그건 그렇고.

관촉사 가는 길.

벚나무 물 오른 가쟁이 그림자가 휘청이는 모습을 보면서(그해 겨울이 따뜻해서) 가슴을 우울히 적시기도 했던가요. 잃어버린 첫사랑이나 흘러간 젊음에 대한 서러움의 혼재랄까? 그야말로 산천은 의구한데 인걸이 바뀐 겁니다. 막상 약속 장소에 도착하니 아무도 없어서 식당 밖에서 담배 한 대 물면서(지천명이 훨씬 넘도록 담배를 끊지 못했답니다) 손바닥으로 푸른 햇살을 가리기도 했답니다(아, 젊음의 어느 시점에서 나는 첫사랑 그 학교를 쫓겨난 다음 논산 땅만 보면 울컥 치밀던 기억이 있었는데……, 이제 겨우 평상심을 회복했던).

관촉사를 돌아볼까 생각하는 중이었어요. 저만치 입구 쪽에서 웬 사내가 손을 흔들며 걸어오는데, 체형이 비슷해서 나는 그 인간이 이석구 선생인지 이재면 선생인지 구분하기 힘들었어요. 가까이 오면서 드러난 인물은 이석구였지요. 15미터 뒤에 이재면이 피식피식 어슬렁어슬렁 걸어오는 중이고…… 그러니까 그들은 각자 따로따로 관촉사를 훑어보고 오는 중이었던가. 그리고 약 십 분쯤 후 마흔두 살 '푹 퍼진 아줌마'가 된 제자들을 떼잡이로 만났게 되었는데…… 그들의 이름은 김임분 김정임 김미영 윤혜영 최인종 조한숙 김미희 김선희 백재임 최숙영 등이고.

그래요.

우리들은 이십 대 후반의 동갑내기 총각선생들이었고, 그녀들은 풋보리 여고생이었지요. 이웃 대건고등학교 사내아이들한테 종이비행기 한 번 제대로 날려보지 못한 채 보충수업과 야간자습에 쏠려 창백한 청춘을 보내야 했던 착한 아이들이었답니다. 이제 와 고백하면 총각선생이었던 우리들 역시 사랑의 로맨스에 택없이 약해서 중매 자리나 기웃대려는 중이었답니다.

그나마 이석구 선생이 장가를 빨리 가서 다행이었지요. 그 사내만이 여고생들의 축가를 받으며 제 나이에 장가를 갔고 나머지 총각들은 오래도록 고린내 나는 골방 노총각 생활을 한 탓에 대략 제자들의 자녀들과 아들딸의 나이가 비슷했던가. 그녀들의 부모들이 그랬듯 그 옛날 여고생들도 자녀들의 대학 진학을 걱정하거나 군대 간 아들을 그리워했던 중이구요.

총각선생 옆에서 때까치처럼 재잘대던 소녀들은 여전히 수탉처럼 껄껄 웃었고, 여고 시절 눈에 들어오지 않던 소녀들은 사십 대가 되어서도 여전히 구석에서 젓가락질만 하는 중이었지요. 그러니까 그때 친했던 아이들이 지금도 가까운 거랍니다. 그래요. 도종환 시인이 '날려보내기 위해 새를 키운다' 라고 말했던가요. 새들이 날아다니는 숲을 지났을 뿐인데 어느새 중닭이 되어 나타났어요. 술을 마셨어요. 2학년 5반 반장이었던 백재임 아줌마가 마음대로 마셔보라고 해서 힘을 얻었지요. 오십 대 장년의 술자리는 즐거움과 불안감의 혼재랍니다. 빨리 헤어지지도 못하고 그렇다고 엄청 편하지도 않은.

나 역시 인기 투표에서 상위권에 있었던 기억이 있지요.

신기했어요. 대학 시절 여학생들의 눈길을 거의 받지 못하던 내가 총각선생이 되어 여고생들의 눈길을 받는 건 행복한 일이었어요. 아이들과 눈을 맞추지 못해 허공을 보며 수업을 하면 교탁 밑에서 키득대는 소리가 들렸어요. 행복했어요. 내 평생 소녀들의 눈길을 가장 많이 받았던 깨꽃 같은 시절이었어요. 곧바로 후배 총각선생들이 등장하면서 내 인기도를 싹둑싹둑 잘라먹을 즈음 학교를 쫓겨났지요. 이제 와서 하는 얘기지만 그 옛날 소녀들에겐 쫓겨난 사건이 또 기막힌 드라마랍니다.

아, 해직교사의 기억이네요.

도혁이 형(젊은 날 내 뜨거운 피를 일깨워 준)과 이삿짐을 싸고 부창동 성당 너머 그 학교 담벼락을 지나는데 새로 부임하신 선생님 인사 말씀이 있었지요. 쫓겨난 자리를 채우신 예쁜 여선생님이 부임인사를 위해 사열대에 오르는 중이었어요. 매미 소리 사이로 '여러분을 만나게 돼서 기쁘다' 는 후임교사의 인사말을 들으며 담쟁이 넝쿨을 바라보던 슬픈 자화상이 있었답니다. 담쟁이 넝쿨이 부창동 성당 담벼락에 붙어 바싹바싹 타오르고 있었어요. 절망의 세상을 가장 생생하게 겪었답니다. 인간들의 다양한 실체를 비로소 구체성으로 체득하던.

지금은 장년이지만,

우리는 옛날 '처총회' 멤버잖아요(이석구 이상국을 뺀 건 순전히 그들이 우리보다 결혼을 빨리 했기 때문이었잖아요). 그 학교 처녀 총각 선생들은 대개 보수적 시대에 맞게 출석부 끼고 복도에서 마주치면 눈인사나 나누며 지내는 정도였어요. 그런데 어느 날 1박2일 코스로 내장산을 때리자는 혁명적 발상을 했던 겁니다. 눈 내리는 산골에서 취하고 춤을 추던 젊음의 향연도 벌였답니다. 그 처총회의 내장산 여행이 그리도 행복해서 오래도록 추억 속에 사무쳤답니다.

김미영이란 제자가 고3인 딸을 데리고 왔기에 "내가 느이 엄마 여고시절 총각선생이야"라고 했죠. 웃지 않고 쓰뭉하니 듣고 있었어요. 그래요.

아무 일도 없었어요. 그 시대 처녀 총각들은 수줍음 탓에 사랑의 표현 방법을 몰랐지요. 그저 서로 멀끔히 쳐다보며 신파조처럼 빙빙 돌기나 했던가. 쉬운 길을 어렵게 가는 우(愚)를 범하며 강산이 몇 차례 바뀌었어요.

힘들게 쌓은 탑을 나뭇잎처럼 털어내야 할 세월이지만 그게 되나요. 늦가을 강경평야 논두렁 끝으로 펼쳐진 저녁놀을 잊을 수가 없어요. 강경 욕쟁이할머니네 목로를 찾으러 아스팔트에 몸을 실으면 벌판 전체가 붉은 노을이었어요. 추녀 끝에서 창문, 주방과 부엌까지 온통 새빨간 거예요. 그 황홀한 노을에 취할 즈음 아픈 시국이 도래했답니다. 나는 어두운 세상을 헤쳐 나가는 등불이 되고 싶었어요.

호루라기를 들고 나가면 골목골목에 숨었던 사람들이 우르르 따라올 것 같았어요. 하여, 앞서서 나갔다가 그만 피투성이가 되었답니다. 마을로 돌아오니 정다웠던 이웃들이 슬금슬금 피하는 거예요. 뒷통수에 손가락질을 하며 귀엣말을 하는 소리. 아, 가슴이 미어지네요. 요즘 나는 '알면 실천하라' 라든가 '한번 먹은 마음은 끝까지 변치 말아야 한다' 라는 문장에 아픔을 느껴요(물론 이십 대에 규정된 인식을 바꾼다는 게 얼마나 힘든지를 확실히 체득하면서).

만년 평교사의 길은 운명으로 받아들일 수 있어요. 내 젊은 날의 꿈이 그랬답니다. 털지 않아도 풀풀풀 먼지 나는 시골 학교에서 '옛날이야기 잘하는 할아버지 선생님' 이 되고 싶었답니다. 사내아이 계집아이 함께 끌어안고 푸른 하늘 보며 쪼글쪼글 웃는 행복한 교사상이지요. 하지만 책에 대한 욕망은 달라요. 많이 팔리고 좋은 평가를 받고 싶답니다. 불후의 명작으로 세인들을 감화시키겠다는 속화된 욕망……. 지천명이 지나서도 시지프스의 짐을 지고 산을 오르는 이유지요.

논산발 전주행 야간열차에 오르는 이재면 선생의 모습을 확인하고 돌아서니 밤 한 시였어요. 정 많은 사내가 승강장에 오르기 전에 한 번 더 돌아보았나 싶은데 순식간에 사라졌어요. 역전 광장답게 모텔과 울긋불긋 휘황한 네온사인이 반짝였습니다. 근방에서 방황하던 젊은 한때를 떠올리며 포장마차에서 딱 한 잔만 더 하고 싶더라구요. 운명처럼 나타난 첫사랑에 어깨를 감싸는 감회에 빠지며 공주 가는 총알 택시에 몸을 실었던가.

그 첫사랑의 기억이랍니다. 이제 와 고백하지만.

그 옛날 초임교사는 여고생 앞에서 수줍음 많은 총각선생이기도 했어요. 저물녘 하숙집 담벼락 두들기는 소녀들에게 빗장을 열어주고 라면을 끓이거나 부침개 부치는 행복도 즐겼구요. 후박이파리 떨어지던 마루에서 과장되게 목소리 높이던 일이 가끔 부끄럽게 기억된답니다.

그래요.

문학과 역사, 이 나라의 경제와 통일을 도마 위에 올려놓으면 기세등등하다가도 꽃집 아가씨나 찻집 후배를 소개시켜 준다고 하면 그만 납작하게 벌벌 떨었지요. 나는 그저 말(馬)만 한 소녀들을 가르치는 게 황홀하게 행복했던 '체질적 분필쟁이' 였던 것 같아요.

체육대회나 소풍날 하굣길에서 아이들이 때까치처럼 몰려와,

"선생님 사랑해요."

팔짱을 끼면 팔뚝끼리의 감촉에 화들짝 설레는 가슴을 꾹꾹 누르며 짐

짓 여유롭게 껄껄 웃곤 했답니다. 그 풋내 나는 초짜 시절이 바람처럼 흘러가고 어느새 지천명 지난 장년이랍니다. 이제 진짜 헤어지는 시간이랍니다.

공주 가는 택시를 삼만 원에 흥정했어요. 순간 논산 택시 기사가 이만 원을 떼어 가고 공주에서 온 택시 기사에게 만 원을 주며 인계시키데요. 논산 택시 기사는 공짜로 이만 원을 먹는 거고, 공주에서 온 기사는 빈 차로는 갈 수 없으니 만 원에 가고(외지 택시가 허락없이 손님 태우고 가다간 자칫 큰 싸움이 되지요). 나는 삼만 원을 썼고 그네들은 각각 만 원과 이만 원을 벌었겠지요. 다시 치열한 삶의 현장이 방영되는 겁니다.

그리고 또 하염없는 세월이 흐르는 중이랍니다.

'미친놈'이라고 안 했는데요

아이들 그림자만 스쳐도 가슴 저릿하던 세월이 있었다. 골목길 어디쯤 후미진 구석으로 스며드는 실루엣에 사무쳐서 아, 하는 감탄사를 연신 내뿜던 그 시절이다. 짠해진다. 샛노란 새싹에도 탄성을 지르던 열혈청년 시절, 나는 리버럴과 센티멘탈의 합종이었고 나름대로 아이들을 사랑하는 착한 교사였던 것 같다. 그랬다. 밤마다 천장에 대롱대롱 매달린 아이들의 아가위 열매 같은 눈빛에 황홀했었다.

피도 눈물도 없는 세월따라 강산이 두세 번 바뀌었던가. 그 아이들은 지금도 여전히 교문 앞에서 기합 받는 중이다. 사내아이들은 엎드려뻗친 채 키득대고 있고 계집아이들은 치마를 내리며 쪼그려뛰기를 한다. 그리고 그 옛날 총각선생은 흰 머리와 굽은 등으로 똑같은 그 자리를 통과하며 감회에 서리기도 한다.

그러나 칠판 앞에 서면 센티멘탈은 깡그리 사라지고 생생한 구체성과 접하게 된다. 특히 체육수업이 끝난 6교시 수업은 완전 파김치다. 도대체 1학년 아이들은 중학생인지 초등학생인지 구분이 가질 않는다. 귀여워서

'오냐오냐' 쓰다듬다 보면 시나브로 머리 꼭대기에 앉아 머리털을 쥐어 뜯고 있다. 기실 삼월 초마다 아이들은 나의 험악한 인상에 완전히 제압당하곤 했다. '쇅' 노려보면 귀여운 병아리 떼들이 오금을 서리며 발발 떠는 게 얼마나 안쓰러운지 모른다. 그러다가 보름쯤 지나 실태 파악을 끝내면서 '에이 속았네' 하며 난장판을 치기 시작하는 것이다. 똑같은 사이클로 이십 몇 년째다.

그러나 체육시간이 끝난 6교시 수업은 난장판조차 생기지 않는다. 졸리다. 그저 땡볕 아래 테이프처럼 모락모락 늘어질 뿐이다. 십오 분이 지나도록 전혀 스파크가 터지지 않아서 부글부글 끓는 가슴 짓누르며 '참자, 참자' 최면을 거는 중이다.

경수는 교과서도 없이 맹하니 있다가 심심하면 앞자리 석만이의 옆구리를 꾹꾹 찌르며 시간을 죽이고 있다. 힘 약한 석만이는 옆구리만 움츠릴 뿐 뒤돌아보지도 못한다. 경수는 '왜 책이 없어' 하는 표정으로 노려보는 선생님을 처음 발견했다는 듯 그제서야 사물함 찾아 연체동물처럼 느물느물 움직인다. 마찬가지다. 동민이는 아예 교과서를 거꾸로 펼쳐놓고 선생님이 다가서자,

"거꾸로도 잘 보이니 걱정 마세요."

일찌감치 선방 먹인다. 유일하게 국어공부 중인 전교 일등 민주도 기실 학원 숙제에 집중할 뿐이다. '오후의 향기' 처럼 고즈넉한 반장 솔이도 손을 움직이기 귀찮은지 혓바닥으로 책을 넘기는 중이다. 솔이는 교실을 수시로 웃음바다로 만들어주는 신통력을 지닌 아이지만 감정의 기복이 심하다. 저 아이들 키우기 위해 즈이 엄마는 갓난아기 때부터 똥을 떡 주무르듯 했겠지. 노동의 설움으로 퉁퉁 부은 아비의 얼굴이 대문을 여는 순간 하하하 웃어 주어야 하던 이유가 되겠지. 박목월의 시 「가정」의 '십

구 문 반의 신발' 이란 어휘를 떠올리는 순간 갑자기 오줌이 마려웠다. 희귀병인 남자 요실금이다. 엉덩이를 옴찔옴찔 오므리는 훈련을 반복하라는 의사의 지시를 깜빡 잊었더니 벌써 몇 방울이 속옷을 적신다.

"잠깐만."

화장실에 가려는 표정을 눈치 챈 솔이가 '늦게 오세요' 했을 뿐 아무도 반응이 없다.

나는 화장실 창문에서 하늘 보기를 좋아한다. 나뭇가지 사이로 비치는 하늘색 보자기가 유달리 눈부시다. 그해 여름, 『몽실언니』를 읽으며 눈물을 글썽이던 그 계절이다. 그때는 그랬다. 창밖을 지켜보던 나의 어깨가 삽날에 찍힌 듯 휘청였던 것은 시국의 멍자국 때문이다. 하늘이 착한 사람에게 일방적으로 복을 내린다는 것은 완전히 착각이었다. 그래도 뜬구름 잡는 순간만은 희망이 있어서 행복한 것이다.

용변을 해결하고 다시 교실 쪽으로 서두르면서 마음이 불안해진다. 선생이 없으면 사고가 터진다는 기우 때문이다. 그리고 기우가 가끔 딱 들어맞기도 한다. 아닌 게 아니라 '돼지 멱따는 소리' 가 유리창을 흔든다. 싸움이 터진 것이다. 사내아이와 계집아이의 맞장이다. 태권도부 숙희는 공부는 하발치지만 초등학교 때부터 덩치가 커서 쬐끄만 사내아이들은 감히 옆에 서지도 못할 만큼 위압적이다. 그랬다. 숙희한테 멱살 잡힌 채 낑낑 매는 사내아이들을 여럿 보았다.

상대는 경수다. 체격은 작지만 달리기와 축구를 잘한다. 구태여 따진다면 1학년 남학생 전체 칠십 명 중 스무 번째 정도니 싸움으론 중상위권이라고나 해야 할까? 석만이를 건드리듯 순전히 심심풀이로 숙희의 옆구리를 찔러 보았는데 와장창 일이 터진 것이다. 드문 일이지만 중1 때까지는 이런 혼성격투기가 벌어지기도 한다. 그러다가 3학년쯤 되면 여자아이들은 엉덩이가 커지면서 몸이 둔해지는 반면 사내아이들은 키가 포플러처럼 후리늘씬 늘어나서 상대가 되지 않는다.

문제는 경수가 사정을 봐주지 않고 그냥 주먹을 날린 것이다. 숙희도 태권도 2단 실력으로 전혀 밀리지 않고 주먹을 휘둘렀으니 이른바 성대결 이종격투기가 벌어진 것이다. 구경꾼들은 즈이 선생이 들어서자 그제서야 벌떼처럼 뜯어말리는 시늉을 한다.

"이리 왓! 시캿!"

그러나 아이들은 쉽게 떨어지지 않는다. 다시 벽력같이 소리 지른다(나는 때리지는 않지만 소리 하나는 기차 화통 굉음이다). 경수가 엉거주춤하는 순간 숙희가 번개처럼 날아오더니 그대로 팔꿈치로 목을 찍으며 소리 지른다.

"내가 남자였으면 넌 뒤졌을 텐데."

경수의 눈이 확 돌아가면서 반사적으로 날린 주먹이 숙희의 뺨까지 닿으려는 찰나였다. 나도 모르게 머리를 내려친 것이다. 한 대 맞은 경수가 화들짝 물러서더니 까치독사처럼 오똑 서서 식식댄다. 나도 피가 거꾸로 솟는 것 같았다.

"개새끼야."

아차, 싶었지만 엎질러진 물이다. 이상하다. 분명히 머리에서는 '이놈' 하고 싸늘하게 야단치려 했던 것인데 정작 입에서는 '개새끼' 소리로 터져 나온 것이다. 절망이다. 요즘 같은 '비탈길 시국' 에선 이렇게 엎질러진 언어의 파편이 어디로 튕겨나갈지 모른다. 갑자기 인터넷의 독침들이 줄줄이 떠오르면서 나 혼자 아찔한 벼랑 끝으로 떨어지는 중이었다. 그러나 정작 아이들은 '개새끼' 란 욕을 못 들었는지 긴장의 숨만 몰아쉴 뿐이다.

"나와."

초여름 교실로 시베리아 찬바람이 쌩쌩 몰아친다.

"나와."

나는 흘린 욕설을 감추기 위해 더 단호한 표정을 지어야 했다. 그러나 경수는 여전히 시불시불 치를 떠는 몸짓이다. 이번엔 선생과 제자의 맞대결이다. 둘만 남고 이 세상 사람 모두 땅 밑으로 침잠해 버렸다. 아, 또 시작이구나. 절망이다. 하지만 엎질러진 물을 감추기 위해선 더욱 일사분란해야 한다.

"나와."

세 번째다. 여전히 움직이지 않는다. 갑자기 오마이뉴스의 기사가 떠오른다. 대구의 여선생이 제자한테 데굴데굴 뒹굴며 얻어맞았다는 그 기사다. 덩치 큰 제자가 즈이 스승을 자근자근 밟는데도 반 아이들은 옴짝달싹 못했단다. '바깥에 나가는 놈은 죽엇!' 그렇게 친구들을 제압한 무서운 제자는 여선생의 머리끄덩이를 꽈리나무 흔들듯 올렸다 내렸다 했단다. 기실 그 기사 때문에 어젯밤 악몽에 시달렸다. 스승은 사슬에 묶여 악을 쓰고 있었고 제자들이 악마처럼 낄낄대던 그 악몽의 사연을 아무도 모르게 땅 속에 묻어 버렸다. 그러거나 말거나 경수는 바위처럼 끄떡없이 즈이 선생을 노려본다. 아, 아이들이 마음대로 움직여주지 않는다. 그때,

"선생님, 그래도 경수가 이쁘지요?"

이건 뭔 뜬금없는 소리인가? 반장 솔이다. 그 한마디에 갑자기 아이들 모두 유리알 깨지는 웃음소리를 터뜨렸다. 하나도 우습지 않았지만 나까지 얼떨결에 펫펫펫 웃어 버렸다. 아이들의 얼굴이 안도감으로 일제히 환하게 피어오르는 것을 보며 그렇게 얼렁뚱땅 사건을 마무리지으려 했다.

이젠 청소시간이다. 교무실에서 꼼지락거리는데 숙희가 뛰어와 또 분

개한다.

“선생님 경수가 선생님한테 미친놈이라고 했어요.”

잠시 먹 하니 쳐다보았다. ‘그 이야기를 선생님한테 고자질하지 말았어야 한다’고 응수했지만 충격이 크다. ‘사랑한다, 사랑한다’ 주문처럼 외운다. 주문이 미운 아이도 사랑하게 만드는 마력이 되길 바랐지만 아직도 노기가 풀리지 않는다. 아무리 그래도 너무했다. 선생님한테 ‘미친놈’이라니.

“가.”

후끈 달아오르는 뺨을 감추며 무심한 척 시선을 주지 않자 숙희는 발을 더욱 동동 구른다.

“불러올 거예요.”

하더니 바깥으로 뛰쳐나간다. ‘아니야’ 소리가 나오기 전에 숙희는 펄쩍펄쩍 계단을 넘었다. 어지럽다. 어떤 표정을 지어야 할지 감이 떠오르지 않아 그대로 컴퓨터에 매달린다. 차라리 컴퓨터 액정 속으로 들어가 푹 신 자고 싶다.

“선생님.”

아닌 게 아니라 숙희와 경수가 동시에 들어왔다. 경수는 숙희의 어깨 뒤에 숨어 쓰뭉하니 서 있다. 숙희가 경수의 어깨를 나꿔챈다.

“선생님이 착하니까 애들이 개판이잖아요.”

나는 밋밋한 얼굴로 경수를 바라보며 마음을 정리한다.

“아까 혼난 걸로 너무 선생님을 미워하지 말고 미움을 걷어 줘라. 네가 싫어하는 행동도 다른 사람이 볼 때는 괜찮을 수 있거덩.”

그러면서 ‘이거, 내가 무슨 소리하는지도 모르겠네?’ 하며 갸우뚱하는 중이었다. 교무실 창살로 땅거미가 몰려오면서 두 아이의 얼굴 모두 발그스레 달아오른다.

"…… 선생님."

경수가 억울한 표정으로 뜸을 들인다.

"저 '미친놈' 이라고 안 했는데요."

눈빛이 늪처럼 젖어 있다. '괜찮다', '괜찮다' 주술을 외우며 숨을 푸우푸 내뿜는다. 그런데 이 자식이 어깨를 감싸자 갑자기 울음을 꺼이꺼이 터뜨리며 으스러지게 껴안는다.

'아아, 진짜 괜찮다. 사랑하는 내 아이야' 라고 말하려는 순간이었다. 콧등이 찡해서 가슴에 손을 얹고 진정하는 중이었다.

" '싸이코' 라고 한 건데요."

바람이 불자 포플러 잎사귀가 일제히 와— 하고 웃음을 터뜨렸다. 흐흐흐, 나는 오늘도 그렇게 아이들의 자양분을 먹으며 비탈길을 버텨가는 중이다.

퐁당 퐁이 아니라

원효로에서 무교동까지 통학하던 야간 중학생 1학년이었던가. 형제들이 한강 다리 건너 신새벽 통학길 떠나면 혼자서 오후 세 시까지 시간을 때우는 게 날마다 고역이던 자취생 시절이다. 마침내 남산도서관에 입성하여 책 읽는 재미로 지겨움을 벗어나기기도 했다. 나도향과 현진건을 만났고 김동인 채만식을 독파하며 '아이의 몸과 어른 두상인 가분수' 의 불균형 체형으로 성장했었다. 여기저기 전기스위치 똑딱거리는 그 시간이 되면 치렁치렁 무거운 책가방 끌고 절뚝절뚝 계단을 내려갔던가. 그건 그렇고.

나는 선생님들이 왜 분필 지우개로 아이들의 귀싸대기를 때리는지 그 이유를 몰랐다. 알고 보니 싸대기를 하도 많이 때려 손바닥이 얼얼하기 때문이었다. 그것도 귀찮으면 서로 마주보고 친구의 뺨을 번갈아 때리라고 시키기도 했으니 이른바 '손 안 대고 싸대기 때리기' 이다. 처음에는 눈빛을 나누며 애잔한 우정으로 살살 어루만지던 우리들은 시간이 지남에 따라 '안 아프게 때리면 나만 손해' 라는 생각으로 서서히 독기가 오르다가 나중에는 '죽기 살기' 로 때리고, 급기야 친구의 눈자위를 밤탱이로 만들기도 했다.

하지만 대머리 수학선생님은 달랐다. 경상도 악센트의 그 선생님은 우리 야간 중학생들을 정말 단 한 대도 때리지 않았다. 늘상 생글생글 웃었고 천덕꾸러기 야간 중학생들에게 수시로 희망의 메시지를 던져주었다. '이 나라의 장래는 여러분들의 어깨에 있습니데이' 해서 어리둥절하기도 했다. 아니다. 절대로 불가능한 일이다. 분필 지우개로 싸대기나 맞는 아이들이 무슨 '나라의 희망' 이란 말인가. 그러나 설레설레 도리질치면서도 왠지 모를 포만감으로 벅차기도 했던 것 같다. 당연히 인기도 최고로 좋았다.

그 선생님이 어느 날 칠판에 우물 정(井)자를 썼다.

"이건 '우물 정' 이고."

그러더니 분필로 가운뎃점을 꾹 찍으며,

"돌멩이 던지면 '퐁당 퐁' 입니데이."

하고 히히 웃으신 것이다. 아이들은 모두 까르르 웃고 넘어갔는데 나 혼자만 화들짝 감동에 빠졌다. 기가 막히다. 글자가 저렇게 재미있게 만들어지다니, 한자는 오늘날까지 창조의 지혜를 보이는구나, 하며 가슴 설렜다. 그랬다. 나는 진짜로 丼이 '퐁당 퐁' 인 줄 알았다. '희망의 싹' 을 심어주신 선생님의 농담을 그대로 믿었다. 중학교 삼 년 동안 그렇게 철썩 같이 믿었고 고등학교 삼 년, 대학 사 년과 군대 삼 년과 졸업 후 선생이 된 그해 삼월까지 그 가르침을 추호도 의심하지 않았다. 그즈음 나는 대학 시절에 꿈꾸던 '여고의 총각선생' 이 되어 행복을 만끽하는 중이기도 했다.

시국이 아파서 내가 아프던 그 시대다. 쿠데타 장군 출신이 광주 시민을 폭도로 둔갑시킨 다음 옥좌에 앉아 귓밥을 후비고 있었다. 그 아픔을 비분강개로 드러내면 여고생들은 먹머루 눈빛으로 똘망똘망 쳐다보곤 했다. 그러니까 정신을 똑바로 차려야 한다며 칠판을 두들기며 분개했었다. '"파도야 어쩌란 말이냐"건 "모가지가 길어서 슬픈 짐승"이건 모두 친일파의 작품입니다. 초근목피의 식민지 시대에 "술 익는 마을"이 어디 있습니까? 그러니까 그는 나그네 시인일 뿐입니다', 비분강개하면 먹마루 눈빛들이 일제히 광채를 터뜨리기도 했다. 그 황홀한 눈빛을 가슴에 담고 더욱 정의로운 얼굴로 교탁을 두들긴다. '이 모순점을 타개하기 위해 공부하는 사람이 누굽니까?' 하며 질문을 던진다. 아이들이 '바로 우리들이죠' 라고 결의를 굳히면 '아닙니다. 제가 합니다. 여러분들은 공부하시며 다음 차례를 기다리십시오' 라고 기염을 토했다. 그렇게 늘상 바닥에서 15센티쯤 붕붕 떠서 다녔던 것 같다. 나는 여고생들에게 '폭탄을 안고 불 속에 뛰어들 수도 있다' 고 속내를 토하며 희망과 거품을 동시에 품었다.

수업 시간표는 현실적으로 약간 문제가 있었다. 국문학 전공이었던 나는 2학년 5 · 6반만 다섯 시간씩 국어를 가르쳤고 나머지는 2학년 다섯 개 반과 1학년 일곱 개 반 모두 한문만 한 시간씩 배당받았다. 스물두 시간 중, 국어가 열 시간이고 한문이 열두 시간이니 배보다 배꼽이 더 컸던 셈이다. 어쨌든 행복했다. 개나리 노란 빛은 하늘로 번졌고 여고생들의 하하호호 웃음소리로 황홀했던 새내기 교사의 봄날이었다.

칠판에 우물 정(井)를 썼다. 비전공 한문 시간이었다.

"이게 무슨 자?"

"우물 정."

아이들 모두 제비새끼처럼 부리를 내밀어 합창으로 대답했다. 그 다음

가운뎃점을 찍고 井을 쓴 다음 지그시 바라보았다. 참으로 사랑스럽다. 어여쁜 제비 새끼들이 순식간에 둥지를 박차고 시퍼런 창공을 쌩쌩 가로지르리라.

"이건요?"

"퐁당 퐁."

몇 아이가 장난스레 대답하자 나머지 아이들이 까르르 웃었다. 순간 나는 진지한 표정으로 웃음소리를 재빨리 낚아챘다.

"맞아. '퐁당 퐁' 이야."

"…… 진짜예요?"

아이들은 반문도 합창으로 한다. 동시에 깨우침에 대한 경이로움의 표정이다. 그 경이로움을 잡아당기면 '숨어 있던 정의감' 이 고구마줄기처럼 한꺼번에 뽑혀 나올 것 같다. 나는 연달아 한자의 육서(六書) 중 가차(假借)를 끄집어낸다. '달러($)' 에서 弗이 나오고 England의 'Eng' 에서 영국(英國)의 '英' 이 나오듯 '퐁당 퐁' 도 그렇게 '돌멩이 떨어지는 소리' 를 빌려와 조합된 것이라고 설명했다. 그렇게 열두 개 반 모두에게 '퐁당 퐁' 이라고 자신 있게 가르친 것이다.

오리지널 자격증의 한문과 권 선생한테 확인을 받지 않았으면 아이들이나 나나 모두 영원히 '퐁당 퐁의 혼돈' 속에서 살았을지도 모른다. 그런데 아니라는 것이다. 그는 井이 '퐁당 퐁' 이 아니라 똑같이 '우물 정' 이라며 옥편까지 펼쳐보였다. 가운뎃점(、)은 돌멩이가 아니라 두레박이었으니, 가차(假借)가 아니라 상형(象形)이었다. 그날 밤 악몽에 시달렸다.

벼랑 끝으로 떨어지고 있었다. 절벽으로 튀어나온 소나무 돌출 부위를 재빨리 부여잡았으나 뿌지직 소리와 함께 가지가 찢어지는 것이다. 바동바동 기어오르는데 소나무 뿌리가 뽑힐 듯 흙부스러기를 쏟아낸다. 절벽

위로는 호랑이 몇 마리가 목을 늘이며 굽어보고 있었다. 차라리 뛰어내릴까? 그런데 아래 계곡으로는 살모사 수백 마리가 혓바닥을 날름거리며 먹잇감을 기다리고 있다. 무섭다. 어디선가 많이 보았던 풍경이다.

드디어 날이 밝았다. 이제 결자해지(結者解之)의 심정으로 칠판 앞에 서야 한다.

"이게(丼) 뭐라고 했지요?"

"우물 정."

제비 새끼처럼 상쾌한 합창소리에도 식은땀이 쭈욱쭉 흐른다. 가운뎃점(丶)을 꾹 누르는 순간 분필 도막이 뚝 부러졌던 것이다.

"퐁당 퐁."

아이들은 자신 있게 대답한다. 곧바로 최신식 신조어의 흥미도를 느끼며 까르르까르르 유리구슬 구르는 웃음을 터뜨린다.

"'우물 정' 이야."

"에!…… '퐁당 퐁' 이라고 했잖아요?"

여기저기서 뜨악한 반문이 터져 나온다. 자, 이제 시작이다. 어쨌든 견뎌야 한다.

"농담이었지."

'쌍둥' 잘라버리자 아이들이 어리둥절 쳐다본다. 재빨리 다음 단원 진도를 나갔다. 두 번째 교실까지는 그런 식으로 간신히 때울 수 있었다. 그러나 교실이 바뀔 때마다 방망이질치는 심장 박동으로 몇 번씩 숨을 골라야 했다. 세 번째 교실에서.

"'우물 정' 이야. 이건 돌멩이가 아니라 두레박이고."

어물쩍 넘어가려는데 재임이가.

"다른 반에서도 똑같이 써먹었던 레토파리인데요."

하는 바람에 하마터면 '윽' 하고 쓰러질 뻔했다. 핵심을 찔린 것이다. '레파토리'가 아니라 '레토파리'라고 글자를 바꾸며 빈정거리는 것이다. 여고생들의 쉬는 시간 십 분이 그리도 수다스러울까? '퐁당 퐁'에 대한 소문이 신관 사층에서 구관 사층까지 쫘르르 퍼진 것이다. 사과 빛 발그스레한 부끄러움이 아니라 검정과 빨강의 혼합체인 짬뽕 국물이 되고 말았다. 다음날도, 또 그 다음날까지 나머지 교실을 헤집을 상상에 시달리며 파김치가 되었고, 이제 교실 팻말만 봐도 핑글핑글 어지러웠다. 그동안의 목청 높임이 그리도 후회스러웠다. '우물 정'을 '퐁당 퐁'이라고 가르친 교사가 감히 '친일 청산'과 '독재 타도'를 외칠 수 있을까? 그 화두가 도저히 풀리지 않는 것이다.

지난 보름간의 장면이 스크린처럼 쫘르르 펼쳐졌다. 먼저 이효석이다. '우이 씨, 자기 시나 태우라고 햇!' 하고 씹었던 그림이다. 이번엔 피천득이다. '식민지 시대에 아사코와 플라토닉 사랑을 나누다니, 그도 지식인입니까?' 하고 대번에 잘라냈던 기억이 붙박이로 움직이지 않는다. 이 모순된 세상을 밝히는 알전구가 되리라던 각오도 푸스스 무너진다.

그 당시 나는 완벽한 수업을 위해 참고서를 대여섯 권씩 훑어내야 했다. 아무리 술떡이 되어도 신새벽 다섯 시 사발시계 '따르릉' 소리와 함께 벌떡 일어나서 교과서를 달달달 외웠다. 교과서 공백마다 검정색 파란색 빨간색 볼펜 색깔을 바꾸며 참고서 내용을 깨알같이 적어 놓았다. 깨알 메모를 통째로 잃어버리는 꿈으로 깜짝깜짝 놀랐다가 안도하곤 했었는데 이번 사태는 꿈이 아니라 엄연한 현실이었다. 나는 어쩔 수 없이 납작 엎드리는 정공법으로 '엎질러진 물'을 담기로 했다.

"여러분, 미안해요. '퐁당 퐁'이 아니라 '우물 정'입니다. 잘못 가르쳤어요. 제 잘못입니다."

"왜요?"

"중학교 때 수학선생님 농담을 그대로 믿었어요. 저는 그때부터 중학 삼 년, 고교 삼 년, 대학 사 년, 군대 삼 년 도합 십삼 년 동안 모조리 '퐁당 퐁' 인 줄 알았습니다."

창문 쪽으로 몸을 돌렸다. 눈시울 탓일까? 체육관 꼭대기 풍속계 너머 시퍼런 하늘이 물기에 젖어 뿌옇게 번지는 중이었다. 등 뒤로 빗자루 몽둥이가 날아올 것 같아 어깨를 움찔거린다. 그런데,

"아니에요, 선생님. 한번 '퐁당 퐁' 은 영원한 '퐁당 퐁' 이에요."

하는 것이다. 미옥이다. 풍속계가 팽그르르 돌아가는 순간 찬바람이 싸—하게 가슴에 파고들었다. 아이들이 우르르 한 마디씩 던진다.

"웃기려고 한 줄 다 알아요."

"사랑해요, '퐁당 퐁' . 우이 씨."

푸하하하핫.

등허리 두들기는 소리가 튭밥처럼 쏟아져 나온다. 비로소 식은땀이 마른다. 안도의 가슴을 쓰다듬는다. 내 이 자리에 영원히 뼈를 묻으리라. 그러면서 자라목처럼 움츠렸던 '민주주의와 통일' 의 기개가 고개를 내밀려고 뽀송거린다. 젊음으로 되살아나 깊은 사랑 나누리라.

그 '퐁당 퐁' 의 사연을 넘어 강산이 몇 차례 바뀌었던가. 슬리퍼 뒷굽 치듯 세월이 흘렀고, 이제 지천명이 지난 장년의 평교사이다. 금세 던진 말도 까먹을 정도로 건망증이 심하지만 그만큼 너스레도 천연덕스럽다. 어제는 반장에게 '반장아' 라고 불렀다가 냅다 핀잔을 먹고 교무실이 흔들리게 키득대기도 했다. 오늘은 모처럼 칠판에 '井' 을 쓰고 가운데에 점을 쾅 찍었다.

"이게 뭐지요?"

"퐁당 퐁."

"아닙니다. '우물 정' 입니다. 가운뎃점(、)은 돌멩이가 아니라 물 퍼먹는 두레박입니다. 가차(假借)가 아니라 상형(象形)이지요."

나 혼자 '짠' 하고 감회에 서리는 중이고 아이들은 그냥 뻘쭘하니 고개를 끄떡인다. 문득 '여러분들이 이 나라의 희망입니다' 라고 말해주고 싶다. 창 밖 오동나무 가쟁이마다 넓적한 이파리가 표주박처럼 흔들흔들 매달려 있다.

에— 하면서, 햇살이 쏟아졌다

만년설처럼 영원히 녹지 않을 것 같던 겨울산.

그 얼음덩이가 순식간에 잦아졌던 춘삼월 저무는 골목길이었던가. 대보름 쥐불놀이로 까맣게 색칠된 잔디 위로 파릇파릇 솟아나는 샛노란 새싹들을 보면서 나는 "봄날 눈 녹듯"이란 옛 문장을 절실하게 실감하는 중이다. 그리고 오거리 시장통이다. 카드처럼 아름답던 건널목 세상은 여전히 낙숫물 받아 반짝반짝 빛나는데 오거리 시장통은 이십 년째 그대로이다. 그리고 이른 봄이다. 봄은 어느 날 갑자기 뽀드득뽀드득 어금니 깨물면서 시멘트 블록 틈새로 질경이 새순 솟는 풍경을 만들어내었다.

너는 '쿵' 하고 나타났다. 시장 모퉁이 꺾어진 골목길로 중고 오토바이 하나 흙탕물 일으키며 두두두 멈추더니 검은 헬멧이 머리를 들이미는 것이다. 헬멧을 벗으며 드러난 곱슬머리 사내 하나가 서슴없이 팔소매를 잡아당긴다.

"선생님."

장승처럼 커다란 몸집이 앞을 막더니 그림자부터 휘청 허리를 꺾는다.

순간 이십 년만의 얼굴이 단칼에 파고들더니 어제처럼 생생하게 자리잡는다. 그놈이다. 음울한 풍경이 재빨리 장막을 친다. 놀란 가슴이 진정되면서 잠시 후 그 시커먼 장막 속으로 서서히 반가움이 뒤섞인다. 그렇구나. 그 지난한 캐리어에 비하면 여전히 곱상한 편이지만 네 눈가의 잔주름처럼 세월이 한참 흘렀구나. 입술이 귀 밑까지 찢어진 채 반가운 눈빛을 보이는 네 앞에서 나는 또 긴장한다. 문제아다. 아, 나는 여전히 제자들을 '착한 아이와 나쁜 아이'로 구분하던 양비론적 습성이 남아 있다.

"전학생…… 무기정학…… 쓰레기장 청소……."

얼떨결에 튀어나오는 그 단어가 구슬 꿰듯 쭉쭉 연결된다. '독고다이' '얼음 주먹' 같은 조각난 단어들이 주르르 전율을 일으키며 쏟아진다. 그러거나 말거나 굳어버릴 듯 싶던 네 얼굴은 단박에 환하게 펴진다. 굳은 몸이 펴지면서 문득 알싸한 소용돌이에 빠진다. 시장통 골목으로 삼십 대 초반 그 쓰레기장이 좌악 펼쳐진다. 그랬다. 너는 소도시에서부터 사고뭉치의 무성한 소문을 끌고 면 단위 중학교로 내려온 전학생이었고 또 무기정학으로 간신히 졸업했던 문제아 출신이다.

토박이 건달들이 전학생인 너를 화장실로 불러냈다. 힘깨나 쓰는 토호세력 몇몇이 두어 발자국 보폭을 둔 채 눈빛 화살을 쏘아댔다. 기싸움 불뿜는 소리끼리 빽빽 부딪친다.

"한 번도 진 적 없다."

일순 토박이들이 입술을 파르르 떤다. 뻘쭘하니 숙였던 고개가 홱 치켜올려지면서 매서운 눈꼬리에서 불길이 터졌기 때문이다. 눈빛을 낚아채며 오히려 한 발자국 앞으로 나온다. 꺽다리 창민이가 주춤 물러서며 눈빛을 피하자 나머지 조무래기까지 대번에 꼬리를 내렸던가. 그렇게 너는 입성 하루 만에 그 학교를 무혈 접수했다. 날아온 돌이 박힌 돌을 쳐 날리면서 그때부터 3학년 선생님들은 새로운 골칫거리를 떠맡아야 했다.

토박이들이 우르르 담배를 배우기 시작한 건 차라리 기본이었다. 기실 네 잘못도 아니다. 너는 넘어질 준비로 기울어 있던 토박이 친구들의 다리를 걸어 주었을 뿐이다. 그랬다. 맨 처음 자전거다. 공중변소 옆에 세워진 자전거를 그냥 탔을 뿐이고 나중에 처리하기가 거시기해서 웅덩이에 쑤셔 박았단다. 웅덩이로 올라온 기름기를 보고 갸웃대던 농부 하나가 작대기를 쑤셔대자 녹슨 몸체가 공룡 뼈다귀처럼 벌겋게 드러났다. 이번에는 오토바이다. 이제 이웃 학교를 원정 접수할 시기가 되었으므로 멀쩡히 서 있는 가겟방 오토바이에 올라탔다. 좌우지간 바퀴 달린 모든 기계는 네 이동도구가 된다. 짱돌로 엔진 뚜껑을 깨고 전선을 잇자 신기하게 시동이 걸렸고 그 뒤로 중딩 논두렁 건달팀 네 명이 찰떡처럼 찰싹 매달렸다.

일대일 맞장이다.

봄바람 부는 초성리 벌판 무덤가다. 진달래도 시들해진 그 자리로 끓는 힘을 주체하지 못하는 사내놈들 우르르 자리잡고 '센 놈' 두 놈이 서로 노려보는 중이다. 우리 팀 네 명과 이웃 학교 팀 열 명이 가부좌한 채 매섭게 원터치를 지켜보는 동안 봄바람도 긴장되는지 입술을 옹물었다. 공격형과 수비형의 대결이랄까. 너는 날아치기 선수이므로 거리를 두면서 기회를 엿보았고 상대방은 유도선수 출신이므로 접근전을 펼치려 했다. 순간 캥거루처럼 뛰어오른 네가 하이킥으로 적의 어깨를 찍으면서 평형감각을 놓치더니 그대로 넘어졌다. 아, 이젠 네가 붙잡혀 팔다리가 우두둑 꺾일 차례다. 그런데 이상하다. 적이 그대로 풀썩 쓰러지는가 싶더니 쫘악 깔아진 채 일어서질 못하는 것이다.

싱겁게 싸움이 끝났고 담배 한 대씩 나누었다던가. 이웃 패와 헤어지면서 그 사이에 너희들은 또 심심해졌다. 기실 그 짧은 무료함조차 견디지 못하는 너희들을 나는 지긋지긋하게 이해하려 애를 썼었다. 휘발유가 떨어진 오토바이는 더 이상 무용지물이므로 골목길 어디쯤 쓰러뜨린 채 까맣게 잊었고 비닐하우스에 모여 깡소주 몇 병을 비웠다고 했다.

그게 끝이 아니다. 돌아오는 길에 네놈들은 차비가 없었고 그러거나 말거나 택시를 세웠다. 공짜 택시 승차 시비로 붙잡힌 너희를 찾아 경찰서로 향하는 내 마음은 무거웠다. 팥죽처럼 흐물흐물 늘어진 다른 아이들에 비해 유독 네놈 하나만 빳빳이 고개를 쳐들었다. 불쑥 손바닥이 올라가려는 순간 네 아버지와 눈빛이 마주쳤고 내 소매가 자석처럼 끌려갔다. 그리고 또 술이다.

"두목이 돼야 합쥬. 김대중이두 똑똑헝 게 대통령 출마허능 거여."

가겟방 목로에서 연신 치켜드는 네 아버지 엄지손가락에서 삭은 장작 부서지는 소리가 났다. 탁배기 몇 잔에 눈빛이 게게게 풀리더니 한 얘기 또 하고 또 되풀이하기 시작했다. 요짜는 대강 이렇다. 사람은 좌로 가든 우로 가든 두목이 되어야 하므로 작금의 소소한 징계는 문제가 아니라는 것이다. 맞는 말인 것도 같았다. 통 크게 살아갈 전초전이라는 말도 수긍할 수 있었다. 그런데도 돌아서는 내 등허리는 쓸쓸했다. 생강밭 너머 정류장 쪽으로 밀려오던 땅거미 때문이다. 술잔을 잡은 네 아버지의 덜덜 떨리는 소매끝으로 저녁놀이 싸— 하게 몰려왔다. 논두렁으로 푸두덩 뛰어오르던 그 까투리 날갯짓까지 허공에 물수제비를 띄우는 줄 알았다.

그렇다고 너의 등장으로 내 생활이 송두리째 휩싸였던 것은 절대로 아니다. 나는 그즈음 교육계 최대의 화두인 불법단체 전교조를 이끌어 가는 어느 교육도시의 고을 접장이었다. '해직교사 원상회복 추진위원장'으로 〈한겨레신문〉에 이름을 공개했다가 장학사들과 실랑이를 벌여야 했고 서명 문제로 날마다 교장실에 불려 다녔다. 무서워했던 것은 오히려 상대방이었다. 관료건 동료 교사건 가급적 눈빛을 마주치려 하지 않았다. 그랬다. 솔직히 말해서 선생님들이 야속했다. 이 땅의 청청한 젊은이들이 잇달아 분신자살과 투신자살로 맞서는 무시무시한 시국의 소용돌이를 외면한 채 기껏 문서 한 장에 허둥거리는 교무실 분위기가 고통스러웠다.

그래서일까. 틈만 나면 일부러 아이들 틈에 섞였다. 축구를 하러 뛰어다니고 오징어놀이로 넘어뜨리기도 하면서 아슴아슴 아픈 세월 비켜나려 무던히도 애를 썼다. 천부적 선생 체질임을 일부러 외치면서 몸 부대끼는 살냄새로 카타르시스시키는 중이었다. 그런데도 문제아 부류와는 제대로 어울리지 못했다. 오히려 부진아들은 글자 깨우치는 재미로 따라오기도 했지만 문제아들은 번번이 미꾸라지처럼 빠져나가 속을 끓여댔다. 참았다, 참았다, 그야말로 끝까지 참았다.

그러거나 말거나 네놈들은 포플러처럼 무럭무럭 잘도 컸다. 소주잔 놓고 비디오 보다가 끌려와 귀싸대기 맞으면서 그렇게 어른이 되어 가고 있었고, 팽나무 아래서 담배 피우다 걸려 엎드려뻗친 채 키득키득 웃으면서 우쑥불쑥 자라는 중이었다.

나는 쓰레기장 청소감독이었고 그게 내 체질에 어느 정도 들어맞았다. 그리고 네가 '징계학생 교육 프로그램'의 일환으로 쓰레기장에 나오는 바람에 가까이 조우하게 된 것이다. 기꺼이 쓰레기장 배수구를 만들었고 가으내 모은 낙엽들을 구덩이 깊숙이 파묻었다. 전학 오십 일 만에 두 번째 징계받던 너는 캐리어의 중량감답게 만만한 선생쯤은 안중에도 없다는 듯 연신 히히덕거렸다. 마찬가지였다. 구기자밭 바람 타고 건들거리는 네 어깨가 조금은 불량스러웠지만 나 역시 눈길을 주지 않았다. 그보다는 쓰레기 태우는 불꽃 냄새가 구수했고 이따금 불쏘시개로 쑤시면 거뭇거뭇 재티가 저만치 국동리까지 점점이 날아다니는 모습이 꿈결처럼 아름다웠다. 네가 태운 페타이어 연기가 끝이 안 보일 정도로 하늘을 덮을 즈음 나는 청소도구를 챙겼을 뿐이다.

또 있다. 네 옆으로 그림자처럼 따라다니던 여자아이다. 바로 이 자리 오거리 시장 도깨비 골목이다. 파장 무렵, 명태 두 마리 사 들고 쪽방으로 뛰어가다가 변성기 시커먼 거웃으로 인사하던 모습이다. 그 옆으로 히죽히죽 따라다니던 복학생 미희가 있어서 내 마음이 찜찜했던가. 미희 역시 이웃 학교 원정 싸움 경력자인지라 두 학교 학생부장이 몇 차례 회동하기도 했었다. 진짜 나는 머리가 빠개지게 아팠다. 어르고 달래고 꼬시고 좌충우돌로 뺨도 갈기고 어깨도 감쌌다.

'한 번만 더 걸리면 그때는 말 한마디 없이 그대로 두들겨 팬다.'

'그래도 걸리면 그때는 때리지도 않고 당장 경찰에 넘기겠다.'

'너희들끼리는 길거리에서 만나도 절대로 아는 척 하지 마라. 아예 외면하라구.'

그러다가 목소리를 홱 바꾸어 나긋나긋 달래기도 했다.

'지나고 나면 이런 싸움도 추억이 된다.'

'애들은 그렇게 깨지면서 어른이 되는 것이다.'

여자아이답게 코끝으로 이슬이 방울방울 떨어지기도 해서 안도의 한숨을 내뿜기도 했다. 아무튼 뭐 그림이 엄청 나빴던 것은 아니다. 저녁 햇살이 따가워 손바닥으로 햇살을 가리느라 찡그렸을 뿐이다.

"국어 숙제 다 했는데요."

돌부리에 채여 휘청이던 골목길로 단발머리가 한꺼번에 쏟아졌던가. 문득 뜬금 없이 던지는 그 한마디가 가슴을 환하게 했다. 여자아이 입에서 튀어나온 '국어 숙제'란 단어가 너무 생소했던 것이다. 그때까지 나는 너희들을 떠올리면 '술병' '담배' '정학' '패싸움' '맞짱' 같은 모난 단어만 조각조각 떠올렸던 것이다. 이젠 희미하다.

어느새 이십 년 세월이 흘렀을까. 이제 너와 함께 술집 목로에 마주 앉는다. 장년의 교사가 중년 제자에게 소주를 따라 주면 너는 '읍' 하는 자세로 술잔을 받는다. 몸을 돌려 술을 마실 만큼 너는 어른이 되었다. 아, 어디선가 익숙했던 그림이다. 네가 뼈대 굵은 어른이 되어 가는 만큼 나는 등이 굽었구나. 이제 나뭇잎 털어내듯 '깊은 사랑' 털어 줄 그 나이가 되었구나. 불콰하게 취해볼까. 부어라. 마셔라. 해결해 보자. 그렇게 몇 순배가 돌아갔다.

'제군, 장가는 갔나? 참으로 쏜살 같은 세월이야. 갔으면 혹시 부인이 그때……' 라고 물어보려는 순간 네가 먼저 선수를 친다. 잔주름 사이로 예전의 장난기가 잘름잘름 겹친다.

"선생님, 요즘도 아이들 등짝을 주먹으로 팍팍 팹니까?"

어이가 없어서 뜨악하니 쳐다보았다. 나는 아주 심각하게 정리하고 싶은데 찬물을 끼얹은 것이다. 소주 한 잔을 단숨에 들이켜고 비장한 표정으로 한마디 던진다.

"매를 든 적 없다. 아픈 세상을 질타했을 뿐."

진심이었다. 시대가 아파서 내 양심이 찢어지게 아팠던 것이다. 그런데 네가 고개를 흔들며 배꼽을 잡고 웃는다. 에— 하면서.

창살에 성에꽃 대신 봄바람 내음새 흐뭇한 춘삼월이다.

싸대기 맞던 아이들, 파도처럼 손 흔들다

첫 발령을 받고 여고 교사가 되어 처음 설악산을 경험할 수 있었다(나는 고교 시절 '인간이 싫어' 수학여행을 빠지고 사흘간 교무실 청소를 했었다). 여고생들의 해방감이야 당연하겠지만 선생인 나 역시 처음 경험하는 설악산에 조금은 들떠 있었다. 기껏 충청도 야산 정도나 보아왔던 나로서는 잠시나마 거친 굴곡의 강원도 산세에 푹씬 빠져 들었다. 등반과 식사 그리고 수학여행의 꽃인 캠프 파이어를 마칠 때까지 그런대로 무난했다. 그리고 밤이 왔다. 여고생들은 올나이트 디스코판으로 광란의 밤을 보내는 중이었고 인솔 교사들도 '오늘은 그냥 놔둬야지' 하면서 불안하게 주시하는 중이었다.

문제는 여관을 빙빙 돌아 온통 남학생들의 숙소라는 점이다. 녀석들의 몰골은 이미 '수학여행 소주판의 뒤끝' 처럼 보였다. 대부분이 지쳐 늘어진 채 우리 여관만 호시탐탐 노려보는 승냥이의 눈빛이 어둠 속에서 이글거리기도 했다. 소나무 아래 웅크려 담뱃불을 나누는 방황의 풍경이 얼핏 봐도 불량과자 그 자체다. 우리 학교 남선생 규찰대가 위협 주듯 어슬렁어슬렁 다가서면 그림자처럼 슬그머니 피했다가 잠시 후 다시 담벼락 가까이 모습을 드러낸다. 불안하다.

오픈 게임은 지하 식당 순찰에서 벌어졌다. 학생부장과 함께 컴컴한 지하 계단을 뚜벅뚜벅 내려서서 문을 여는 순간 창가에 붙어 있던 그림자 몇 개가 '흡' 숨을 멈추며 납작 엎드리는 것이다. 틈입자다. 공포영화 배경처럼 찬바람이 '쌩' 스쳐갔지만 겁이 나진 않았다. 으스스하지만 숙소에 침입한 남학생들임을 직감했으므로 우선 불을 밝힌 다음 위압적으로 선수를 친다.

"일어섯! 쥐새끼들!"

날카롭게 소리 지르자 잠시 늪 같은 정적에 빠진다. 그러더니 식탁 아래에 납작 엎드렸던 떠꺼머리 고등학생 네 명이 파랗게 질린 채 일어선다. 어떻게 침투했을까? 둘은 장대처럼 키가 크고 둘은 짜리몽땅 오동통하다. 먼저 덩치 큰 놈을 제압하는 게 순서다. 귓바퀴 머리카락을 잡아당기자 '아야야' 인상을 찡그리며 질질 끌려나온다.

학생부장이 플래시로 놈들의 얼굴을 비친다. 휘황한 조명 아래 '독사 눈빛' '사슴 눈빛'이 뒤섞여 드러난다. 그러나 상황이 상황인지라 지금은 독한 눈과 맑은 눈 모두 플래시에 찍힌 채 발발 떨고 있는 중이다. '까치독사' '밤송이' '날쌘돌이' '꺼벙이' 대략 그렇게 명명할 만한 몰골들이다.

"차렷!"

표범처럼 날렵할 아이들이 장난감 병정처럼 '오똑' 하니 부동자세를 취한다. 매타작쯤이야 얼마든지 받을 테니 제발 학교에 연락만 하지 말아 달란다. 제압이 너무 쉽다. 막대기로 배를 꾹꾹 찔러도 부동자세 그대로다. 이번에는 표정을 바꿔 어른다.

"제발 가라. 큰일 난다."

"…… 예."

"느이 숙소에서 놀아라. 어슬렁거리지 말고."

여전히 고개를 숙인 채 반성의 자세를 취하는 중이었다. 딱 한 번 작달막한 아이가 슬며시 눈을 치켜뜨기에 하마터면 수비 자세를 취할 뻔했다. 그러나 곧바로 날카로운 눈빛이 잦아들더니 금세 이슬이 잘람잘람 넘치려 한다.

"사춘기라 여학생들한테 관심이 많아 그랬습니다. 선생님도 저만할 때 그랬잖습니까?"

그뿐이었다. '맑은 눈'을 함부로 인정해주면 어디로 튈지 모르므로 일부러 차가운 표정을 짓는다. 이 질풍노도의 럭비공들을 예방하는 방법은 단순우직하게 기세(氣勢)를 꺾는 게 최선이다.

"어쨌든 나는 문을 열어놓을 수 없다. 너희들은 여학생 숙소에 들어와 객기 부리는 것도 학창시절의 추억이지만 나는 우리 아이들을 보호하기 위해 막을 수밖에 없다. 모두들 조용히 돌아가라."

목에 힘을 준 다음 본부 숙소에 들어갔다. 그게 끝인 줄 알았다. 사내놈들이 그냥 근방 솔숲에서 어슬렁거리며 우리 아이들의 광란의 밤을 훔쳐나 보며 무사고로 지낼 줄 알았다.

처음에는 실제로 그랬다. 사내놈들은 그늘 아래 웅크린 채 기껏 창문 쪽으로 음습한 휘파람만 불어댈 뿐이었다. 그런데 2층에서 발광하여 춤을 추던 소녀들이 자꾸 바깥을 힐끗대는 것이다. 형광등 불빛 탓일까? 부나비들은 불빛의 흡입력에 취해 눈이 흐려진 채 자꾸만 앞으로 다가갈 수밖에 없었다. 정말 나비처럼 예쁘다. 그런데 나비들이 한 술 더 떠 창밖을 향해 손짓하는 것이다. 노란나비 파란나비 배추흰나비가 날갯짓 섞으며 까르르 웃어대더니 우르르 창문 쪽으로 몰려온 나비들이 떼잡이로 소리 지른다.

"남자들아, 놀자. 들어와."

쨍그랑쨍그랑 유리구슬 깨지는 소리다. 계집아이들이 심심풀이로 던진 건빵들이 서서히 진담으로 구체화되기 시작했다.

"진짜 들어갈까?"

"못 들어와? 에이, 사내들이 배짱도 없나? 빙태들."

이쯤 되면 넘어가지 않을 수 없다. 이제 사내놈들은 죽을 때 죽더라도 천사들과 한바탕 춤을 추며 뒤집어지고 싶었을 것이다.

"에잇! 죽기 아니면 까무러치기다."

먼저 까치독사가 뜀틀 운동하듯 사뿐히 담을 넘자 나머지 조무래기들도 담배를 비벼 끄고 따라붙었다. 사내놈들은 스파이더맨처럼 담벼락을 기어올라 순식간에 방 안까지 완전 입성했다. 떠벌이던 계집아이들은 막상 사내아이들이 방 안으로 들어오자 긴장감으로 자르르 떨었다. 어쨌든 일은 벌어진 것이다. 잠깐 숨막히는 침묵이 지나더니 그제서야 여자 대장이 나와 협상을 벌인다. 배구부 강스파이크 유림이다.

"딱 이십 분만 놀고 헤어지는 거야. 소리 지르면 선생님들이 우르르 올라오거든, 그럼 너희들은 모두 잡히게 되어 있어."

"그 대신 화끈하게…… 흐흐흐."

"딱 이십 분만이야."

그쯤으로 타협이 되어 남녀 혼성의 신나는 디스코 타임이 벌어진 것이다. 강물은 흘러갑니다으 아흐아흐아흐…… 헤이헤이헤이 뷰티풀 선데이…… 돌아와요 부산항에 그리운 내 형제여.

하필 그때 내가 문을 두들긴 것이다. 조심스러웠다. 아이들이 총각선생을 후닥탁 방으로 잡아당긴 다음 담요를 뒤집어씌우고 몰매를 때릴 줄 알고 조심하는 중이었다(그 당시 여고생들 사이에서 수학여행 때 선생님들에게 '담요 씌우고 난장 치기'가 유행이었다). 이재문 선생도 그렇게 당했고 최세정 선생도 그랬다. 처녀 교사 최 선생은 캄캄한 담요 속으로 빠지는 순간 너무 놀라 대성통곡까지 하는 바람에 스승과 제자 모두가 대략 난감해지기도 했다. 그런데 나를 끌고 가기는커녕 오히려 우르르 문을 가로막는 것이다. 모두 방글방글 웃으면서 몸을 밀착시켜 출입문을 막는 것이 조금은 수상했다.

"왜요? 남학생이라도 불렀을까 봐서요? 훗훗훗. 들어와 보실래요?"

아무튼 끌려 들어가지 않아 섭섭하기도 했지만 짐짓 다행인 척 내려왔다.

이번엔 인형처럼 팽팽한 김희빈 선생이 올라간 것이다. 그런데 김 선생의 까진 밤톨처럼 다부진 품세에 밀린 아이들이 차마 저지하지 못하여 그대로 방 안까지 입성된 것이다. 그러니까 그녀 역시 문을 연 김에 무심히 방 안에 들어섰을 뿐이다. 이상하다. 아이들이 '와—' 달려들어 끌어당겨야 할 텐데 오히려 순간 늪 같은 정적에 빠지는 것이다. 그런데 왜 하필 그때 장롱 문짝이 들썩들썩 숨소리를 '색색' 일으키는 것일까? 갸우뚱거리며 긴장감으로 문을 열었다.

아, 사람이 있었다. 남자들이다. 장롱 속에서 꼭대기까지 들어올린 담요 위로 불량사탕 눈동자 열 개가 끔먹끔먹 드러난 것이다. 김 선생은 기절할 듯 놀란 가슴을 누른 채 그대로 고함으로 이어졌다.

"나와아아앗."

잠깐 고요에 빠졌다. 여자아이들은 벌써부터 사시나무 떨듯 발발 떨며 끄으윽 울음을 삼키는 중이었다. 그러나 침묵의 순간도 잠깐.

"스발, 나가라면 못 나갈 줄 아나?"

까치독사가 튀쳐 나오며 쬐끄만 여선생을 그대로 밀어제끼자 나머지 사내놈들도 짚토매 쏟아지듯 우르르 튀쳐 나와 복도를 치달리기 시작했다. 이판사판 도망치는 것이다. 그 와중에 김 선생은 날쌘돌이의 바짓가랭이를 잡고 미끄러지면서 질질 끌려 나갔다. 여자아이들의 비명 소리가 터지자 1층 본부에 있던 남선생들이 우르르 올라왔다.

새 신랑 박 선생이 맨 앞 사내놈의 허리를 껴안았다가 후닥탁 뿌리치는 바람에 주춤 벽쪽으로 밀렸는데 그 순간 날쌘돌이는 2층에서 홍길동처럼 뛰어내렸다. 1층 창고 슬라브 지붕이 깨지면서 징검다리 완충 작용이 있었기에 망정이지 그렇지 않았더라면 당장 허리나 늑골이 부러졌을 것이다(사춘기들은 발자국마다 그렇듯 살얼음판이다). 체육과 이 선생님은 사십 대였지만 럭비 선수 출신의 천하장사였다. 당장 두 녀석의 멱살을 잡고도 나머지 한 명의 다리를 걸어서 넘어뜨린 것이다. 여교사 김 선생은 어느새 슬리퍼를 뒤집어 넘어진 아이의 어깨를 팡팡 때리며 엉엉 울어댔다. 아무튼 날쌘돌이만 그렇게 2층에서 뛰어내려 창고 슬라브를 타고 빠져나갔고 나머지는 모두 붙잡혀 무릎을 꿇었다.

결국 포로로 잡힌 아이 네 명만 남아 발발 떨었다. 그때부터 '독 안의 쥐'들에게 무서운 매타작이 시작되었다. 때리면 맞고 또 맞으며 오로지 몸으로 때울 뿐이었다. 까치독사건 제비족이건 모두 '무방비 샌드백'으로 돌변한 채 싸대기 세례를 고스란히 받아야 했다. 이번에는 수학여행 관광버스 기사 아저씨들이 우르르 올라와 매타작에 가세했다. 비명 소리에 놀라 선생님들과 기사들 사이에 싸움이 일어난 줄 알고 쫓아왔더란다.

"이러니 나라가 개판이지."

기사들은 세상을 개탄하는 척 싸대기를 날리며 이 우발적 사건에 동참

했다. 그러나 솔직히 말해서, 운전대 잡던 근육질 싸대기를 맞고도 질기게 버텨내는 고등학생들의 맷집이 더 신기에 가까웠다.

사내놈들의 학교에 전화를 걸었지만 그쪽 선생님들과 통화할 수 없었다. 그 학교 선생님들은 태권도부 아이들에게 경비를 맡기고 횟집 시찰 중이었단다. 물론 규율 책임자인 태권도부 아이들이나 일반 아이들이나 당연히 '그 나물에 그 밥' 이 되어 일탈의 기회만 찾는 것이다.

나는 난리치는 현장에서 벗어나 정난희 선생과 1층에 앉아 있었다. 그때 여관 정문 앞으로 남학생 대여섯 명이 무법자처럼 어깨를 건들대며 우르르 몰려온다.

"누구야."

정난희 선생이 팔을 벌려 막아섰지만 그대로 밀치고 들어온다. 여선생 따위는 안중에도 없다는 당당한 기세다.

"친구들을 구하러 왔소."

"너희들이? 의리의 사나이 돌쇠냐?"

계단에 앉아 있던 내가 용수철처럼 튀어나왔다. '필살기 눈빛' 끼리 스파크를 터뜨린다.

"풀어줘요."

"눈에 힘 빼!"

또 옥신각신 험악한 사태가 연출되기 직전이다. 여관 남자 종업원들이 뛰쳐나와 제압하지 않았더라면 혹시 봉변을 당했을지 모른다. 그가 중재에 나서는 도중 아이들이 곁눈질하더니 갑자기 우르르 도망치는 것이다. 횟집 순찰 중이던 남학교 선생님들이 그제서야 소식을 듣고 화들짝 몰려온 것이다.

또 귀싸대기다. 덩치 큰 중년의 교사는 2층으로 올라가자마자 즈이 학교 아이들에게 싸대기 한 대씩 선물했다. 솥뚜껑만한 손바닥이 번뜩일 때마다 쫙쫙 소리가 터졌지만 사내아이들은 입술을 옹문 채 신음소리도 내지 않는다. 그랬다. 사춘기 남학생들은 단지 여자아이들과 춤을 췄다는 이유 하나로 수학여행 내내 자기 몸을 샌드백으로 내놓았다. 우리한테 맞고 운전기사에게 맞고 또 뒤늦게 몰려온 즈이 학교 선생님한테 맞았다(알고보니 남자아이들은 30분 거리의 이웃학교였다).

착한 인상의 안경잡이 선생님 혼자만,

"수학여행 와서 마음이 들떠서 그런 것 같습니다."

하며 달랬지만 이미 극도로 흥분된 상태라 그런 말이 귀에 들리지 않았다. 여기저기서 꿇어앉은 아이들 머리만 '으이그, 으이그' 하며 쿡쿡 쑤셔대었다.

그러다가 '도대체 아이들이 무슨 죽을 죄를 지은 거지' 하는 생각이 퍼뜩 들긴 했다. 특히 착한 안경잡이 선생님이 왔다갔다 아이들을 가로막으며,

"이웃 학교라 반가웠던 겁니다. 애들이 그렇게 크는 거지요."

사정사정 감싸는 것이다. 소용돌이가 그쳤고 나는 그제서야 시린 가슴을 문질러대기 시작했다. 아차, 하면서 가슴이 찢어지게 아팠다. '사소한 사건'에도 난리라도 터진 듯 악을 썼던 그 현장이 절망적으로 안쓰러웠다.

귀로.

낙산사 휴게소를 통과할 때다. 맞은 편 남학생 수학여행 버스 대열에서 '와—' 함성이 터져 나왔다. 그때 나는 보았다. 사내들 무더기에 섞인 '사슴눈빛'과 '까치독사'다. 뷰티플 선데이의 '제비족'과 무릎 꿇린 채 싸대기 세례를 감수하던 맷집 좋은 '밤송이' 그리고 창고 슬라브를 홍길

동처럼 뛰어넘던 '날쌘돌이' 의 스쳐가는 화면이 순간적으로 정지하는 것이다. 강물은 흘러갑니다으다으. 제삼 한강교 밑을 으아으아으아. 버스 안에서 춤을 추다가 일제히 파도처럼 손 흔들며 쏟아지는 사내놈들의 화면이 물찬 생선으로 겹쳤다. 아름답다. 너희들은 원래 그렇게 섞여서 노는 게 원칙이다. 쏴―. 동해안 파도소리가 스피커 소리에 섞여 시퍼렇게 쏟아지고 있었다. '애들이 그렇게 크는 겁니다' 하시던 착한 안경잡이 선생님도 틈새에 끼어 흘흘흘 웃는 풍경으로 딱 멈추는 것이다.

미안하다. 증말이야.

우리 학교 소녀들도 하얀 치아를 내밀며 일제히 손을 흔드는데 나는 자꾸만 눈시울이 뜨거워지는 것이다.

그리고 깜빡 졸았다

사회과 이봉기 선생님은 95킬로 거구의 사내였다. 그 체구에 걸맞게 펑퍼짐한 그의 얼굴도 여름 무더위 앞에서는 비지땀이 줄줄 흘러서 안쓰럽게 보였다. 그래서일까? 여름 내내 '덥다, 더워' 소리를 입에 달고 다니셨다. 어느 날 오후.

"덥다."

연신 손바닥 부채질 하면서 도리질치는 것이다. 키 순서로 3번(70명 중)이었던 내가 맨 앞줄에 앉아 선생님을 빠드름히 바라보며 '아주 귀여운' 농담을 건넸다.

"제가 입으로 '후우' 하고 바람 불어드릴까요?"

순간 눈앞에 불이 번쩍 터졌다.

"싸가지 없이."

선생님이 귀싸대기로 대답하실 줄은 꿈에도 몰랐다. '입 냄새 땜에 그러나?' 태극기 액자 아래 무릎 꿇고 앉아 한 시간 내내 닭똥 같은 눈물만 뚝뚝 흘렸다.

유년 시절. 옥수수 아래 그늘진 가지가 주렁주렁 매달려 있고 토마토와 호박꽃이 탐스런 한여름 밀짚방석 풍경이다. 할머니가 삼베 적삼 열고 겨드랑이 사이로 훌렁훌렁 부채질하실 때,

"내가 입으로 후우 불어주깡."

무르팍 위에 달려들어 푸우푸 불 때마다 할머니는 이빨 없는 입술로 흐물흐물 웃으시며,

"아구 시원헤라. 잉. 내 새깽이 말도 앙증맞게 하네. 이."

'흐응흥' 웃으셨고 그때부터 으스러지게 껴안는 것이다. 바람이 불면, 하늘을 꽉 채운 채 바둥바둥 매달려 있던 별빛 무더기가 우수수 쏟아질 것 같다.

그 말의 위트를 간직했다가 중학생이 되어 이봉기 선생님한테 처음 써먹었다가 홍두깨 한 방 맞은 것이다. 그랬다. 그후 나는 말하기 전에 상대방의 반응을 미리 예상해보는 조심성이 생기기도 했다. 그리고 만약 선생님이 된다면 아이들을 절대로 때리지 않겠노라' 고 수십 번씩 곱씹었었고 또 지키려고 노력했다. 삼십 몇 년 지난 일이다.

아홉 시 골목길이다. 허름한 여관 창문에서 불빛이 쏟아지고 학원 간판 지나 저만치 구멍가게 창살도 보이는 황량한 저물녘이다. 고등학생쯤 되어 보이는 남녀 학생 열댓 명이 한 아이를 둘러싸고 웅숭대고 있었다. 흔한 풍경이어서 '그런가 보다' 하고 무심히 지나가려는 순간이었다. 바깥 대열의 키 큰 아이가 가운데 있는 안경 쓴 학생의 가슴팍에 주먹을 팍 날렸다. '즈이끼리 싸우나 보다' 하며 구경꾼처럼 잠깐 서 있었을 뿐이다. 순간.

"…… 아저씨."

선방 맞은 학생이 그물을 뚫고 뛰쳐나왔다. 나는 그냥 쓰뭉하니 바라봤다.

“저는 대남대학교 1학년인데 골목길에서 고등학생 애들한테 걸렸어요. 돈 달라고 하네요. 구해 주세요.”

“뭣!”

되받아치는 ‘뭣’ 소리가 탁구공처럼 튀어나와 전신주 허리를 후려쳤다. 벼락치듯 쩌렁대는 내 목소리에 나 스스로도 놀라울 지경이었다. 두 명의 여학생은 재빨리 등을 돌렸고 나머지 남학생들도 눈빛이 마주쳤지만 이미 몸이 바람 빠진 풍선처럼 쪼그라들고 있었다. 그 찰나 내 눈빛에서 튀어나온 탁구공 수십 개가 ‘쌩’ 소리로 날아가더니 아이놈들 눈동자에 부딪쳐 따따딱 떨어졌다(속으론 겁도 조금 먹었다). 짧은 순간이었다. 뒤쪽에서부터 하나씩 몽기작몽기작 물러서더니 갑자기 대열이 무너지면서 와르르 도망치기 시작했다. 그게 끝이었다. 불량과자 열댓 명을 눈빛 한 방으로 평정하다니 참으로 감동적인 순간이었다.

아, 나는 그때 보았다.

한별이다. 맨 처음 화들짝 몸을 돌리던 그 여학생이 바로 우리 학교 석한별이다. 어쩌면 한별이가 ‘선생님이야’ 라고 귀띔하는 바람에 나머지 학생들이 모두 도망쳤을지도 모른다. 학생부 모퉁이에 굴비두릅으로 끌려와 무릎 꿇고 있던 단골손님 그 아이다. 내가 꿀밤을 먹이며 ‘또 오셨슈?’ 하며 느끼한 눈빛을 던지면 오똑 마주보며 씽긋 미소 짓던 그 아이다. 사춘기의 성장이 그리도 빠르던가. 초등학교 티를 겨우 넘기던 아이가 일이 년 사이에 포플러처럼 쑥쑥 커서 말(馬)만 한 처녀로 불안하게 성장하고 있었다. 찜벅거리는 사내들도 문제가 있었겠지.

비 오는 저녁 터미널이었던가. 매표소 건너편 깨진 가로등 아래였을 것이다. 맨 처음 흐릿한 그림자였는데 점차 선명하게 모습이 드러났다. 사내아이 계집아이 한 쌍이 문어발 또아리 트는 자세로 붙어 있는 게 그리도 위태로웠다. 처음에는 외면하려 했었다. 서울 가는 직행버스가 잠깐 가로막았고 다시 버스가 사라졌을 땐 제발 그림자가 신기루처럼 사라지길 바랐다. 그러나 너희들이 여전히 엿가락처럼 붙어 있는 바람에 어쩔 수없이 발걸음을 옮긴다. 아이쿠. 또 한별이다.

"떨어져."

사내놈이 스무 살 대학생이라고 신분을 밝혔다. 전봇대처럼 후리늘씬해서 키 작은 내 눈빛이 사내놈 입술에 간신히 달랑거린다.

"선생님은 연애 안 해보셨어요?"

사내놈이 물러서지 않으려는 듯 눈빛에서 표창을 쏟아낸다. 내가 던진 표창과 놈의 표창이 허공에 부딪치더니 쨍그랑쨍그랑 떨어진다.

"얘는 교복 입은 학생이야. 교회 선배라면서 그 정도 보호도 못하나?"

"야, 너 교복 갈아입고 와."

"뭣!"

'기차 화통 목소리 작전' 을 썼다. 그러나 놈은 움찔하더니 금세 전열을 가다듬고 '뭐요?' 하는 표정으로 입술을 실룩거린다. 정면 도전이다. 진퇴양난. '어, 우리 학교 학생이 아니네' 하고 피할 수 있다면 얼마나 좋을까? 박치기로 선방을 먹이고 쓰러지는 놈 목을 지근지근 누르면서 항복을 받아낼 순 없을까? 그렇게 부르르 떨며 구두 코빼기에 눈길을 주다가 고개를 돌린다. 그런데 한별이는 아까부터 나를 바라보며 생글생글 웃는다. 그 미소가 약간의 안도감과 함께 싸 하니 힘을 빼놓는다.

여중생이니 선배의 입장에서 보호해주길 바란다. 오늘은 선생님을 만났으니 한별이는 일찍 귀가시키고 나중에 막걸리 한 잔 하자는 식으로 미주알고주알 늘어놓을 수밖에 없었다. 그러거나 말거나 놈은 몸을 홱 돌려 무법자처럼 출렁출렁 신작로를 휘저어 돌아갔다. 다행스럽기도 하고 무책임하기도 한 놈의 등허리가 점점이 사라졌다.

이 장면을 영원히 삭제하리라 굳혔다. 한동안 거울 앞에서 그 상황을 재현시키며 수치심으로 진저리쳤다. 한 방에 KO시키고 눈물 빠지게 훈계하는 스크린만 곱씹고 또 씹었다. 독종들은 엔간히 때리면 바득바득 덤벼들므로 '맞으면 죽는다'는 생각이 들 정도로 한 방에 아작을 내야 한다며 상상의 활극을 요리조리 그려 보았다. 그뿐이었다. 고개 들면 웬 소심한 사내 하나가 꺼부정하게 서 있을 뿐이었다.

그후로도 한별이는 마주칠 때마다 여전히 입술을 반달형으로 치켜 올리며 생글생글 웃었고 오히려 내가 민망한 표정으로 어정쩡하게 받아주곤 했었다. 교무실에 끌려와도 '또 오셨슈?' 하며 꿀밤을 때리지도 못했다. 아이들은 그렇게 비탈길 성장실습을 하고 있었고 나는 저무는 삭신을 끌어안고 소심증에 시달리는 중이었다.

올 것이 왔다. 고등학교 선배들과 한 판 붙었다고 했다. 후배들 신상 접수를 끝낸 시내 여고생 '흑장미' 언니들이 신고식을 받기 위해 한별이를 불렀다던가. 읍사무소 창고 뒤에서 덩치 큰 언니들 대여섯 명이 팔짱 낀 채 빙 둘러 있고 그중 하나가 기선 제압용으로 검지를 뻗어 콧등을 꾹 눌렀단다. 그 다음 손바닥으로 눈자위를 쓰다듬으며 목 아래로 내려오는 순간이었다.

"조용히 살게 내비 둬."

손을 훽 뿌리치고 유유히 창고 앞으로 나왔다던가. 머리채를 잡혔고 악을 쓰며 '안고 드잡이'로 뒹구는데 곧바로 영화처럼 '삐용삐용' 경찰차가 달려왔다고 했던가.

파출소에 도착했을 때 아이들은 팥죽처럼 흐물흐물 늘어져 있었다. 나도 죄인처럼 머리를 조아리고 우중충하게 처분만 기다리는 중이었다.

"평소 불량학생입니까?"

"옛! 아닙니다. 절대로 아닙니다."

나는 훈련소에서 갓 작대기 하나 달고 나온 이등병처럼 절도 있게 대답했다. 중년의 김 순경이다. 관내 직장인 배구대회에서 이미 안면을 튼 사이다. 잘 보살피겠노라며 보호자 도장을 찍었고 이 다음에 만나면 막걸리 한 잔 사겠다고 몇 번씩 다짐해주었다(나는 이런 식으로 '막걸리 공수표'를 시도 때도 없이 날렸다).

나오면서 함께 호출당했던 고등학교 학생부 김 선생에게 호프 한 잔만 걸치자고 발목을 잡았다. 자, 그래서 술판이 시작되었다. '어른이 되는 게 만만치 않아' 어쩌구 하며 여유 있게 첫 잔을 비웠다. 내장까지 시원해지더니 금세 술이 확 땡기는 것이다. 그때부터 횡설수설이었던 것 같다. '한 잔은 한 잔이되 양동이로 한 잔이야. 힛힛' 하며 또 시켰다. 부어라. 마셔라. 해결해 보자. 그러면서 한별이가 우리 학교 짱이라고 헛배를 부풀리기도 하면서 가물가물해진 것 같다.

숙취 탓이었을까.

'타이타닉에서 내가 살아남아야 하는 이유 세 가지를 쓰시오.' 그런 글쓰기 과제를 내주고 서 있는 자세로 깜빡 졸았다(서서 조는 게 가능하다니 신비의 재주다). 그 와중에 꿈을 꾼 것이다. 청년 시절 시위대가 되어 쫓기는 꿈이다. 분명히 시위대 맨 뒤에서 '앞서서 나가니 산 자여 따르라'를 부르고 있는데 최루탄이 펑펑 터졌다. 돌아서서 도망치니 당연히 선두일 줄 알았는데 어느새 맨 꼴찌로 뛰고 있는 것이다. 하기사 시위대에서 위치가 늘 그랬다. 맨 먼저 도망쳐도 결국 맨 끝에서 달랑거리는 것이다. 이젠 완전히 혼자다.

도심의 거리가 아니라 허허벌판에서 혼자 도망치고 있는 것이다. 뒤를 보았다. 처음에는 코뿔소였다. 점차 거리가 좁혀지는데 눈앞은 절벽이었다. 절벽 아래로 독사 수백 마리가 혓바닥을 날름거리며 여차 하면 물어뜯으려는 익숙한 장면이다. 다시 고개를 드니 이봉기 사회 선생님이었다. '덥다, 더워' 부채질하던 손바닥을 번쩍 치켜 올린 순간이었다. 솥뚜껑만한 손바닥이었다.

'으악!'

고개를 번쩍 들었다. 아무 일도 일어나지 않았다. 아이들은 여전히 숨도 안 쉬고 글쓰기에 몰두하는 중이다. 비명 소리가 바깥으로 터져 나오지 않은 게 너무 신기하다. 안도의 한숨과 함께 스스로 비몽사몽의 절제력에 감탄하는 중이다. 한별이 혼자 식은땀 흘리는 선생을 바라보며 빙긋빙긋 웃고 있었다. 포플러 초록 색깔이 유리창으로 물감처럼 번지는 초여름이었다.

여중에서 공사하쇼?

젊은 날 나는 조금 거칠었다. 그렇다고 황혼의 벌판을 배경으로 멋진 돌려차기를 구사하는 스크린 속 터프가이도 아니고 그윽한 눈동자로 소녀의 속살을 탐닉하는 분위기파 꽃미남은 더더욱 아니다. 물론 그들의 대리만족으로 헤벌레 미소짓는 아류 또한 절대 아니고 그럴 여유조차 꿈꾸지 못한다. 생긴 대로 노는 게 내 특기다. 스스로 '거칠고 섬세함의 합종' 이라고 규정짓지만 그건 순전히 나 혼자만의 결론일 확률이 높다. 아니 분명히 그렇다. '내 안의 나' 와 '남이 보는 나' 가 다름을 깨달은 것은 기실 꽤 오래된 기록이다.

언제부터였나, 1980년도쯤부터 툭 하면 소맷자락 잡히는 검문의 역사를 가지고 있다. 터미널 부근이나 기차 대합실에서 서성이다 보면 잠바 차림의 사내가 옆구리 찌르며 주민등록증을 요구하는 것이다. 혼자 있을 때는 그렇다 치더라도 친구들과 빙 둘러앉아 기타줄 튕기고 손뼉 맞추는 상쾌한 자리에서조차 하필 나만 딱 찍어 검문을 해대니 도대체 내 얼굴에서 쏟아지는 카리스마가 얼마나 강렬하다는 얘기인가? 막 기타줄을 튕기려는 순간 잠바 차림의 사내가 컨테이너박스 간이 검문소로 끌고 가려 해서 한바탕 승강이를 벌일 뻔했다. 물론 상황에 따라 대처 방식이 다르다. 컨디션이 나쁠 때는,

"또야?"

하며 적당히 인상을 구겨주지만 그때 그때 기분에 따라,

"제가 도둑놈처럼 보입니까? 아니면 운동권처럼 보입니까?"

하고 여유를 보이기도 했다. 그러면 사복형사들은 어리둥절하게 쳐다보다가 피싯피싯 웃기도 한다. 기실 내 젊은 날의 행적을 더듬어 보면 운동권과는 거리가 다소 멀고 단지 네거티브의 전형이었을 뿐이다. 경찰들은 뜨악하니 쳐다보다가,

"기다려 보쇼. 조사하면 나옵니다."

그러거나 말거나 나는 잠수함 탄 신분이 아니므로 눈꼬리 내리는 분위기 잡으며 일부러 담뱃재를 바닥에 흘리기도 했다. '담뱃재 줏어담으쇼' 하면 욱 하고 일어서려던 참이었다. 한번은 형사 한 사람이 나의 스프링 습작노트 겉표지를 보다가,

"혹시 글 쓰시는 분 아닌가요?"

물어보기도 해서 나를 철없이 행복하게 만들기도 했다. 좋아하는 호칭을 만난 행복감으로 나는 갑자기 얼굴을 확 펴고 방글방글 주민등록번호를 불러 주기도 했다. 그랬다. 한때 책이 인생의 전부인 줄 알았다. 남의 글만 죽어라고 읽으면서 자존심의 격을 높인 적도 있었다. 순전히 책꽂이를 채우기 위해 헌책방에서 철 지난 서적 수십 권씩 사재기로 차곡차곡 쌓아 놓으면서 포만감을 느끼는 것이다. 책은 최고의 장식품이었고 지적 우월감을 드러낼 수 있는 유일한 표상이었다. 남의 집에 가서도 먼저 책이 많은가 그렇지 않은가를 살핀 다음 '책에 과연 주인의 손때가 제

대로 묻었는가' '책 모서리가 얼마나 휘어졌는가' 를 재차 확인하기도 했다. 그래서일까? 거친 외모에서도 아주 쬐끔씩은 지식인 냄새가 분명히 풍긴다고 내 모습을 규정짓기도 했다.

그리고 세월은 피도 눈물도 없이 흐르고 또 흘렀다. 여고 교사에서 짤리고 학원강사와 신문사, 잡지사를 부평초처럼 전전하던 해직교사 시절도 지났고, 다시 복직을 하고도 몇 학교를 옮겼음에도 강단 적응이 어려워 이맛살 찌뿌리던 그 시절이니 인생 중태기 사내 즈음이다. '이십 대는 피부로 버틴다' 는 청춘도 쏜살같이 흘렀지만 나는 여전히 기본 바탕을 믿으며 단 한 번도 화장품을 사용한 적이 없다. 머리칼도 빗지 않았고 옷이건 구두건 한번 걸치면 떨어질 때까지 바꾸지 않았다. 풀자루형 뱃살과 속알머리 빠진 머리칼, 그리고 새집처럼 벌어진 이빨과 불쾌하게 쩔은 낯빛. 그게 나였다. 남들은 마땅히 봐줄 데가 없다고 했지만 나는 끝까지 그 스타일만 고수했다. 관리자 유형들은 '품위를 지키라' 고 충고하지만 나는 이게 '내 스타일의 품위' 라며 고치지 않았다.

해마다 삼월이면, 신입생들이 모여 있다가 얼핏,

"아저씨. 유리창 좀 바꿔주세요."

하고 바짓가랑이를 잡아당기면,

"그래, 내가 아저씨 중에서 유리창을 가장 잘 끼우는 왕초 아저씨야."

라며 실제로 유리를 끼워준 적도 있다. 교육실습 나온 대학생들도 석별의 술자리에서,

"왜 출석부를 끼고 다니는지 궁금했다."

그렇게 실토하면 나는 재미있다는 듯 비시식 웃는다. 그리고 속으로 '남루한 외모 속에 늦가을 배추처럼 속이 꽉 찬 선생님입니다' 라고 속으로 옹물며 자아도취되기도 한다. 그러나 작가 스타일로 봐줬던 경찰관의

말도 그냥 슬쩍 던져준 건빵조각이었음을 안다.

도서관 경비의 제지가 그것을 확실히 증명해주었다. 국립대 도서관을 들어가는데 경비 아저씨가 힐끗 쳐다보더니 줄레줄레 따라온다. 출입구 자동막대기 시스템을 지나치려던 순간이다. 하필 아내도 옆에 있던 자리인데.

"왜요?"

아내에게만큼은 그런 행색을 보이기가 싫었던 터라 눈동자에 불빛을 번뜩이며 경비 아저씨를 정면으로 쏘아보았다. 경비 아저씨는 잠깐 훑어보더니 '어라, 옷차림보다는 얼굴이 쬐끔 낫네' 하는 표정을 짓다가,

"아니요."

뒤로 몸을 뺀다. 나는 되받아치고 싶은 심술로 부글부글 속을 끓인다.

"저는 공부하는 사람입니다. 안됩니까?"

'작가 스타일로 안 보이나' 하는 한심한 생각이 머리에 스쳤지만 차마 내뱉지는 못했다. 도서관 유리창 너머로 쏟아지는 봄날의 햇살이 너무 화사했기 때문이다.

비 오는 봄날의 아침.

시내버스를 타기도 거시기해서 모처럼 택시를 잡았던 날이다. 소도시 시내버스 노선은 순환도로가 아니라 완전 지그재그식이라 승용차 십 분 거리가 버스로 오십 분씩 걸리기도 한다. 정류장부터 학교까지 질퍽거리기가 싫은 것도 이유였다.

"여중(女中)으로 갑시다."

그런데 박정희식 선글라스를 낀 택시 기사가 백미러로 힐끗힐끗 곁눈질하며 갸우뚱거린다. 봄비 내리는 강변이 영락없는 수채화 한 폭이라고 감동하는 중이었다. 나는 '비 오는 날의 수채화' 라는 영화를 본 적은 없

지만 제목만 듣고도 가슴을 설레는 센티멘털리스트다. 그렇다. 비가 내리면 온갖 새싹들이 우쑥불쑥 대궁을 세워서 순식간에 초록빛 대지를 만드는 것이다. 그래서 청춘남녀의 사랑이 푹신 젖어드는 신록의 오월이라 했던가? 소도시의 건물 행렬이 비안개에 파묻혀 형체가 흐려지면서 초록과 잿빛이 버무려지는 것 같다. 아름답다. 그런데,

"그 학교 교장이 그리 못됐나요?"

"엣?"

택시 기사의 뜬금 없는 불평에 나는 어리둥절한다.

"그 학교는 비 오는 날 왜 공사를 시키냔 말요."

"…… 무슨 말씀이신지?"

"아저씨 여중에서 공사하는 사람 아뉴?"

읏, 배를 싸안고 엎어질 뻔했다. 아주 짧은 순간 빨간 신호등 앞에서 밟은 급브레이크가 급소를 찔렀기 때문이다. 나는 차마 그 학교 선생님이라고 고백하지 못한 채 슬그머니 자세를 다듬는다.

"제가 힘이 엄청 강하게 보입니까?"

그런데도 택시 기사는 '비 오는 날 만큼은 공사를 중단해야 한다' 며 재삼 강조한다. 봄비다. 이슬비 내리는 바로 그 이른 아침이었다.

마침내 신경림 시인과 함께

"이 사람은 전교조라서……."

"아닙니다. 대학교순데요."

교장님의 난감한 쭈뼛거림에 하마터면 소리를 지를 뻔했다. 나는 인간성만큼은 착한 쪽으로 인정받지만 태생적 다혈질이라서 긴급 상황마다 마음 수련이 필요하다. 젊은 날 '벌떡 교사' 꼬리표 탓일까? 학교에서 내 행동에 제동 걸린 적도 없으며 나 또한 나이를 먹으면서 크게 부닥치거나 싸운 적이 별로 없다. 또한 싸움 이후의 공황상태를 견디지 못하기 때문에 내가 먼저 사과하거나 화해 분위기를 만들어야 한다. 나이는 그렇게 사람을 너그럽거나 우유부단하게 만든다. 그런데 이번엔 상황이 다르다.

"신경림 선생님은 교과서에 나온 분입니다."

"위험해. 전교조를 학교에……."

이런 식으로 티격태격 중이다. 동시에 교장님의 초조한 눈빛이 '의식의 가위눌림' 과 '보수로 편집된 솔직성' 으로 혼재된다. 해방공간과 사변통, 자유당, 공화당, 신군부를 거쳐 노년기까지 살얼음판을 걸어온 '개구리눈' 시국 탓이다. 아무튼 '귀한 시인'을 모시겠다는 야심찬 기획은 시작부터 엉뚱한 장벽에 부딪쳐 기우뚱거렸다.

시인과의 첫 대면은 울울청년이었던 1980년대 초, 부여 금강의 신동엽 추모제 때였다. 문학이 혁명의 도화선이라며 밤마다 어금니 갈던 열혈청년들이 우르르 몰려갔다. 암울한 군부독재 시대. 세상은 어두웠고, 어깨가 무거웠던 우리들은 호시탐탐 전선을 찾아다녔다. 초임교사였던 나는 대한민국의 모든 진보 작가들을 모조리 접할 수 있다는 설렘으로 참석했고 실제로 그렇듯 기라성 같은 작가들을 동시다발적으로 접하는 행운을 만난 것이다. 천성적 부끄러움 탓일까, 말 한마디 못 붙였지만 그 무리에 섞였다는 자체만으로도 얼마나 행복했는지 모른다.

그후 '삶의 문학' 벗들도 작가와의 술자리 후일담으로 풍성해졌다. 이문구 김성동이 그랬고, 김지하 황석영이 그랬다. 그리고 신경림 선생님도 그런 식으로 다가오기 시작했다. 그해 『한국문학』에 이은봉의 「부설학교」와 윤중호의 「겨울 보리」를 평했을 땐 순전히 그 페이지를 보기 위하여 소도시 책방을 싸그리 뒤졌었다. 다음 달이었던가. 『한국인』에 실린 「교과서와 친일파」라는 그의 글을 복사해서 국어교사들에게 윤독시키자 시나브로 벗들 모두 그의 시에 체화되어 있었다. 그리고 세월이 거침없이 흘렀다. 슬리퍼 바닥으로 계단을 딸깍딸깍 치면서 청춘이 지나갔고 중장년이 되었고 몇몇은 저 세상으로 떠나갔다. 시인과 가장 가까이 지냈던 윤중호와 정영상은 망자가 되었다. 그건 그렇고.

특히 중년 여교사들이 좋아했다. 오랜만에 예전의 문학소녀로 돌아가 '초가을 시인과의 만남'을 기다렸던 것 같다. 그랬다. 그녀들은 흐벅진 뱃살 속에 감춰졌던 '종소리 울리던 봄날의 캠퍼스'를 떠올리고 싶었을 것이다. 아주 잠깐이라도 컴퓨터 자막의 일상에서 벗어나 센티멘털한 그 시절을 떠올렸을지도 모른다. 그랬다. 『창작과비평』과 전태일이 있었던 그 어둠의 시대에 시인의 「농무」에서 농부가 튀어나와 비수가 되어 서늘하게 가슴을 그었다(아, 지금도 가슴이 벅차다). 그 '어둠의 시대 행복한 청춘' 은 쏜살같이 흘렀고 바뀐 세상에 적응하면서 저마다 허벅지 비곗살을 감추고 살아가는 중이다.

"동국대학교 석좌교숩니다. 대학교수는 전교조 조직과 아무 상관이 없어요."

교장님은 '뭔 교수?' 하는 표정으로 갸우뚱한다.

"무게 있고 존경받는 분에게 예우하는 특별 배려죠. 『태백산맥』의 조정래처럼."

"전교조와…… 비슷한?"

"아니라고 했잖습니까?"

재빨리 끊는 바람에 차마 말을 못 잇는 그의 눈빛이 얼핏 안쓰럽다. 하지만 나는 또 다르다. 왜 신경림 시인이 '내 신앙처럼 가슴에 품고 살던 전교조' 와 차별성이 있음을 굳이 변명해야 하는가? 그 서글픔이다. 도대체 얼마나 긴 세월을 '전교조는 합법단체입니다. 교총과 똑같은 합법인데 왜 그러세요?' 를 들이대며 가슴을 앓아야 하는가.

"하필 '민족' 문학이다? 순수한 문학이면 좋은데……."

교장님의 순수한 이의 제기에 하필 왜 종교인인 사립대 박모 총장의 인터뷰 장면이 떠올랐을까? 그는 기자회견장에서 '주사파 뒤에는 사노맹이 있고, 사노맹 뒤에는 사로청이 있으며, 사로청 뒤에는 김정일이 있다' 고 핏대를 세웠다. 세상을 '나쁜 빨강 '과 '착한 파랑' 두 가지 색깔밖에 없다고 믿는 바로 그 슬픈 코미디다. 하지만 1980년대 'NL과 PD 운동권 논쟁' 은 그 태동부터 계보의 사활을 건 자존심이자 경쟁 관계이므로 '사노맹 지시에 의한 주사파'란 논리적으로나 현실적으로나 불가능한 이야기다. 그의 생경한 단어 조합의 무지성에 맥이 빠져 논리적으로 설득할 만한 힘조차 사그라든다.

교장님이 고민하는 단어의 색깔도 그렇다. 그들에게 '민족'이란 단어가 파시스트들의 극우 용어로도 얼마든지 사용된다는 설명은 아무 의미가 없다. 어쩔 수 없이 아주 상식적인 카드를 들이민다.

"보세요. 도(道) 국어경시대회 고등부 필독서 제목도 신경림 선생님의 『시인을 찾아서』인데요."

변명하면서 힘이 빠진다. 이 행사는 청년 교사 김효찬의 기획과 나의 '작가회의 지회장' 끝발로 성사시킨 작품이다. 강사료까지 작가회의의 전액 부담이므로 학교 측으로선 그야말로 '손 안 대고 호박 따기'였다. 그런데 제동이 걸린 것이다. 교과서 수록 시인이며 국어경시대회 필독서 저자인 한반도의 원로 시인이 소도시 강연에서 엉뚱한 장벽에 막힌 것이다. 그래서 학교는 섬처럼 아득하다.

내가 학교를 쫓겨났던 필화사건도 그들의 눈에 거슬린 단어가 시초였다. 『민중교육』의 '민중'이란 두 글자 때문에 그해 최대의 필화사건으로 시발된 것이다. 사건이 터지자마자 교과서에 수록된 친일파 시인이 브라운관에 나와 민중은 '인민 대중'의 준말로 공산주의 용어라며 침방울을 튀겼고, 그 바람에 아전급 관료들이 일제히 빨갱이 용어로 국가전복의 의도가 분명하다는 공문을 딸꾹딸꾹 쏟아냈다. '경찰은 민중의 지팡이'라는 간판을 가리키자 '당장 바꿔야 한다'며 눈을 가렸다. 또 있다. 이번에도 단어다. '자생적' '화해의 공동체' '동질성의 회복' '통일 조국' '국밥과 사랑' 좌우지간 내가 사랑했던 단어는 모두 의식화 단어로 지목되었다. 그 '비극적 코미디와 해학적 비극의 합체'가 젊은 교사 열일곱의 목을 잘랐다.

또 있다. 그때 만난 모 관료는 사석에서 '의식화 교사'는 옷 색깔도 빨간색을 좋아한다는데 실제 그러냐고 진지하게 묻기도 했다. 그렇지 않다고 항변하는 내 얼굴이 빨개졌다. 그래서일까, 지금도 월드컵 '붉은 악마' 함성을 접하면 가슴이 서늘하다. 그 아킬레스 같은 '빨간색'에 '악마'를 자신 있게 내세우는 젊은 응원부대의 세대차라니.

아무튼 브레이크 소문이 나오자 여교사들이 먼저 흥분해서 오히려 내가 진정을 시켜야 할 판이었다. 도서계 '강' 아줌마 교사와 문예계 '유' 노처녀 교사가 특히 그랬다.

"교장선생님이 걱정하시니까 조심해."

"문화관광부 공문이고 정부에서 기획한 사업인데…… 이걸 어떻게 이해하나?"

"그런 얘긴 하나마나예요. 어쨌건 허락하셨으니 다행 아녜요."

"허락이라니, 예수님 방문도 허락받고 옵니까?"

까르르르르.

폭소도 교육의 힘이 된다. 그렇다. 모든 것이 힘의 원천이다. 슬픔도 힘이 되고 갈등도 힘이 되며 거센 바람도 힘을 만들어주는 근원이 된다. 아무튼 흩어진 조각들을 모아 새롭게 협의한 원칙은 대략 다음과 같다.

첫째, 학교측 지원이 없으므로 국어교사끼리 갹출한다. 뒤풀이 역시 더치페이로 하되 예비비 십만 원을 만들어 놓는다. 이 돈은 2차 호프값까지 포함된다.

둘째, 플래카드를 건다. 학교 이름 대신 '○○중학교 국어교사회' 이름으로 걸어 놓는다.

셋째, 학교장 이름의 공문 대신 ○○중학교 국어과 선임교사인 강병철의 이름으로 소도시 모든 중학교에 공문을 보낸다(그게 대전충남작가회의 회장 때의 공문을 제외하고 학교에서 순수한 내 이름으로 발송된 최초의 공문이다).

넷째, 지역사회의 문학회, 독서회에도 모두 공문을 보낸다(전교조로 보내는 공문은 모(某) 교사의 반대로 생략).

이번에는 아이들 문제다. 일단 물꼬가 터지면 강당은 순식간에 아수라장이 될지 모른다는 소심증의 발로다. 윤흥길 선생님도 어디 중학교에서 아이들이 하도 떠들어 민망한 사태가 연출되었다고 했다. 하여, 사이사이 투입된 악역 선생님들이 막대기로 옆구리를 꾹꾹 찔러야 했다던가.

나도 경험이 있다. 최교진 선배 초청으로 부여의 한 중학교 졸업반 문학특강을 갔는데 아이들이 죽기살기로 떠드는 바람에 중간에 종료해버렸다. 나에게는 고삐 풀린 중학교 졸업반을 제압할 만한 카리스마가 없었다. 시낭송 한 편 때리고 우아하게 '문학과 인생'을 논하려던 내 의도는 시작 십 분 후부터 산산조각이 났다. 교실에서처럼 '이 자식들, 아가리를 팍' 하고 소리 지를 수도 없어서, 참고 참다가 끝까지 참았던 기억이다.

"아이들은 누구누구까지 듣게 하죠?"

"백오십 명으로 자릅시다. 각 반 다섯 명씩이면 열 반 곱하기 세 개 학년이니까 백오십 명이면 딱 맞네. 일반인까지 합쳐 이백오십 명……. 꽉 차겠지."

문제는 다른 아이들까지 강의를 듣겠다고 너도나도 매달리는 것이다. 수업 한 시간 빠지는 짜릿함의 만끽이 더 클 수도 있으니 그 아이들을 무슨 수로 막아낼 수 있나. 강당이 미어터지든 말든 모두 받고 싶으나 어차피 의자는 한정되어 있다.

"왜요? 나도 들을 거예요."

"목숨 걸고 떠들 아이가 무슨 문학특강?"

"됐거든요. 떠들지 않거든요."

"저도요. 저 좀 보세요."

아이들이 「뽕나무와 아이들」의 야학생들처럼 우르르 덤벼든다. 신경림 선생님의 시 「가난한 사랑의 노래」를 외운 사람들은 통과시켜준다고 빗장을 열어놓고 도망쳤다.

이젠 교장님도 확실히 긴장감이 풀렸다. 꽈리 열매로 초록빛이 탱탱 차오르던 초가을 화단에서다. 눈빛을 피해 운동장을 보고 걷는데 뭔가 뒷골이 당겨서 돌아보니 교장님이다. 풀뿌리에서 흙부스러기가 떨어진다. 초가을 풀밭이 마음의 간극을 메꿔주는 접액질 역할을 하기도 했다.

"강 선생, 신경림 시인이 유명하신 분이데. 국어과 출신 교장들두 몇 사람 오고, 서해문학회, 금강산문학회에서도 온다고 전화 왔데."

그의 문학패 친구들이 '박 교장 어떻게 그런 명사를 초청했어' 하는 문의 전화가 후원이 된 셈이다. 그 정도의 악수에도 나는 가슴이 자르르하다.

"강연장에 교장실 화분 커다란 것 몇 개 배치하라고 일러두었어."

여기서 또 다르다. '화분보다 사랑이 중요하답니다' 란 문장이 입술에서 조물락조물락 멈춘다. '기왕지사 행사경비도' 하는 소리도 '꿀꺽' 멈춘다. 아니다. 우리끼리 해결한다. 브레이크를 피한 것만으로도 충분히 안도가 된다.

마침내 선생님이 오셨다. 선생님은 지붕 위로 '쿵' 뛰어오르지도 않았고 지하실에서 '짠' 하며 솟구치지도 않으셨다. 이웃집 마실 가듯 남루한 차림새로 슬며시 옷소매를 잡아당기셨다. 작가회의 본부에서 모순영 함민복 시인이 동행했고 '느낌표' 대박 시인 유용주가 고릴라처럼 가슴을 쿵쿵 쳐가며 쳐들어온다. 떨린다.

선생님의 등장.

선생님이 우리 학교 교무실에 발을 디딘 것이다. 그리고 그후의 풍경은 못내 안타깝다. 교무실에 들어섰을 때 늪처럼 침잠된 고요에 숨이 콱콱 막힐 것만 같았다. 모두가 등을 돌린 채 업무에만 빠져 있을 뿐 한마디도 말이 없었다. 다시 교장실 문을 열었을 때도 교장님은 의자에 앉은 채 안경 너머로 쓰뭉하니 바라보다가 느릿느릿 일어섰다. 그러더니 여전히 느린 동작으로 박카스 한 병을 꺼내시려는 중이다.

"오시느라고……."

'고생이 많으십니다' 라고 말하려는 순간이었다. 신경림 선생님이 벌떡 일어나 교장실을 나가셨고 유용주 시인도 '쿵' 자리를 박찼고 나도 서둘러 뒤를 따랐다. 그 숨 막히는 분위기를 채 일 분도 견디지 못하시는 것이다. 보수와 진보, 관료와 시인의 간극이 그만큼 크다.

그러거나 말거나 관중들이 몰려들었고 곧바로 강연이 시작되었다. 그제서야 숨통이 트였는지 일사천리였다. 우우우, 긴장감이 증발한 자리로 후끈한 바람이 채워졌고 새로운 서스펜스의 시간이 쏜살같이 흐른다. 우리 아이들도 뜻밖으로 진지하게 골똘하고 있었다. 강의 듣고 시낭송하고 웃고 감동하고 질문하고 사진 찍고 사인 공세까지 일사천리로 마쳤다. 자, 이젠 끝났다. 술떡이 되어 쓰러지기만 하면 된다.

선생님은 내가, 우리들이, 긴장했건 말건 싱글벙글이다. 독서회 교사와 국어교사회가 모였고 '흙이랑' 여주인이 책꽂이에서 선생님의 시집 몇 권 꺼내와 사인도 받고 산사춘 몇 병 내놔서 돈도 굳었다. 나는 사람들을 닥치는 대로 끌고 와 선생님께 인사시킨다.

'이 친구는 딸깍발이에요.'

'이명봉 선생인데요, 시인입니다. 진짜 잘 쓴다구요. 술을 꼭 따라주셔

야 한다니깐요.'

'이 선생님은 오리지널 전교좁니다. 그런 의미에서 의식화 교사와 한 잔 박치기.'

'안현희 아줌마 티쳐는 모교 후뱁니다. 동국대 출신요. 히히힛.'

독서회 선생님들은 더러는 하하호호 술잔을 부딪치기도 하고, 몇몇은 멀찌감치서 바라보며 씨익 웃기도 한다. 나는 점점 기가 살아난다.

'교과서에 선생님 시가 나온 시험 문제 풀어서 30점밖에 못 맞았다매요?'

'누가 그래? 40점이야, 남의 점수를 왜 깎아?'

'30점이 아니구 40점요? 어지간하네요.'

어쩌구 하다가 완전히 맛이 갔다. 부어라. 마셔라. 타는 가슴 이런 식으로 해결해 보자. 그렇게 필름이 끊어졌다.

이튿날 복도에서 마주친 교장님이 소매를 잡았다.

"왜 저녁 때 나를 부르지 않았어?"

"신경림 선생님을 불편해하시는 것 같아서."

"솔직히 난 그렇게 유명한 분인 줄 몰랐어. 근데 시인 친구들이 말하는 거여. 그 냥반이 교과서에 나온 자기 시의 시험문제를 푸는데 40점밖에 못 맞았다나. 허허허. 모처럼 명사랑 식사할 수 있었는데."

어디선가 많이 들은 소리다. 그래도 그냥 함께 따라 웃으며 돌아서는데 또 한마디 던진다.

"악수라도 제대로 할 걸 그랬나."

'개구리 눈' 에서 '사슴빛 눈' 으로 바뀌는 순간이다. 격동의 시대에 이렇듯 소소한 문제를 오물조물 풀어가는 것도 우리네 울타리의 쪼잔한 애환인가? 아, 맑은 햇살이 비료 포대처럼 우수수 쏟아지던 그 계절이다.

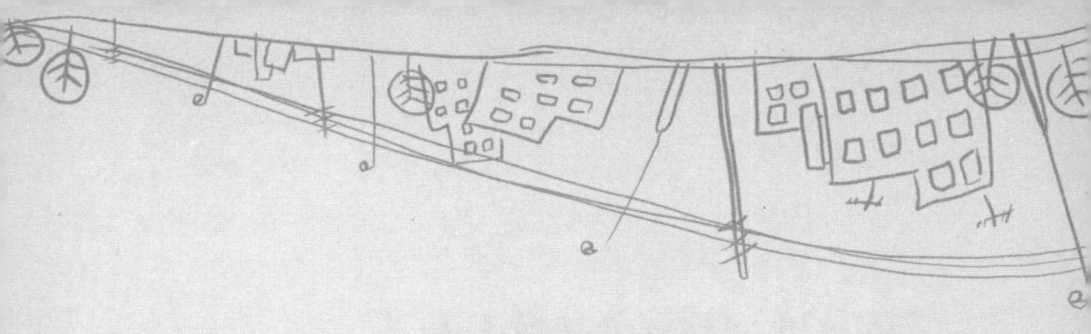

2

내 이름 좀 빼줘

최 선배다. 수화기 저쪽으로도 꼬부라진 술 냄새가 풍풍 풍긴다.
일 년에 한두 번 마신다는 그의 취중 전화인지라 조금 불안했다. '나의 일상적 술잔과
그의 연중행사적 술잔' 이 전화선 속에서 만난 것이다. 그런데 대뜸,
"미안해. 내 이름 좀 빼줘."
"엣!"
"난 너무 평범해."
수화기 저쪽의 '꺼이꺼이' 소리를 들으며 '기우와 현실의 리얼리티' 를 실감했다. 팔다리
모두 힘이 쭉 빠졌다. '선생님이 흔들리시면 다른 선생님도 흔들리십니다.
벽돌 한 장이 빠지면 집 전체가 도미노 현상으로 무너질 수 있잖아요' 라는 문장이
입술 끝에 조마조마 매달렸지만 튀어나오지는 못했다.

강 선생, 경찰서에 끌려가다

1989년 9월.

교사 천오백 명의 목이 잘린 전교조 대량 해직 사태 직후 한남대 집회에서 전경들에게 잡혔던 얘기다. 불법단체 전교조의 노란 티셔츠와 사슴벌레 잿빛 제복들과의 팽팽한 긴장감의 절정 즈음이다. 교사들의 분노와 경찰들의 사명감이 저마다 돌멩이와 최루탄의 적재로 긴장감을 이루었던가. '자발적 노동자'로 자존심 세우는 그 자리에서 나는 체면이 말이 아닌 꼴을 당했다. 삼천여 명의 시위 현장에서 겨우 아홉 명만 체포된 희귀종에 포함되어 저녁뉴스에까지 등장한 것이다.

생각나는 몇 토막 그림이 있다. 먼저 대학 총학생회 열혈 청년학도들이 돌아가면서 구호를 외치는 장면이다.

'5공 청산 회피하고 전교조를 탄압하는 노태우정권 타도하자.'

기실 이런 외침만으로도 시국 상황의 엄청난 변화였다. 그랬다. 우리들의 대학 시절엔 그런 거침없는 억눌림의 토로가 도저히 불가능했다. 정말 그렇게 공개된 자리에서 한번 목 터지게 '독재정권 타도'를 외치고 싶었던 암울한 시국이 있었다. 김지하의 「타는 목마름으로」를 펴놓고 문고리 잠근 채 숨죽여 '민주주의여 만세'를 새겨보던 기억이 바로 지척이었으니 그 자신만만한 외침 하나만으로도 가슴이 '뻥' 뚫리는 것이다. 미발령교사 이주현과 해직교사 김창태가 앞장을 섰고 황금성 길준용 등 날마다 보는 얼굴들이 중간 대오를 이끌었고 나는 대열 가운데쯤에 파묻혀 훌라훌라 파도를 타고 있었다.

그런데 이상했다. 경찰들이 철수 기미가 안 보이고 오히려 어두워질수록 늘어나는 닭장차 불빛이 견고한 장벽을 쌓는 것이다. 그즈음의 집회 진압 방식은 5공화국에 비해 다소 완화되었던 때였다. 대개 정문을 차단한 채 더 이상의 시위 확대를 막는 정도였고 일단 캠퍼스에 진입한 사람들을 강제로 연행하는 경우는 드물었던 것이다. 출입구 봉쇄로 행사를 최대한 축소시킨 다음 집회 대오가 해산한 직후 경찰 병력이 철수하는 것이 통상례인데 그날은 왠지 분위기가 달랐다. 시간이 지날수록 닭장차의 포위망 불빛이 좁혀지는 것이다.

문득 긴장감이 엄습하는 것이다. 닭장차의 불빛과 석고상처럼 움직이지 않는 전경들을 보면서 1986년 10월 '건대 사태'가 떠올랐다. 전두환 정권과 운동권 대학생들 간에 최후의 통첩 같은 충돌 장면이었다. 건국대 옥상에서 끝까지 버티던 '애학투 대학생'들에게 진압봉과 최루탄을 쏟아 붓고 마침내 대학생 천오백여 명을 송두리째 끌고 가던 전대미문의 사건이다. 운동장에서부터 쫓기고 쫓긴 대학생들은 마침내 옥상으로 피신한 채 3박4일을 버텼다. 이튿날 모든 조간신문에는 그을림 투성이로 끌려가는 대학생들의 화보가 실렸다. 옥상 위 무방비 상태의 대학생들에게 헬기들의 굉음과 무시무시한 최루탄 세례와 함께 끌려가는 것이다.

조간신문 일면 전단으로 새까맣게 그을은 대학생들이 굴비두름처럼 끌려갔고 카이저 수염의 김○길 교수가 조간지 칼럼 제목에 굵은 글씨로 '얘야 그럼 평양으로 보내줄게' 하면서 제자들의 뒤통수에 돌멩이를 던졌다.

두 번째 그림은 내가 끌려가던 현재진행형의 장면이다.

집회장을 빠져나오는데 솔숲 사이로 사복 경찰 몇이 나타났다. 어둠 탓이었을까. 소나무 등선을 배경으로 앞을 가로막는 사내들의 체격이 더욱 우람해 보였다. 그리 긴장되었던 것은 아니다. 경찰과 교사가 적대적 관계를 유지할 아무 이유가 없었으므로 태연히 마주서서 엉덩이 먼지를 털었다. 그들은 뚜벅뚜벅 걸어왔고 나도 의연한 척 마주섰다.

"누구요?"

"서의필 교수를 기다리고 있습니다."

사복의 물음에 순발력 있게 답변했으며 또 일부는 사실이었다. 한남대 옆으로 외국인 학교가 있어서 캠퍼스 솔밭 뒤로 빠져나오던 중 거기서 서의필 교수를 만났던 터라 그렇게 둘러대었다. 그는 대학 때부터 소위 '의식 있는 외국인 교수'로 정평이 난 상태다. 숲 속에서 우연히 만난 그가 캠퍼스 내의 자기 관사로 들어오라고 했으나 괜찮다며 사양했었다. 만약에 그의 손에 끌려 사택을 방문했더라면 잡히지 않았을 것이다.

"학생이쇼?"

"선생이요."

순간 거구의 사내가 후닥탁 내 손목을 낚아챘다. 기습이다. 몸을 뒤틀었으나 수갑처럼 더욱 조여 온다.

"읍!"

그러나 솔직히 말해서 악착같이 맞붙었으면 팔목 정도는 빠져나올 수 있었을 것이다. 그보다는 '제자 같은 경찰들과 악을 쓰며 싸우느니 차라리 우아하게 잡혀가자'는 마음이 앞섰다. 의연한 표정으로 '젊은이 수고하네. 이런 상황이 바로 시국의 아픔이야' 하고 어깨라도 두들겨 주고 싶었다. 그런데,

"내가 룸싸롱 사시미칼 출신이야. 씁새야."

빵빵이 스타일의 또 다른 전경 하나가 고개를 바싹 들이밀며 몇 년 전 신문 사회면을 장식했던 룸싸롱 사건을 들먹이는 것이다. 품위를 지키려던 마음이 깡그리 사라지고 욱하고 뚜껑이 열렸다.

"네 이놈! 선생님도 없느냐?"

"빨갱이도 선생이냐? 씁새꺄."

맙소사. 나는 벼랑 끝으로 떨어지며 울화통을 터뜨렸다.

"너 같은 제자 안 만드는 게 내 소망인데 마음대로 안 되는구나."

그러거나 말거나 빵빵이의 앞차기가 날아왔다. 동시에 나도 크로스카운터 펀치를 뻗으려 했으나 덩치 큰 경찰에게 어깨를 잡혀 움직일 수 없었다. 그때부터 내 입에서 '개새끼, 소새끼' 온갖 비속어가 터져 나왔다. 다른 사복들이 달려드는 사이에서도 비속어 잔치는 계속되었다.

그때 아카시나무 숲 사이로 외국인들이 우르르 몰려왔다. 그들은 어깨가 꺾인 채 식식대는 내 모습을 어리둥절 바라보았다.

"What's the matter?"

얼핏 헤아리니 열댓 명 정도다. 나는 재빨리 영어를 구사했다. 다소 체통머리가 떨어졌지만 그런 의사소통을 통해서라도 위기를 벗어나고 싶었다.

"Help me. I am a teacher."

그런데 사복 중 한 명이 어깨를 으쓱대며,

"I am a police."

똑같이 회화로 맞서는 것이다. '대학생 출신인가? 영어도 하네' 하는 생각과 함께 어깨가 축 늘어졌다. 외국인들이 주물주물 뒷걸음질쳐 자기네 마을로 돌아갔기 때문이다.

이번에는 닭장차에 오르기 전까지 양쪽으로 도열된 전경들 사이를 통과해야 하는 자리다. 문득 버드나무처럼 치렁치렁 늘어진 전경 아이들이 안쓰러웠다. 시대가 아파서 내가 아픈 것이다.

'우리들의 대면이 이렇게 비극적이구나.'

그런 가슴 짠한 감상에 젖으려는 순간이었다. 그 대열 중에서 젊은이 하나가 갑자기 '예이 새끼야' 하며 어린아이 꿀밤 주듯 뒤통수를 때리는 것이다. 반사적으로 내 입에서 '개새끼, 소새끼' 가 터졌고 어느새 몸뚱아리 두 개가 '안고 드잡이' 로 뭉쳐지는 순간이었다. 얼핏 잿빛 제복들이 벌떼처럼 부르릉부르릉 몰려오는 것처럼 보였다. 사이사이 '야 때리지 마. 선생님이야' 하면서 만류하는 소리도 들렸다. 그러나 이미 이성을 상실한 나는 오로지 '육두문자 폭탄' 만 발광하듯 터뜨렸다. 그래서일까. 발길질이건 목조르기건 전혀 아프지 않았다.

마지막으로 경찰서 집무실에서 취조 받던 풍경이다.

그들은 '독 안의 쥐' 를 갸웃갸웃 살피다가 뚱한 표정을 지었다. 상대가 선생님이라 깡패나 사기꾼 대하던 거와는 달리 뭔가 조심스러웠다. 나는 책상 위에 놓인 담배 하나를 당연한 듯 빼어 물었다. 눈매가 만만치 않은 그 사내는 나름대로 신사도를 발휘하려는 듯 라이터 불을 붙여주었다.

"이름은?"

"생년월일?"

또 이렇게 시작되는구나. 그 다음에 나올 순서를 줄줄이 외우고 있었다. 해직교사 시절 경찰서에 끌려갔을 때나 도교육위원회 장학사와 문답서를 작성할 때도 늘 정해진 코스가 있었다. 호구조사가 끝나면 '어디서 출발했느냐?' 로 시작되는 코스 조사 차례다. 신분이 신분인지라 얻어맞지는 않겠지만 반복 또 반복되는 재탕 삼탕 코스에서 마침내 탈진될 것이다.

그때 숲 속에서 나를 잡았던 사복 전경이 오더니 체포동의서에 도장을 찍어 달라고 했다. 형광등 불빛에 비친 덩치 큰 사내의 얼굴이 재수생처럼 앳되게 보였다. 소매를 나꿔채자 오히려 그가 화들짝 놀라 몸을 뺀다.

"아까 나 맞는 거 봤지요?"

"…… 아뇨."

그가 설레설레 도리질쳤다.

"총각이 내 팔뚝 비틀고 다른 빵빵한 애가 발길질했잖아."

"아닙니다. 요즘 때리는 경찰은 없습니다."

"멋! 안 때렸다구요?"

"절대로 때린 적 없습니다."

"머요?"

"경찰들은 시민들을 때리지 않습니다."

야근 중이던 다른 형사들까지 모두 '요즘 경찰은 안 때려' 하고 한마디씩 던지는 바람에 순간적으로 '혹시 내가 맞지 않고 혼자 헛소리 하나?' 하는 생각이 들 정도였다. 그러나 다시 마음을 가다듬고,

"내가 징계받게 되면 아까 그 빵빵한 앨 폭행죄로 고발할 테니 그리 아시오."

그는 못들은 척 나갔다.

취조 전에 담배 한 대 더 물었다. 그리고 피할 부분은 피하고 부인할 내

용은 완강히 부인했다. 집회에 참석한 이유는 '글을 쓰기 위해서' 라고 분명히 대답했다. 실제로 나는 집회 장면을 배경으로 단편소설을 구상 중이었으며 그런 마음으로 참석했고 그 방향으로 일관되게 진술했다. 그러나 형사들은 묻고 또 물으며 무엇인가 새로운 해답을 찾으려 했다.

"외친 구호를 대보시오."

"생각나는 게 없습니다."

"집회에 갔으면 구호가 생각날 게 아니오. 당신 글쓰기 위해서 참여했다면서 생각이 안 난다는 게 말이 되나?"

"집회 분위기를 스케치하기 위해서입니다. 소설이 구호에 집착하면 리얼리티와 객관화에서 설득력이 약해지기 때문이죠."

"나한테 문학 강의하쇼?"

"답변할 수 있는 부분만 합니다."

그런데 하필 주머니에서 삐져나온 공주지회 깃발이 문제가 되었다. 집회 해산 직전 김주학 선생이 건네는 깃발을 받아 뒷주머니에 쑤셔 넣었는데 그걸 들킨 것이다. 나는 해직교사 출신이므로 깃발 사수 정도는 감당할 위치라고 생각하며 받았는데 그게 미끼가 되었다. 옆자리 덩치 큰 형사 하나가 발끈 일어섰다.

"김 형사 빨리 처리해서 내려 보내. 깃발 보니깐 주동자네."

"주동자가 깃발 들고 다닙니까?"

"깃발이 나왔잖소. 보쇼."

그가 깃발을 코밑까지 들이민다. 형광등 불빛에 넓적한 얼굴이 붉은색과 검은색의 혼합으로 번뜩인다. 내 얼굴도 공주지회 붉은 깃발에 반사되어 벌개진다.

"깃발 들고 다니는 주동자 봤냐구요."

"세상 좋아졌네. 에이, 한 판…… 확."

"맘대로 하십쇼."

차라리 와장창 깨지고 '매 맞는 선생님' 이란 소설이라도 쓰고 싶다. 그런데,

"이봐. 당신 술 먹었지."

이건 웬 뚱단지 같은 소리인가?

"아뇨."

"그런데 왜 얼굴이 빨개?"

"원래 빛깔이 그렇습니다."

"술 마셨으면 술 마셨다고 솔직하게 말하쇼."

"요즘 경찰은 시민들 술 마신 것까지 체크합니까?"

"왜 안 마셨다구 거짓말 하느냔 말이야."

"아니, 제 얘긴 내가 술 마셨다는 게 아니라, 마셨든 말든 경찰관들이 왜 참견이냐 그 말입니다."

이번에는 수첩 속의 아내 사진이 문제가 되었다.

"누구요?"

"내 아내요."

"솔직히 말하쇼."

"어쩌란 말입니까?"

"이 여자가 누구냔 말요?"

"내 마누라라고 했잖습니까?"

"조사하면 다 나온다닌까."

"아니, 경찰관이 중학교 학생붑니까? 왜 멀쩡한 남의 마누라 사진을 가지고 시비요? 내 마누라 사진 가지고 다니는 것도 죄입니까?"

그가 주춤 물러섰고 나는 푹푹 끓는 열을 진정시키기 위해 담배 한 대를 더 피웠다. 담뱃불을 붙이려는 순간.

"여보쇼. 이 담배는 내 거요."

"…… 엣!"

"내 돈으로 산 내 담배니까 피우려면 주인한테 허락 좀 받으셔. 담배 주인에 대한 기본 예의도 모르쇼?"

"죄송합니다……. 한 대 더 피웁시다."

"피우쇼. 씨헐."

"그렇다고 욕입니까?"

"남의 담배를 왜 마음대로 피우느냐고? 한두 대도 아니고, 절반이나 없어졌잖아. 이건 내 담배라니깐."

아닌 게 아니라 내가 허락도 없이 멀쩡한 남의 담배를 절반이나 피워버린 것이다. 그후 자세를 약간 낮춰서 여섯 시간 가량 문답서를 작성했다.

추신.

풀려나오면서 교통비를 요구했다. 안 된다고 했다. 멀쩡한 사람 끌고와 내팽개치느냐고 따지자 교통비 지급은 참고인에게만 가능하고 혐의자들에겐 교통비 규정이 없다고 했다. '내가 왜 혐의자냐' 고 하자 '그럼 초대 손님인 줄 아느냐' 고 했다. 그리고 정 힘들면 유치장에서 푹 자고 아침에 나가라고 하는 바람에 질끈 입술을 깨물며 그냥 나왔다. 시국처럼 어두운 도심지 복판에서 나, 그렇게 비틀거렸던, 이십 년 전 기억이다.

착한 선생 박종건

1989년 4월.

공주 탄천중학교에서 그를 만났다. 부임 첫날 전교조 공주지회 신문을 돌리는 그의 모습은 소박한 시골학교 교사의 표정과 주파수 빠른 야생마의 속살을 지니고 있었다. 멀뚱하니 서 있는 나에게 그가 먼저,

"해직교사 출신이시죠?"

씨익 웃었고 나는 고개만 끄떡였다.

삼 년 팔 개월만의 복직.

창 밖만 응시하며 감회를 달래는 중이었다. 그 짧은 순간, 해직 기간의 다사다난한 사건들이 주마등처럼 스쳐가는 것이다. 격렬하고 아픈 사랑 넘치던 세월이 순식간에 지나고 다시 본래의 그 자리로 돌아온 것이다. 그후로도 오랫동안 나는 '뻥' 한 표정으로 창밖에 매달리느라 마땅한 대화를 나누지 못했다. 그래서일까, 사람들은 바위처럼 경직된 첫 인상 때문에 말을 붙이기 어려웠노라고 후일담을 들려줬다. 순전히 해직교사의 경력만으로 나는, 그해 여름, 전교조 교사들의 대량 해직사태를 비켜났

음에도 한동안 무게와 중량감을 유지할 수 있었다.

그 학교는 우연히 전교조 교사가 많았다. 기실 전교조 불법단체 시대에 열아홉 명의 교사 중 네 명의 조합원 숫자는 굉장히 많은 것이었다. 교무실은 날마다 매스컴에 집중하면서 시국 상황을 점검했고, 또 많은 사람들이 밀어주고 보태주면서 변혁의 흐름에 동참해주기도 했다. 이듬해 그가 부여로 전출할 때까지 김홍정과 박 그리고 이복순 등과 함께 '의식화를 지속하는 전교조 르네상스 시간'을 보내었던 것 같다(아, 가슴이 짠하다. 김, 박 두 사람이 떠나고 나는 한동안 슬럼프에 빠졌었다. 이념과 현실의 간극을 실감하면서 기우는 젊음을 아프게 마감했던가).

그는 학교 공터에 텃밭을 가꾸는 중이었다. 아이들과 함께 퇴비 실은 손수레 끄는 착한 동네 아저씨의 얼굴 너머로 전원일기의 배경이 투박하게 붙어 있었다. 호랑나비와 노란 배추꽃 호사한 텃밭에서 상추를 뜯으면서 봄이 왔음을 실감했다. 여름철엔 더 바빴다. 땡볕 때문에 운동장 건너편 텃밭조차 움직이기 힘들어하는 평교사들을 위하여 호박을 따서 동료 교사들의 책상 위에 올려놓았다. 커피 한 잔 값이면 대여섯 개씩 살 수 있는 싸구려 애호박들이 신문지에 싸인 채 정성스런 선물로 변하여 책상 위에 올려지곤 했다. 신기했다. 씨앗들을 물에 적시면 수상한 시국을 뚫고 푸른 대궁을 세우다가 덩그러한 열매를 터뜨리는 것이다.

그는 글씨 모르는 아이들을 아주 열심히 가르쳤다. 움직이는 곳마다 마이더스의 손처럼 아이들의 눈이 떠졌고 표정에 생기가 솟았다. 숫자를 못 세던 아이들이 구구단을 외웠고 이름자를 못 쓰던 아이들이 이맛살 옹송그린 채 동화책 글자 맞추기에 안간힘을 쓰곤 했다. 그렇게 지성으로 가르치고 지성으로 배우자 까막눈이 떠지고 숫자판에 불이 켜졌다. 가끔 아이들 얼굴을 뻘쭘하니 바라보다가,

"열심히 하면 좋은 기술자가 될 수 있겠다."

그렇게 페스탈로치의 잔영을 보여주곤 했다. 운동장 어디쯤 후미진 모퉁이에 그와 아이들이 낄낄대고 있으면 그 위로 얼핏 아스라한 햇살이 쏟아지는 것이다. 공익광고나 교육잡지 어디선가 많이 본 모습으로.

태생적으로 부지런한 그는 닥치는 대로 보강을 들어갔다. 일과계였던 나는 빈칸마다 당연히 그의 이름을 넣었고 그는 기쁘게 빈 교실을 찾아다녔다. 수학교사인 탓일까, 계산도 엄청 빨라서 아예 행정실 월급 명세서를 계산해주기도 했다(그때는 컴퓨터가 없었으므로 손 계산에 의지할 때였다). 때로는 행정실 사람들이 덤터기를 씌우기도 했지만 불평 없이 자기 일처럼 돌보아주었다. 틈만 나면 아이들과 축구를 했고 주력이 좋아서 전후반 모두 100미터 달리기하듯 뛰어다녔다. 그러나 기실 야생마 같은 체력도 그의 온순한 얼굴에 감춰진 채 그리 위압적이지는 못했다. 그가 달리면 아이들이 각다귀처럼 달려들어 다리를 걸거나 허리띠에 매달리는 것이다.

그는 몇몇 교사들과 함께 숙직실에서 점심을 지어 먹었다. 당번을 정해 동태나 고등어를 준비해왔고 울타리 텃밭의 상추와 쑥갓과 고추를 올려놓기도 했다. 3교시 지나 출석부 챙기다가 찌개 냄새 나는 숙직실을 훔쳐보면 그는 냄비 뚜껑을 들고 후우후 불어대며 간을 맞추는 중이었다. 밥을 먹은 다음 그네들은 기타를 치고 〈못생긴 얼굴〉이나 〈임을 위한 행진곡〉 등을 불렀다. 잔잔하던 노래 가락이 점점 커지면 아이들이 숙직실 유리창 너머로 기웃거리기도 했다. 그것은 유희였고 뒤풀이이자 유쾌한 시위 방식이기도 했다. 아름답다. 그즈음 수세에 몰리던 노태우 정권은 문익환 목사님과 소설가 황석영, 그리고 서경원 의원의 방북을 계기로 공안정국으로 전환시키면서 급작스레 고삐를 조여왔다.

마침내 깨어 있는 교사들과 험한 시국의 한판 대결 예고편이 깜짝 화면처럼 '쿵' 떨어졌다. 윤영규 위원장부터 줄줄이 파면이 시작되더니 그해 유월, 충남에서도 김지철 형과 이우경 선생이 파면을 당하고 전인순이 전교조 서산지회장으로 첫 공개를 하면서 단두대로 목을 내밀었다. 우리들은 교무실 책꽂이에 '파면 철회 김지철 · 이우경' 이란 팻말을 붙였다. 그러거나 말거나 전교조 교사들이 우르르 목이 잘리고 학교를 쫓겨났고 남아 있는 우리들은 단식 수업을 했다. 분노와 긴장과 배고픔이 합체가 되어 몰려왔다. 단식 수업 이틀째 되는 날 갑자기 교단이 위로 팍 올라가더니 한 걸음 디딜 때마다 칠판이 앞으로 쓰러지는 것이다. 내가 먼저 단식을 풀은 뒤에도 김과 박은 한참을 더 이어갔고 그러거나 말거나 선생님들의 목은 차례차례 잘려나갔다. 단두대는 비장한 눈빛들을 그렇듯 외면한 채 기계답게 싹둑싹둑 작동시킬 뿐이었다. 분하다. 착한 일로 다친 상처는 아프지 않다. 그런데 선생님 천칠백여 명의 목을 자르고도 '정의사회' 운운하는 정권의 하수인들은 과연 어떤 인물들인가?

이듬해, 그와 김홍정이 전출했고 남아 있던 나는 혼자 상추와 호박을 힘없이 키웠다. 학력이 떨어지는 아이들 모가지 때국물 닦아주며 구구단을 가르쳤고(요즘으로 치면 수당 없는 부진아 지도랄까) 운동장에서 축구를 하면서 가끔 그를 떠올리기도 했다. 채소밭의 웅크림은 참교사와 가까워지려는 몸부림이었지만 예전처럼 신명나지 않았다. 비료 맞은 상추가 새까맣게 타 죽었고 고추밭엔 온갖 잡풀이 무성했다. 그나마 호박구덩이만 시퍼렇게 살아 울타리에 똬리 틀면서 여기저기 덩쿨손을 뻗어서 생명력을 보이기도 했다. 시퍼런 엽록소로 얼핏 그의 잔영이 비쳐서 눈을 비비기도 했던가. 그리고 세월이 쏜살처럼 흘렀고 우리들은 청년교사에서 장년의 평교사가 되었다.

미안한 기억 한 가지.

나와 그, 그리고 김과 처녀 선생 이복순과 함께 사회과학 스터디클럽을 만들어 공부도 했다. 성경 말씀이 '신화냐, 실재냐'의 논쟁이 정류소 앞 중국집까지 이어졌다. 크리스찬이었던 그에게 내가 겁 없이 질타했던 장면을 오래도록 아프게 후회했다. 그는 바른 크리스찬의 길을 가고 있었고 나는 '하느님은 대자연의 법칙이요 우주의 질서' 일 뿐이라고 냉소적으로 응수했다. 논쟁을 마감하지 못한 채 부여 가는 버스를 타던 뒷모습의 쓸쓸함이 지금도 삼삼하다(어쩌면 그 시절이 나로서도 막바지 젊음이었을지도 모른다). 논쟁으로 상대를 설득시키려는 의도가 오만임을 시인하며 그후 내 삶에서 논쟁을 지웠다.

그후 우리들은 헤어졌고 깜빡 잊기도 하다가 전교조 집회에서 이따금 군중 속의 그를 만나 손을 흔들기도 하면서 잊었던 실체를 잠깐 확인하기도 했다. 발간한 책을 한두 번 그에게 보내 주기도 하면서 과거에 묻혀 가는 것이다. 그리고 어느 날 그를 만났다. 전교조 충남지부장 후보가 되어 학교로 찾아온 것이다. 컴퓨터에 빠져 있다가 어깨 치는 촉감으로 돌아보니 그였다. 교육운동가의 비장함보다는 촌스러운 옛 모습 그대로.

(나는 라이벌 후보인 김화자 선생께 한 표를 던졌다. 미안하다. 사랑한다.)

내 이름 좀 빼줘

진정성만으로도 세상의 가슴을 열 수 있노라 확신하던 세월이 있었다. 앞서서 나가면 '깨어 있는 영혼들' 이 우르르 뛰쳐나와 변혁에 동참하리라 굳게 믿었던 막바지 젊음의 뒤안길이다. '손에 손잡고' 행복한 공동체를 함께 꿈꾸던 그때까지 나는 착했다. 청년교사에서 중년으로 넘어가면서 민초들의 몸짓을 새롭게 주시하던 그즈음이다. 언제부터였나, 세상 군상들의 다양한 실체를 체득하면서 저마다 체질에 맞는 처방을 준비할 때쯤 내 영혼의 순수성이 바래기 시작했다.

서명 용지가 단두대이던 시국을 막 벗어난 시점이었던가. 천오백여 해직교사의 목을 단칼에 날린 1989년도가 총알처럼 지나가더니 어느덧 대통령선거 한판 승부가 다가온 1992년도 중반기다. 3당 합당의 김영삼, 대권 3수 김대중이 맞수였고 재벌 그룹 정주영이 과연 '혜성처럼 튀는 후보냐, 그냥 돈 많은 신기루냐' 도 만만찮은 관심사였다. 평교사들도 휴게실 구석에 모여 김영삼의 3당 합당이 '구국의 결단' 인가 '비열한 야합' 인가로 격론을 벌이기도 했었다. 그 선거 국면을 타고 '해직교사 원상

복직' 사안이 수면 위로 부상했고 나는 한 소도시의 접장을 맡았다. '해직교사 원상회복을 위한 ○○시군 추진위원장' 이란 긴 직함이다.

"중진국 이상에서 교원노동조합이 없는 나라는 우리나라 하나뿐이라구요. 몸으로 때우는 노가다가 아니라 몸과 마음을 일치시키는 노동자라구요."

열변을 토하면 사람들은 참참한 표정으로 경청하기도 했다. 적어도 그 시절엔 전교조를 노골적으로 폄하하는 뻰뻰파는 없었다. 그러나 서서히 사람들을 만나는 현실이 지치고 괴로웠던 것도 사실이다. 분신자살과 투신자살 소식이 활자와 브라운관으로 쏟아지는 그 순간에 성적표 몇 장에 일희일비하는 군상들을 오버랩시키기가 죽기보다 싫었다. 업무에 매달린 척 몸을 돌리는 그들의 등허리를 쓸쓸히 바라보다 창밖 시퍼런 풀빛에 눈길을 주곤 했다.

"그릇된 가르침은 사람들을 부려먹는 데 쓰이고 참된 가르침은 세상을 섬기는 데 쓰입니다. 그런데 그 낮은 자리로 임하기가 그리도 힘이 드네요."

어쨌든 이 사태를 공유해야 한다는 강박감으로 사람을 만났고 술을 마셨고 바짓가랑이를 잡아당겼다. 최루탄과 화염병 공방이 펼쳐지던 아스팔트 시국의 학교 현장을 그야말로 간신히 적응했음을 나는 지금도 감사하게 생각한다.

승진을 앞둔 최 선생은 아이들도 그럭저럭 사랑하고 때때로 술값도 잘 내는 평범한 부장 교사다. 지역 명문고에 합격한 큰딸과 사관학도 아들을 두었고 최근에 아파트도 32평으로 넓혔다. 부여 어디쯤에 투자한 땅값이 몇 배로 뛰었으며 날마다 등산과 테니스로 건강을 관리하는 등 중산층 행복을 구가 중이었다. 그에게 갑자기 웬 틈입자가 나타나 불쑥 서명 용지를 내민 것이다. 처음엔 그의 하얗게 질린 얼굴 때문에 오히려 내가 더 놀랐다. 하지만 나는 전열을 가다듬고 그를 빠드름히 바라보았다. 목장에 쳐들어온 늑대를 대하듯 몸을 납작 쪼그린 그의 등 뒤로도 푸른 벌판이 보였다. 유월의 밤꽃 냄새다.

"그런 건 몰라. 너무 평범하게 살아와서."

다시 마음 깊이 내공을 모아 '선생님의 서명이 미래를 살립니다' 라는 텔레파시를 '빠바바바' 보냈다. 기실 그 학교 직원 열일곱 명 중 서명을 하지 않은 사람은 최 선배 한 사람뿐이라서 기왕지사 100% 달성의 욕심을 부리고 싶었던 것이다. 잠깐 긴장의 끈이 접히면서 그의 손이 떨리는가 싶더니 '욱' 하며 어깨를 폈다. 결단을 내린 것이다.

마침내 서명을 받아냈고 곧바로 충남지부에 명단을 제출했다. 전직원 모두 서명을 받아낸 사람은 소도시 전체에서 나 혼자밖에 없어서 '아싸 호랑나비' 하며 몸이 새털처럼 가벼워졌다. 선생님들은 대개 '교사가 노동자' 란 말에는 갸웃거렸지만 '쫓겨난 교사가 교단으로 돌아와야 한다' 라는 명제에는 인간적으로 동조했다. 솔직히 '혹시 나중에 철회해 달라고 조르면 어떻게 하지' 하는 기우도 있었으나 금세 잊어버린 것이다.

그즈음 딸내미가 태어났고 곧바로 아들놈의 퇴행 증세가 나타났다. 갓난아기처럼 팔다리를 흔들며 엥엥 우는 네 살배기 아들놈의 당연한 성장과정을 조금은 우울하게 바라보던 예민한 정서의 시기이다. 그러나 삶의 지향점은 시국처럼 뚜렷했다. 교육 민주화를 다지며 출근했고 교육 노동자를 새기며 수업에 임했고 '전교조 만세' 를 외치며 술잔을 부딪쳤다. 그랬다. 〈솔아솔아 푸르른 솔아〉와 〈임을 위한 행진곡〉을 가르치면 꼭 이 세상 모든 아이들이 횃불을 들고 우우우 따라나올 것 같았다. 운동화 끈을 매거나 변기통 앞에서도 전교조 기도문을 외우고 다녔으니 그야말로 '해가 떠도 전교조, 달이 떠도 전교조' 였다. 그날도 술자리에서 '조국의 교육 민주화를 위하여' 술잔을 부딪치다가 아홉 시쯤 해롱대더니 아파트 문을 열자마다 떡이 되어 쓰러졌던 것 같다.

따르르르릉.

비몽사몽간에 수화기를 잡았다. 십 분 남짓의 토막잠이 깨지고 몸이 수렁처럼 찐득찐득하다.

"나여."

최 선배다. 수화기 저쪽으로도 꼬부라진 술 냄새가 풍풍 풍긴다. 일 년에 한두 번 마신다는 그의 취중 전화인지라 조금 불안했다. '나의 일상적 술잔과 그의 연중행사적 술잔' 이 전화선 속에서 만난 것이다. 그런데 대뜸,

"미안해. 내 이름 좀 빼줘."

"엣!"

"난 너무 평범해."

수화기 저쪽의 '꺼이꺼이' 소리를 들으며 '기우와 현실의 리얼리티' 를 실감했다. 팔다리 모두 힘이 쭉 빠졌다. '선생님이 흔들리시면 다른 선생님도 흔들리십니다. 벽돌 한 장이 빠지면 집 전체가 도미노 현상으로 무너질 수 있잖아요' 라는 문장이 입술 끝에 조마조마 매달렸지만 튀어나오지는 못했다.

나는 재빨리 그를 이해하는 쪽으로 마음을 정리한다. 이 사람은 태생적으로 마음이 약한 사내다. 나의 소심증과 그의 소심증은 상황이 다르다. 게다가 교감 승진을 앞두고 있지 않은가. 만약 이 순간 내가 공격적 언어를 쏘아대면 그는 진퇴양난으로 얼굴을 감싼 채 흐느적흐느적 쓰러질지도 모른다. 기왕지사 화끈하게 통로를 열어주자.

그러겠노라고 약속을 했고 또 즉각 전교조 충남지부에 전화를 걸었다. 서명 용지를 보내자마자 철회 요청을 하려니 낯이 화끈했지만 철판 쓴

얼굴로 끝까지 통화 내용을 관철시켰다. 그리고 속을 끓이며 다시 야심한 밤을 열고 가겟방 캔맥주로 2차에 돌입한다(나는 언젠가 이 횟술의 대가를 치를 때가 있음을 안다).

따르르르릉.

그런데 또 전화가 온 것이다. 최 선배다. 수화기 저쪽으로 〈소녀의 기도〉 경음악과 함께 웅숭대는 소리가 들린다. 레스토랑과 과일안주와 참기름병만 한 병맥주가 펼쳐지고 그 위에 한숨을 뻑뻑 쉬는 그의 얼굴이 겹쳐진다. 이번엔 짜증이 나서 억지 가슴을 열어준다. 집들이에서 만났던 그의 가족사진을 떠올린 것도 '어떻게 하면 최 선배를 기분 좋게 이해할 수 있을까?' 하는 이유를 찾기 위해서다. 아내와 딸이 아빠의 어깨에 기대어 있고 사관학교 아들놈이 부동자세로 서 있는 화목한 풍경이다. 그가 턱짓으로 지시하면 나머지 가족들은 공경하는 마음으로 온갖 심부름에 임했던 것 같다. 그 안락한 둥지가 깨어질까봐 겁을 먹는 것이다.

그러나 내 생활도 만만찮다. 전화벨 소리에 깨어 끄앙끄앙 우는 딸내미와 그러거나 말거나 바위처럼 깊은 잠에 빠진 아내 역시 내가 거둬들여야 할 식솔이다. 나 역시 이 불안한 시국을 벗어나 진짜 안락한 행복 속에 빠지고 싶은 것이다. 그러나 아직은 힘들게 살겠다고 마음 다지며 약한 생각을 꾸역꾸역 누른다.

"이름자 지웠다니까요."

"분명히?"

"분명합니다."

도대체 뭐가 분명하다고 부득부득 설득한단 말인가? '울컥'을 감추고 그렇다고 짧게 끊는다. 난세의 시국 탓이다. 난세는 결 고운 속내를 허락하지 않으므로 평상시에 감춰졌던 내면의 속성을 적나라하게 토해준다.

인원수 채우기에 편집됐던 내 집념이 후회 쪽으로 기우는 순간이다. 사는 게 만만치 않구나.

앗, 열두 시가 넘어서 또 세 번째 벨이 울린다. 시헐. 또 왔구나.

"분명하다구요."

일찌감치 선수를 치는 것이다. 고달픈 육신만큼 목소리도 날카롭고 단호하다. 수화기 저편으로 깜짝 놀란 듯 '흡' 하는 숨소리가 들린다. 먹하니 침묵이 지나고 그가 간신히 운을 뗀다.

"…… 실수로 안 지워졌으면? …… 어떡하지?"

"그럴 리 없죠."

"볼펜으로 찍찍 그으면 이름자가 흐릿하게 보일 테고 그럼 명단이 그대로 올라갈 수도…… 난 평범하게만 살아와서."

"아니요. 서명 용지를 교육부에 보내는 게 아니라 동의한 사람의 이름을 프린트에 공개하는 것입니다. 서명 용지는 우리가 보관하는 그냥 근거 자료일 뿐입니다. 그러니까 선생님 이름자만 나오지 않으면 그게 끝이라구요."

"만약 불러주는 사람이 실수하면 공개될 수도 있지 않는가? 수정액으로 지워줘."

도대체 지금이 몇 시인가? 그가 잡은 바짓가랑이 압박감으로 종아리가 짯짯해진다. 앞으론 분명히 서명도 사람 골라서 받겠노라 다짐하며 잠을 청했던 것 같다. 쭉 늘어진 몸이 절벽으로 떨어진다. 진짜루 자자.

그런데 또 전화가 왔다. '맛이 간 목소리' 끼리 운명의 대화를 되풀이한다. 비몽사몽. 꿈인지 생신지 분간이 안 가지만 그의 떨리는 목소리는 느낄 수 있었다.

"나야."

“왜…… 수정액으로 지웠다니까.”

“수정액이 베껴지면 어떡하지? …… 미안해.”

“확인해 줄게요.”

“서명 용지를 복사해서 보내줘……. 아, 난 너무 평범해.”

“내일 만나요. 안녕.”

이튿날, 비 내리는 현관이다. 그의 거미줄 서린 얼굴로 하얀 이슬이 뚝뚝 떨어지면서 모락모락 김이 피어오른다. 당장 유인물을 보여주며 서명 용지의 빈칸을 확인시켜 주었다. 만약 일이 터지면 ‘해직교사 원상회복 시군추진 위원장’ 인 내가 일순위이고 그 다음 단위 학교 책임 교사이고 마지막으로 단순 서명자가 있는데, 그중에서 강도(强度)를 순위로 매기면 선생님이 가장 끝인데 선생님 이름은 거기서도 빠진 것이라고 확실히 못박아 주었다. 그리고 무슨 일이 터지면 복사본을 보여주시고 나머지는 모두 전교조가 책임진다고 안심시켰다. 안도와 불안이 혼재된 눈동자로 그가 마지막으로 묻는다.

“감사반이 여하튼 서명을 했던 것만큼은 사실이 아니냐고 추궁하면 어떻게 하지?”

“제가 시켜서 얼떨결에 했는데 지금은 후회한다고 분명하게 말하십쇼.”

나는 앞산을 보며 연신 최면을 걸었다. 진한 초록이다. 이슬비 산천으로 누군가 초록빛 물감을 쏟아 부었거나 초록빛 보자기를 뒤집어씌운 것이 틀림없다. 아이들과 초록빛 잔치를 벌여보라고 비를 뿌리며 멍석을 깔아주는 것이다.

추신 : 막차 교장을 탔던 그는 퇴임 후 몇 년은 아침 조깅을 나가더니 요즘은 허리가 아프다며 그냥 아파트 공터에서 텃밭만 가꾼다.

마지막 편지

젊은 교사들과의 소통에서 실패했던 아픔이 있습니다. 젊은 그들, 푸른 내음이 너무 반가웠던 나머지 나는 쉽게 마음의 빗장을 열었고 (취한 척 하며) '젊은 그들' 은 냉담했던…… 그래서 약 일 년 반 동안 꽃처럼 아름다운 젊은 교사들과 눈빛을 나누지 않았던 참담한 기억입니다. 그러나 마음속으로 날마다 '나라와 민족을 사랑해야 한다' '함께 가자. 우리가 반드시 우리이어야만 세상의 희망이 된다' 고 되씹었습니다. 화장실 거울 앞에서 그런 '말하기 연습' 을 수십 번은 반복한 것 같습니다. 그러거나 말거나 그네들은 사회 초년생으로의 젊음을 만끽하면서 교실을 예쁘게 꾸몄고 아이들을 사랑하며 나름대로 직업의식에 충실했습니다. 아이들과도 가깝게 지냈고 파워포인트도 사용하면서……. 스승의 날은 나보다 훨씬 많은 선물을 받은 다음 깨알 답장을 보내기도 하면서……. 연애하는 사람은 항상 강하지만, 연애하지 않아도 피부만으로도 강인해보이던, 스치기만 해도 사라진 청춘이 되살아오는 것 같은 설렘으로 얼마나 황홀하던가요? '사랑합니다' 그 말은 끝까지 묻어두었답니다.

그리고 그 학교를 떠나기 전 마지막 날 글을 보냈습니다. '작가는 글로 말한다. 그리고 죽을 때까지 기억한다' 라고 곱씹던 아픈 기억입니다. 그 전문입니다.

사람이 만날 때는 정성을 다하여 마음의 준비를 하더라도 떠날 때는 이웃집 밤마실 가듯 홀연히 사라지라고 했던가요. 무심한 척 짐 꾸러미를 들고 현관을 나오는데 봄 햇살이 이마를 '딱' 때렸습니다. 바람소리에도 밝음과 어둠이 있다는 사실을 처음 알았습니다.

감사드립니다.

도움만 받다가 긴 세월 순식간에 지났습니다. 진입로의 비탈진 보리밭, 운동장 소나무 사이로 펼쳐진 시퍼런 하늘, 공사판 뒤로 질주하는 차량들, 급식실 줄 서서 유리창 깨지듯 쨍그랑쨍그랑 터지던 아이들의 맑은 웃음소리들…… 치마를 내리며 쪼그려뛰기하던 귀여운 여학생들……. 아름다운 교정의 기억이 너무 진합니다. 남은 세월은 더 빨리 흘러갈 것입니다.

그리고 길준용 선생님으로 상징되는 참교육 선생님들에 대한 부채입니다. 선배가 길잡이 역할을 못할 때 몇 선생님들이 옆구리 찔러 주셨습니다. 자리도 만들어 주셨습니다. 아이들을 사랑해야 한다고 끊임없이 각인시켜 주셨습니다. 민주주의와 밥과 통일과 사랑이 사명임을 보여 주셨습니다.

1970년대가 있었습니다. 지금도 아, 하는 감탄사가 터져 나올 것 같은 암흑의 세월에서부터 시작됩니다. 개나리꽃 흐드러진 철둑길에서 빨갛게 취한 낭만주의자가 캠퍼스 근방 선술집 문을 열면 또 다른 낭만주의자들이 술잔을 돌리고 있었습니다. 그 1970년대의 막바지에 전태일의 평화시장을 알았고 『창작과비평』을 알았습니다.

1980~90년대는 깨어 있음의 연장이었습니다. 학교를 쫓겨났고 야생마처럼 떠돌다가 싸움 끝에 교단을 찾았을 때, 다시 천칠백여 명의 선생님들이 단두대에 목을 내밀고 칠판 앞을 떠났습니다. 몇 차례 징계를 받았고 경찰서에 끌려갔고 '시대의 슬픔이 교사의 기쁨'이라 우겼습니다. 우리 아이들에게는 꼭 통일 조국과 인간 해방의 세상을 넘겨주고 싶었습니다. 그리고 세월이 흘렀습니다. 젊은 날, 나이 많은 선배들의 뒷모습을 훔쳐보며 미안해하던 열혈청년의 오만함이 덧없이 흘러갔습니다.

가슴 아픈 이야기입니다. 그 학교는 나에게 행복과 우울을 동시에 덮어씌웠습니다. 한마디 나누지 않아도 기댈 수 있는 벽도 있었고, 닫힌 벽 앞에서 날마다 조바심으로 바라보던 슬픈 그림도 있습니다. 젊은 선생님들이 첫 발령을 받고 우르르 교무실에 들어왔을 때 그 표정만 보아도 아, 살아 있음이 확인되던 가슴 벅찬 시절도 있었습니다. 나는 옳고 그름에 대한 확신이 있었기에 선불리 문을 열고자 했고…… 그후 나머지 세월을 고독에 시달렸습니다.

'선생님들의 행동을 보고 전교조 가입 여부를 결정하겠다'는 말씀을 받아들일 수 없습니다. 우리들은 격동의 현장에 청춘을 바쳤고 학교를 쫓겨났고 철창에 갇히면서도 절대로 놓을 수 없는 '무엇'이 있었습니다. 그래서 전교조는 오랜 고증이자 신앙처럼 소중합니다. '지향점 없는 지혜'는 절대로 세상의 희망이 되지 못합니다.

마음은 청년인데 나이는 오십입니다. 첫 발령을 받았을 때 선배들로부터 '참 좋은 때야' 하며 귀여움도 받았었습니다. '이십 대는 피부만으로 살아갈 수 있다' 고 소리친 적이 지척인데 어느새 이빨 틈새가 벌어지고 머리를 감을 때마다 머리칼이 한움큼씩 빠집니다. 그만큼 '울 수 있는 공간' 도 줄어듭니다.

그립습니다. 그러나 눈앞에 닥친 것들이 더 바쁩니다. 나이 오십의 사내가 학교를 옮기면서 2학년 6반 담임이 되었습니다. 십이 년 만에 담임을 맞게 되면서 얼마나 가슴이 설레는지 모릅니다.

2005년 삼일절 저녁 강병철 드림

돌이켜 보면 얼마나 가없는 세월이었는지요. 삶을 송두리째 덮치던 시국의 칼바람이 어느새 까마득히 잊혀지기도 합니다. 나는 다시 예전의 텃밭 공주에서의 생활을 시작하게 되었고 또 밥을 먹듯 술 마시며 글을 씁니다. 글쟁이이기 때문에 쉽게 사랑받기도 했고 소소한 부딪침에도 깊은 상처로 잠을 설치기도 했습니다. '글을 쓰는 게 얼마나 불안한가?' 는 아주 오래 전부터 알던 터입니다. 하지만 아직은 글보다 절박한 게 '깊은 사랑' 인 줄도 압니다. '우리가 되고 싶었던 짝사랑' 을 거부당하며 오래도록 멍들기도 하는 게 우리네 아픈 인생인 줄도 압니다. 슬픕니다. 물오른 버드나무 가지에서 연초록 빛이 풍선처럼 쏟아져 나와 봄 하늘에 번지기 때문입니다.

그리고 6월항쟁과 나의 아픈 시

가을 하늘이 가장 아름답다는 건 새빨간 거짓말이야
저렇게 청청한 겨울 하늘 아래에 서서
웅숭대며 이마를 맞대는 사람들
올림픽이 이제 얼마 남았지
멀리 케이비에스 방송탑을 바라보다가
강변으로 떨어지는 겨울 이파리를 바라보다가
그러다가 쨍그랑쨍그랑 눈이 내린다
—「영등포 시장」 부분

그해 여름, 해직 이후 학원강사로 밥벌이를 하던 나는 동아일보 비정규직 기자로 또 한번 자리를 옮기게 되었다. 그 '비정규직 기자'란 단어가 나로서는 전후 모두 단절된 유일한 경험이기도 하다. 나는 피해자였고, 그 어두운 시국 속에서 젊은이들은 거침없이 몸을 던졌다. 미문화원 점거사태, 『민중교육』 사건과 이듬해 서울대생 김세진 이재호 분신자살 그리고 대학생 운동권 애학투의 '건대사태'로 천오백여 대학생이 굴비두름으로 연행되는 전대미문의 시국이 오싹오싹 이어지고 있었다.

이 어두운 세상과 별개로 나는 서울 생활의 이중적 고독에 시달렸었다. 직업이 달랐고 거주지가 달랐고 밥 먹고 술 먹고 사람을 대하는 방법까지 모두 달라졌다. 해직교사 전무용과의 자취 시절이다. 가장 지긋지긋한 건 출퇴근 과정이었다. 끔찍한 출근길을 떠올리며 눈을 뜨고 바위처럼 무거운 몸을 일으키면 척추에서 버걱버걱 소리가 났다. 성남시장에서 여의도까지 장장 한 시간 이십 분 남짓 짐짝 같은 만원버스에 시달렸다(당시 동아일보사는 광화문에 신문사가 있었고 여의도에 출판부가 있었다). 인내심과 비명과 욕설 그리고 땀 냄새와 살 냄새, 그 시대 출근길과 만원버스가 모두 그랬다. 그 와중에도 틈만 나면 신문을 뒤적거렸으니 일종의 활자 중독증이었다. 사무실이건 술집이건 만원버스건 나는 늘 제도언론 종이뭉치를 끼고 닥치는 대로 글자수를 맞췄다. 술 깬 새벽마다 잉크자국 따끈따끈한 활자의 흡입력에 빠져 있었다. 부끄럽다.

그는 끝까지 무엇을 아끼다가 거품으로 흐르고
살아있는 우리들은 무엇이 아까워서 놓지 않고 있을까
(중략)
어깨를 짚고 일어서는 강 건너 버드나무 위로
오랜만에 노을로 펼쳐진 그니의 흰 이빨이
너는 살아있다고 우느냐며 껄껄대었다
—「그리고 노을 앞에서」 부분

그해 1월, 남영동 대공분실에서 당시 서울대 언어학과에 재학중이던 박종철 학생이 사망했다. '탁' 하고 치니까 '억' 하고 죽었다던 그 유명한 희대의 보도였다. 신문, 방송, TV까지 모두 삼위일체로 강요했으므로 그 이상 진실한 소통공간이 없었던 민초들은 그렇게 넘어가려니 했던 찰나였다. 1987년 1월 초 한국일보 사설에서는 '왜 이 시국에 분노하던 형사가 책상을 '탁' 쳐서 세상을 개탄해야 하며 밤새 술에 취했던 젊은 대학생이 '억' 하고 죽는 비극이 일어났는가?' 하는 황당한 문장을 내놓기도 했다.

이튿날 동아일보사 사무실로 유인물이 돌았다. 짧은 순간, 얼핏 먹테 안경의 사내가 상기된 표정으로 책상마다 유인물을 떨어뜨려놓고 자취를 감춘 것이다.

'서울대생 박종철 물고문으로 죽다.'

남영동 대공분실에서 죽은 대학생의 사인이 '탁 치니까 억 하고 죽은 게' 아니라 물고문이 확실하다는 명징한 문구였다. 아, 숨이 콱 막혔다. 유인물의 파괴력은 막연한 예감을 구체적으로 확인시켜 주었다. 활자를 읽는 기자들의 눈썹이 파르르 떨리는 서스펜스라니! 그 한 장의 유인물이 이후 역사의 궤도를 바꾸는 도도한 민주화의 흐름으로 이어질 줄은 차마 예상하지 못했었다.

'종철아, 잘 가그래이. 아부지는 아무 할 말이 없대이.'

그럴 수밖에 없었다. 한 개인의 생명이나 육신의 고초가 거대한 권력의 장벽에 막혀 사장(死藏)되는 사례는 이미 비일비재했기 때문이다. 유신시대 인혁당 사건이 그랬고, 오송회 아람회가 모두 그랬다. 그런데 이번엔 달랐다. 뼛가루를 강물에 뿌리며 흐느끼는 아버지의 절규가 명동성당에서부터 플래카드로 걸리기 시작한 것이다. 월간지 『신동아』에도 그동안의 금기를 깨고 데모하는 화보가 실리기 시작했다. 플래카드의 글씨를 지운 채 젊은 대학생들이 굳게 입을 다문 모습의 그런 화보였지만 사람들은 현수막의 글자를 죄다 꿰뚫을 수 있었다. '아부지는 아무 할 말이 없대이.' 우리들은 술잔을 부딪치며 킬킬대다가 눈물을 글썽이곤 했다.

그런 생각이 머리를 때렸다. 그는 무엇을 위하여 거품으로 흐르고 나는 무엇을 아끼려고 부둥키고 있는가에 대한 단발마의 철퇴다. 화들짝 고개 들면 그가 '너는 살아 있다고 우느냐' 며 껄껄대기도 했다.

매듭을 엮었다 우리들만은 끝까지 지켜서
사랑으로 뿌리를 내리자며 손을 보았다 그러나
용서치 말아다오
우리가 지은 죄를 제발 용서하지 말아다오
아직도 모르는 우리들 부끄러움을 송두리째 보여다오
—「이순덕 선생님」 부분

그런 그림이 있었다. 성남시 후미진 날맹이 포장마차에서 전무용과 내가 소주잔을 나누며 시린 가슴을 쓰다듬는 중이었다. 육교 밑으로 파고든 바람이 포장을 흔들고 나는 적당히 취했다.

"돌아가고 싶어."

첫사랑 쌘뽈여고를 떠올리며 소주잔을 내리면 그는 황소 눈 끔벅이며 술을 따랐다. 어둠 속을 질척질척 걸어 자취방에 도착하면 여전히 냉기뿐이었다. 아팠다. 그리고 때론 그 아픔이 술과 시로 겹쳐 보이기도 했다. 그도 그랬고 나도 그랬다.

우리들은 이십 대 청춘이 막 지나고 이립(而立)을 넘어서고 있었다. 함께 놀던 벗들은 사랑방 드나들 듯 감옥으로 끌려갔다. 거대한 조직을 이길만한 아무런 힘이 없었지만 그래도 민초들은 몸과 마음을 망가뜨리면서 끊임없이 단두대에 목을 디밀었다. 최교진 강구철이 철창을 들락거렸고, 해직교사 이순덕과 운동권 오원진은 한을 품고 세상을 먼저 떠났다. 나는 모든 상처를 술로 때웠고 취할 때마다 펑펑 우는 주사로 업을 때우려 했다. 술은 압박에서 벗어나게 해주는 유일한 마약이었다. 그리고 시를 썼다.

그대여 우리들이 지쳐 힘이 빠질 때마다
고개를 들어보자 더욱 멀리 보기 위하여
어깨를 기대보자 다수움을 찾기 위해
낮달로 이어지는 새벽별이 올 때까지
아직도 우리들은 우리이어야 하기에
눈빛에 남아 있는 행복을 더듬으며
그대들의 깡마른 가슴에 함께 불을 지피고
믿음으로 지켜보는 등불이어야 한다
—「믿음을 위하여」 부분

군인들은 무서웠다. 옥좌의 통치자가 '다수의 희생을 감수하고라도 자유민주주의를 지키기 위해' 라고 눈을 치켜뜨면 세상만사 통하지 않는 것이 없었다. 그 시국 내내 나는 군인 출신의 대머리 통치자 그 표정만 보아도 브라운관이 흔들릴 정도의 전율에 시달리기도 했다. 최루탄이 터졌고 지식인과 노동자들이 날마다 굴비처럼 끌려 나갔다. 가두진출이 줄을 이으면서 그만큼 진압하는 방법도 다양해졌다. 대학생들의 스크럼이 교문을 통과하는 순간 이를 예견하고 담벼락에 붙어 있던 사복형사들이 느닷없이 달려들어 하나씩 낚아채는 것이다. 스크럼 뒤쪽에서는 선두가 보이지 않으므로 무작정 밀어붙이면 앞자리에 대학생들이 하나씩 닭장차에 실리는 공식이 되풀이 되었다.

민초들의 저항도 만만치 않았다. 먼저 작가들이 시국선언문의 포문을 열었다. 충남에서도 교사문인인 이은식 김홍수 김영호 조기호가 작가회의 서명난에 기재된 이름자 때문에 단두대 앞으로 끌려갔다(만약 나중에 6·29가 터지지 않았더라면 그들 역시 해직교사의 대열에 합류되었을 것이다). 4월에서 5월로 넘어서면서 지식인들의 양심선언에 이어 교사들의 '4·13 호헌철폐 선언' 을 준비했다.

그해 봄 다시 연세대생 이한열이 죽었다. 머리에 피를 흘리는 이한열과 그를 부축하는 친구의 애처로운 사진 한 장이 이 땅의 민중들의 뇌리에 박히면서 저마다 애국자를 선포하고 거리로 나섰다. '피를 먹고 자라는 민주주의 나무' 처럼 한반도는 폭풍전야의 회오리 앞에 대기 중이었다. 누군가 아스팔트에 튀어나와 호루라기를 불면 골목길 어디쯤에 대기 중이던 군중들이 우르르 모여들 것 같았다.

하느님, 그대들의 가슴에 견딜 만한 시련만 안겨준다는
하느님, 그 말을 믿을 수 없다며 이를 갈면서
수렁에 미끄러진 그림자를 헤치다가
술을 마셨다 사랑하는 사람의 이름을 외워대며
대궁으로 일어선 죽은 자의 기침소리에 귀 기울이며
볼두덩이 패이도록 눈물만 흘렸다
—「그대 죽은 강가에 서서」 부분

나는 스스로 받아야 할 기본권 따위는 잊은 지 오래였다. 앞만 보며 시국과 술과 시만 끌어안았다. 오로지 죽은 자에 대한 경외감과 산 몸에 대한 부채뿐이었다. 누군가에게 동전 한 줌씩 주머니 깊숙이 찔러 주고 싶었지만 주머니는 늘 비어 있었다. 까끌까끌한 백동전과 매끌매끌한 십원짜리를 헤아리며 빈 주머니만 톡톡 털어내었다. 실제로 내 머릿속에는 죽음을 꿈꾸기도 했으나 직접 가슴을 열지 않았으므로 날마다 별똥별로만 떨어졌다. 변혁에의 도모, 그 앞길만 보며 청춘은 제 몸 사르는 줄 모르고 거침없이 흘러가고 있었다.

사랑하다 지쳐 토라진 여인네 정갱이 흰 살 떠보내고
느이어미 때절은 적삼깃으로 서 있더구나
허옇게 지새더구나 그리운 살붙이 잡았던 손끝으로
볼 비비며 기다리더구나
—「원추리꽃」 부분

그해 6월 10일, 장충체육관에선 민정당 노태우 대표가 전두환으로부터 차기 단독 대통령후보로 지명받았다. 봉천동 감자탕집에서였던가? '가슴이 콱 막히고 눈물이 핑돌아' 어쩌구 하는 노태우 후보의 브라운관 표정을 보면서 과장스레 '펫펫펫' 웃자 목로집 술꾼들이 죄다 나를 쳐다보았다. 같은 시간 명동성당에서는 시민단체, 종교인, 대학생, 지식인들의 또 다른 집회가 있었다. 4·13 호헌철폐 투쟁을 위한 범국민운동본부 발대식이 그렇게 두 개의 마주보는 열차처럼 전선을 형성했고 그 6월 내내 시위가 끊이는 날이 없었다.

나는 월간 『신동아』에서 파트타임으로 일하면서 나머지 시간은 주로 대전에서 보냈다. 그 시위기간 내내 대흥동에 위치한 민교협 지하실에서 날마다 유인물과 대자보를 만들었다. 주로 해직교사 송대헌 최교진 전인순 조재도 등이 회의를 했고, 대학생이 된 제자 이은아 지순희 지명희 백선희 등이 찾아와 유인물을 붙였다. 대자보를 붙이다가 이마가 깨지기도 하면서도 우리들은 개미처럼 부지런히 먹이를 날랐다.

그러면서 혁명의 시기에 글 나부랭이에 매달리면 안 된다는 질타를 수없이 받았고 나는 또 기꺼이 받아들였다. 그렇다고 내가 놀았던 것은 아니다. 몸으로 뛰는 한계는 있었지만 글쟁이로서의 몫은 감당하려고 노력했다. 광주항쟁으로 치면 '시민군 도청 사수대'는 아니었지만 '투사회보 제작팀' 정도의 역할은 했던 것 같다. 그러면서 수시로 불안하기도 했다. 행동파 벗들의 사정거리에서 벗어나고 싶으면 숨어서 글을 썼다.

나쁜 사람이 될 수 없어서
그대들이 아무리 침 발라가며 거짓말해도
절대로 나쁜 사람이 될 수 없다고 곱씹으면서
빨갛게 취해 우산을 받았어
—「천둥 벼락 부끄러움」 부분

시위대의 규모는 갈수록 커졌다. 불과 몇 십 명의 시위대를 해산하기 위해 열 배, 스무 배의 전경들이 동원되던 상황이 뒤바뀐 것이다. 시위대의 규모가 커지면서 경찰력이 감당하기 힘들어졌고 시위는 공세형으로 전환되었다. 대학마다 바리케이트를 넘어 시내까지 진출했고 거꾸로 전경들의 방패를 빼앗기도 했다. 아스팔트 시위에서 옛 얼굴들과의 행복한 해후를 맛보기도 했다. 대학동기에서 쌘뽈여고 제자들 그리고 고향 친구을 만나 껴안으려는 순간 최루탄 세례를 맞고 흩어지곤 했다.

동아일보 비정규직 기자 시절, 나는 날마다 시위현장을 경험했다. 취재나 원고 수합을 이유로 대학가에 들어서면 온통 최루탄과 화염병 천지였다. 연세대 정문 앞에서도 그렇게 대학생과 전투경찰이 대오를 형성하고 있었는데 그때 나는 2층 건물에서 그 현장을 관찰하는 중이었다. 먼저 눈에 띈 것은 대학생이다. 최루탄에 쫓겨 울부짖는 여학생들을 에스코트하는 기사도 정신의 남학생들 풍경이다. 이번에는 그 반대쪽이다. 경찰 대오 뒤쪽으로 돌멩이에 맞은 전경 두 명이 피 흘리며 누워 있었다. 난세를 만난 동년배 한반도 젊은이들이 그렇듯 리얼하게 쓰러져 있는 광경을 보며 나는 열심히 메모를 했다.

구호도 다양했다. '파쇼와는 타협 없다' 라는 제헌의회 그룹부터 '군부독재 타도하고 2학기에 공부하자' 는 낭만파 대중화 부류까지 다양했다(6월항쟁 이후 공주사대생들은 임용고시 거부투쟁을 하면서 '깻잎 팔아 키운 자식 실업자가 웬 말이냐' 는 구호를 외치기도 했다). 경찰력으로 진압이 어렵게 되자 서서히 군인들의 위수령 발동설이 흘러나오기도 했다. 나 혼자 무서웠다.

부끄러운 고백이지만 나는 당파성이란 것을 전혀 몰랐다. 지식인운동과 노동운동의 결합에 대한 당위성만 몸에 배었을 뿐 그 간극을 이해하지 못했다. 나는 오로지 분단 시대에는 통일을 지향해야 하고 독재 시국에서는 '독재 타도' 하나뿐이라고 생각했다. 그만큼 단순했고 순수했다. 그리고 마침내 '6·29 선언' 이 터졌다. '먹' 했다. 군인들의 총칼이 민중들의 함성에 의해 항복하는 날이 올 줄은 진짜 꿈에도 예상하지 못했다.

언제 그녀가 널더러 사랑한다 말하더냐

그러니까 말하지 말자는 것 아니냐

—「달맞이꽃」 부분

그러나 싸움에서 이기고 선거에서 졌다. 운동권 선배들이 단일화의 확신을 여러 차례 설법했지만 나는 초조하게 입술이 탔다. 그래도 또 다른 기대는 있었다. 단일화가 되지 않더라도 양 김(金) 중의 하나가 민정당 후보를 제끼고 당선이 될 수 있다는 '투표의 힘'에 대한 믿음이었다. 그 몇 달 동안 거리의 사내로 지냈다. 하지만 양 김은 후보단일화를 이루지 않았고 그것으로 정치인들의 순결성에 대한 우리들의 기대는 끝이 났다.

개표 전날인 1987년 12월 16일 저녁. 그래도 우리들은 도청 앞에 모였다. 그것은 몇 차례 선거에서 나타난 '투표함 탈취'에 대한 두려움 때문이었다. 아닌 게 아니라 이 골목 저 골목에 덩치 큰 청년들이 모여 있어서 긴장된 분위기가 잠깐 연출되기도 했다. 그러나 일곱 시에 투표함 뚜껑을 열자마자 상황은 이미 밀리고 있었고 시간이 지날수록 뒤집어질 가능성은 전혀 없었다. 우리들이 혼신으로 찾아낸 '직선제 개헌'이 그리도 허망하게 무너진 것이다. 이제 날이 새면 집권당 후보의 자축 파티로 빵빠레를 울릴 것이다.

그런데도 젊은이들은 도청 앞 정문에서 대오를 정비한 채 아프게 구호를 외치고 있었다. 이제 집권당에서는 그 대오를 깨뜨릴 아무 이유가 없었다. 어차피 날이 새면 그들이 절망적인 표정으로 자진해산할 것이므로 오히려 여유 있게 개표 풍경을 지켜보는 중이었다. 나는 오줌을 누러 골목길 전봇대를 찾다가 전신주에 머리를 짓찧으며 펑펑 울었다. 상처투성이의 불씨가 바닥에서 잦아지고 있었다. 분하다. 하느님은 우리 편이 아니었다.

걷는 거야 국밥과 사랑과 복숭아꽃과 알타리무와 함께
모래알과 새벽바람과 마지막 부담임하던 1학년 4반 아이들과 함께
시인과 또 다른 시인과 윤동주가 받아보던 색깔 있는 편지봉투와
삼표연탄과 늘어진 콘돔과 끈적대는 정액과 함께
—「술취한 바다」 부분

닥치는 대로 글을 썼다. 술과 글은 절망을 버텨낼 수 있는 유일한 무기였다. 구태여 변별하자면 술은 순수했고 글은 영악했다. 술은 버팀목을 만들어내는 척 몸을 갉아댔지만 글은 죽는 시늉으로 오만상을 찌푸리며 온갖 자양분을 만들어냈기 때문이다. 이제 살아남기 위해서 글을 써야 했다. 숙취의 아침, 앉은뱅이책상 앞에서 또 타자기를 두들겼다. 독수리 타법으로 소나기 쏟아지듯 팟팟팟 갈기다가 글이 막히면 수정액으로 지우고 또 머리를 쥐어짜며 타자기를 쳤다(타자기 시대가 그리도 순식간에 사라질 줄은 꿈에도 모르던 시절이다). 그때는 그런 시적 영감(靈感)이 영원할 줄 알았었다.

노랠 부를까
때까치처럼 느티나무에 올라 시인이에요 나는 시인이에요
손가락이 얼어터지고 손톱에 끼인 때가 불어터지고
마지막 손마디가 경운기 피댓줄에 사그라지더라도
깨끗한 노래만 부르는 그런 시인이었어요
—「천둥 벼락 부끄러움」 부분

마지막으로 자본주의의 무시무시한 약진이다. 젊은 날, 이 혼탁한 자본

주의 세상이 깨지고 확실한 '민중의 세상'이 반드시 도래할 것으로 믿었던 청년이 있었다. '민족통일'과 '민중해방'으로 어우러진 너그럽고 넉넉한 화해의 세계가 반드시 있다고 믿었던 착한 사내 하나 있었다. 그래서 노래도, 그림도, 글도, 춤사위도 모두 그렇게 썼고, 불렀고, 그렸고, 흔들었다. 그러나 그렇지 않았다. 기다렸던 달이 떴지만 그 달빛은 내 바람처럼 응달진 구석을 비춰주지 않았다. 신새벽, 창가 담쟁이 너머로 낮달로 떠오른 하현달을 보면서 머리카락 사이로 쏙쏙 빠져나가는 아픈 세월을 감당해야 했다. 세상이 만만치 않음을 절감하면서.

겹겹이 껴입은 실타래 안창 깊숙이
속마음 안간힘으로 숨겨둔 채
그대만 벌거숭이 하라 차마 할 수 있나요
—「초생달」 부분

그리고 이십 년 세월이 흘렀다. 아, 아픈 시국이여, 은유의 비겁이여!

보성초 재판 공청기

수숫대 목을 꺾는 만추.

소주병 하나 품고 저녁놀 속으로 풍덩 빠지고 싶던 그 계절, 나는 불시에 대전지법 홍성지원을 찾았다. 법원 벤치에 기대어 나뭇가지 사이로 비치는 시퍼런 하늘을 바라보면서 나는 철없이 단풍진 가을에 젖어드는 중이었다. 이제 곧 이 활엽수들이 나목이 되어 찬 바람을 받겠구나, 하면서 잠깐 낭만성 우울에 빠지기도 하였다. 기실 불시의 방문이라 하지만 이는 오래 전부터 스스로 예약한 것이기도 했다. 다만 아무에게도 알리지 않았던 터라 직행버스의 기다림과 차창의 풍경 그리고 법원까지 걸어오는 발걸음이 치렁치렁 무거웠을 뿐이다.

그때 변호사와 함께 선생님들이 들어오고 있었다. 먼저 진하경 선생님에 대한 느낌이다. 나는 그녀를 두 번째 보았다('보성초 사태' 때 충남교사문학회 회원들과 지부 사무실에 갔다가 모자 쓴 옆모습을 훔쳐본 뒤로 두 번째이다). 쑥부쟁이처럼 자그마하면서 뿌리는 야무져 보이는……. 무거운 짐을 지고 잘 헤쳐 나갈 수 있을까 아슴푸레한 마음가짐과 함께.

법정 게시판에 붙은 '최경실' '정혜실' '이진형' '유일상' '진하경' 등 선생님들의 이름자 옆에는 '폭력' '흉기' 같은 생경한 글자가 함께 박제처럼 붙어있었다. 무엇일까? 이 착한 선생님들을 그런 폭력적인 언어들과 연결시킬 수 있는 실체는 대체 무엇일까?

기실 나는 술꾼 경력 삼십 년과 운동권 경력을 이십 년 넘게 가지고 있으면서도 그런 스릴과 서스펜스 넘치는 현장에는 익숙하지 못하다. 그저 영화 〈친구〉나 〈말죽거리 잔혹사〉에 나오는 장면에서도 눈을 감고 필름이 빨리 지나가기를 바라는 여린 감성의 소유자다. 쉽게 말하면 잔혹한 장면은 무서워서 못 보는 겁쟁이 아저씨다. 그렇게 살았다. 길바닥에서 아주머니끼리 머리끄덩이를 잡고 흔드는 현장에도 가슴을 콩당거리며 옆길로 빙 돌아 피하곤 했다. 그러나 때때로 최루탄과 돌멩이의 투석전 현장에 함께하기도 했으니, 삶은 수시로 급류처럼 떠밀려가는 것이라는 이치를 꿰고 있기도 하다.

흉기는 무엇인가? 얼핏 사시미칼이나 쇠망치, 조금 수위를 낮춰 각목이나 벽돌 같은 게 떠오른다. 그랬다. 무슨 룸살롱 사건 같은 것이 연상되었다. 먼저 한 패의 어깨들이 유흥에 젖은 룸의 문을 '뻥' 차면서 후두둑 들어온다. 네온사인 사이키 불빛이 바들바들 떠는 사이, 뻥 하니 쳐다보는 룸쪽 사내들에게 바깥 사내들의 사시미칼이 거침없이 날아온다. 벌써 한두 명이 피를 흘리며 쓰러져 있다. 문득 한 사내가 사시미 칼날을 손바닥으로 휘어잡는다. 사시미칼을 한 바퀴 돌리면서 쑤욱 빼내자 칼날을 잡은 손바닥이 쫘악 찢어진다. 아, 무섭다. 그런데 그런 장면들이 이 선생님들과 무슨 인연이 있었던 것일까.

재판을 주도하는 곱상한 얼굴의 젊은 법조인들은 늘상 내가 칠판 앞에서 마주하는 귀여운 모범생들 같았다. 방청객도 대여섯밖에 없어서 흡사 모의재판처럼 초라했다. '그렇지. 우리 주변에는 늘 저런 학생들이 있었지. 아담한 체구에 안경을 쓰고 비교적 해쓱한 얼굴로 다른 아이들과 가까이 어울리지 않으면서 자기 관리를 잘하던. 선생님들에게 차가우면서도 약간의 인간적 교류와 함께 한시적으로 칭찬을 받는……. 그런 아이들은 왈짜들도 함부로 건드리지 않았다.' 약간의 안도감이랄까. 그런데 웬 군기반장 같은 사내가 나를 툭 치면서 다리를 꼬고 앉지 말라고 했다. 다른 방청객에게는 잠바 자크를 잠그라고 했다. 자다가도 웃을 일이지만 시키는 대로 했다 그는 무서워서 그러는 줄 알겠지만 그건 절대로 아니고…… 얼떨결이거나 귀찮았을 뿐이다. 나는 그 무서운 5, 6공화국 때 오히려 그런 기회를 기다리고 있다가 법정에서 벌컥 구호를 외쳐서 꾹 눌러주기도 했다.

최교진 형이 재판을 받던 1987년 강경의 논산지원이 떠오른다. 우리들은 방청하기 전에 법원 앞에서 구호를 외치고 〈임을 위한 행진곡〉을 부르는 등 일찌감치 한 판 벌였다. 재판정에서 경찰들이 앞자리를 바꾸라고 하기에 벼락같이 호통을 치면서 기습을 가하자 해당 경찰이 무마하느라 진땀을 빼기도 했다. 피고인이 바른 말을 할 때마다 박수를 쳤고 판사의 중지 지시 따위는 아예 무시했다. 그때의 법정은 그런 식으로 살아 있는 실천의 장이 되기도 했다.

십칠 년 후의 나는 이제 몸이 무거워 움직이는 게 귀찮다. 그뿐이었다. 나는 몇 번 다시 다리를 꼬기도 했지만, 아까 상황은 그냥 초벌 군기잡기였을 뿐 나중에는 아무도 관심이 없었다. 속으로 '하하하, 나 다시 다리 꼬았다. 삐빠빠 놀라야' 클클 대면서. 이창동 전 장관이 소설가 시절이던 5공화국, 무크지 『실천문학』 5호에 실린 「드디어 민중의 바다로」였던가?

그의 소설과 함께 운동권 작가의 단편소설에 그런 얘기가 나온다. 아들처럼 귀여운 전투경찰에게 뜨거운 꼴을 당하는……. 앉으라면 앉고, 누워서 발바닥을 세우라면 세우고, 고스란히 막대기 세례를 받고, 여자들을 목욕탕에 끌고가 옷을 벗기고 뒤로 돌아세우기도 하는……. 낯 뜨거운 장면에 찌그러진 얼굴로 웃어야 하는……(비유가 적절하지 못한가?).

재판 과정은 지리했다. 다섯 명의 선생님들에게는 단 한 마디도 묻지 않았고 주로 증인으로 출석한 군 교육장과 비서실 여자 공무원에게만 심문을 했다. 내용도 없었다. 보성초 사태의 진위 공방을 예상했던 나의 기대는 택도 없이 어긋났다. 당시 전교조 교사들이 교육청에 와서 교육장 면담을 요구했을 때 '나가 달라' 고 했느냐 안했느냐에 대한 판단이었다. 대답이 두루뭉술하자 더욱 집요하게 파고들면서 이것만으로 자그마치 한 시간을 끌었다. 나가 달라고 했는데 나가지 않았으면 집단퇴거불응으로 유죄이고 그게 아니면 무죄란다. 유죄는 징역 몇 년이고 무죄는 그냥 원인무효가 된다. '모 아니면 도' 라는 것이다. 알맹이 없는 심문만 오갔다. 정말 새로운 내용은 하나도 없었다. 그런데 얼핏 위기의식이 엄습하는 것이다(참고로 본인은 서슬 퍼런 5, 6공화국 때 교육감실에서 밤을 새운 적이 있는데 그때도 그런 위기의식을 느낀 적은 없다. 오하려 관료들이 농성 현장에 들어오려면 허락을 받을 정도였다). 그런 사소한 문구 하나가 그 젊은 법조인들의 시적(詩的), 정서적 파장에 따라 어마어마한 결과로 바뀔 수도 있는 것이다. 검사 한 사람은 졸기도 했고, 속기록 정리하는 여직원은 간간히 미소를 짓기도 했다. 나는 구경꾼이므로 그런 살얼음 현장에서의 졸음과 미소까지 낙관하지만 당사자들에게는 피 말리는 시간들이었으리라. 만약 유죄 판결이 나오면…… 우리의 의사소통은 엄청난 장애에 직면하는 것이다. 어떤 기관에 집단 의사표출을 하러 갔다가 그쪽에서 '나가 있어' 하면 '앗!' 하며 우르르 나가야 한다는 얘기다. 그런가? 기관이건 정당 사무실이건 공단 현장의 철탑꼭대기의 고공 점거는 차치하고라도 초소한의 집단 의사소통조차 일체 불허되는 것이다. 정말 그런 상황이 나올 수 있는가? 나의 기우가 제발 특유의 소심증이길 바란다. 우리는 그렇게 때때로 희극을 보고도 눈물을 흘리고 비극을 보고도 킬킬킬 웃는다.

밥을 먹었다. 동태와 무와 굴을 얹은 얼큰한 찌개였다. 웃음과 함께 후일담으로 키득대기도 했지만 나는 왜 뽀얀 김 너머로 보이는 벗들의 그늘진 주름을 보아야 하는가. 제자뻘 되는 최경실 선생님도 어느새 중년의 여인이 되어 있었다. 아픈 기억도 그렇듯 세인들의 머리카락 사이로 빠져나가는 중이었다.

식사가 끝나고 모두들 뿔뿔히 흩어진 자리.

승용차가 없던 나만 술을 마셨던 터라 취했고, 또 그 상태로 서산행 버스를 탔고, 또 소도시 공중전화박스에서 아무나 붙잡고 술을 마셨고, 그리고 다시 취했다. '술은 이렇게 마시는 거야' 하는 식으로. 슬프지는 않았는데 자꾸 눈시울이 뜨거웠다. 칠흑 같은 어둠과 휘황한 네온사인이 묘하게 겹치는 소도시의 밤이었다.

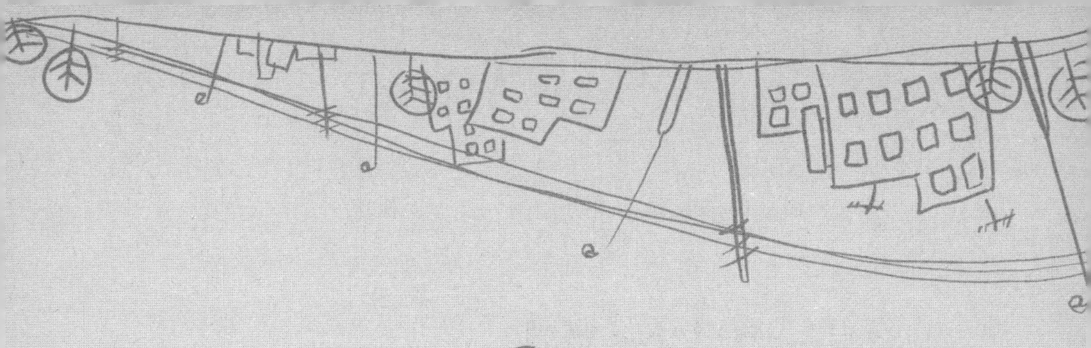

3

꼴찌에게 갈채를

그런 그림이 있었다. '일등도 꼴지도 없는 교실'을 꿈꾸던 순수 교사 한 명이 운동장
가운데로 터덜터덜 걸어오는 풍경이다. 바람 빠진 풍선으로 늘어졌던 그 부류 아이들이
꼴찌교사를 보면서 일제히 일어나더니 꽃대궁 세우며 우우우 에워싼다.
덩달아 발그스레 상기된 그니의 머리 위로 햇살이 우수수 쏟아진다.
아, 여기가 내 자리구나.
"선생님 꼴찌했다."
자신만만한 고백에 아이들이 '와—' 웃음꽃을 터뜨린다.
들국화 쑥부쟁이 살사리꽃 꽃사태로 온갖 향기가 몸을 적신다. 그 선생에 그 제자는
동질성과 안도감으로 눈시울이 짠해진다.
"힘 내유."
동규가 어깨를 주무른다.

머리통 큰 집안의 내력

머리가 어항처럼 출렁였던 아침.

아들놈이 아침부터 머리가 아프다고 낑낑대서 더 그랬던 날이다. 소도시 언덕배기 그 학교에서 이십 년차 중년의 문턱을 넘고 있다. 지금은 도종환의 「어떤 마을」을 가르치는 중이다. '착한 사람이 많은 마을에는 그만큼 별이 많이 떠 있다' 든가. 그 문장의 향기에 젖어서 창밖을 내다본다. 국어책은 한밤중이고 현실은 멀쩡한 대낮이다. 그리고 초가을이다. 황순원의 「소나기」에서 소녀의 머리로 쏟아지던 그 '청량한 가을 햇살' 이다. 문득 뺀질이 석화가 엉뚱한 질문으로 시간을 때우려 덤빈다. 오로지 수업 시간마다 약 올리는 재미로 학교에 다니는 그 아이다.

"선생님, 고향이 어디예요?"

"…… 서산시 부석면 대두리."

'진도 나가기' 로 밀어부칠까 하다가 '마을' 과 '고향' 의 동질성을 떠올리며 느릿느릿 대답한다. 그 다음 '부석' 이란 지명에 대해 설명하려는 찰나였다. 뜰 부(浮)자에 돌 석(石)자로 '떠 있는 돌' 에 대한 유래다. 기껏 사람 키 남짓 야트막한 바위섬이 도비산 꼭대기에서 보면 만조 때까지 고스란히 드러나기 때문에 '바위가 떠 있다' 고 붙여진 이름이다. '떠 있는 돌', 즉 '뜬돌' 이 '떠돌이' 의 어원이다. 예수도 떠돌이, 석가도 떠돌이, 홍길동이나 장길산도 떠돌이고, 천상 시인 천상병이나 대한민국 김관식도 기실 모두 떠돌이란다. 그런 단어의 적막감에 취하고 싶었다. '술 익는 마을마다 타는 저녁놀' 이 식민지 현실에 전혀 대비되지 않음도 알고 있지만 때로 문장 자체에만 몰입하고 싶은 때가 있는 것이다. 그런데,

"그게 '대두(大頭)' 의 대두린가요?"

우히히히히히.

경수의 한마디에 아이들이 일제히 배를 잡는다. 억지웃음이 실제로 웃음보따리를 풀어놓기도 한다.

"내 머리통이 엄청 크냐? 나는 약간 크다고 생각하는데……. 상, 중, 하 중에서 중상(中上) 정도 아닝감?"

"이거요, 이거. 선생님은."

아이는 엄지손가락을 치켜세운다. 나는 그걸 '최고' 라는 뜻으로 이해할 만큼 어리숙하지 않으므로 그냥 쓰뭉하니 서 있다. 그보다는 빨리 빈 시간 틈내서 아들놈 학교에 가서 약봉지를 전달해야 한다는 조급함이 우선이다. 오늘 아침 아들놈은 밥은 당연히 먹지 못했고 입술이 새까맣게 탄 채 학교에 갔다. 현실과 이상은 일상 속에서 수시로 팽팽히 대립한다.

"가분수에 배불때기……. 선생님 아들딸도 대두인가요?"

벌겋게 달아오른 얼굴로 푸하하 웃어준다. 침착해야 한다. 그렇다. 자식들도 당연히 머리통이 크다. 이 '큰머리 가문' 의 특성을 기반으로 '때 빼고 광 내리라' 날 세우는 중이다. 십수 년 전 아내와의 첫 만남이 스크린처럼 펼쳐진다. 알싸하다.

1987년 봄.

서른을 막 넘긴 해직교사 삼 년차 시절이던가? 민주주의와 빵과 통일과 사랑을 혼신으로 끌어안던 울울청년이 있었다. '민중' 과 '노동자' 와 '깨어 있음' 과 '의식화' 란 단어를 짚으면서 사시나무처럼 자르르 감동하던 문학청년 하나가 시국의 벌판에 울멍울멍 서 있었다.

어느 날이었을까? 말로만 듣던 신새벽 구둣발 소리가 문짝으로 쏟아지더니 발칵 현관문이 열렸다. 새벽 지프차에 끌려가는 동안 모든 물상이 빡빡하게 침묵을 지켰다. 그러더니 그 동안 보석처럼 매만지던 단어들을 책상 위에 올려놓고 하나하나 해부하기 시작했다. 먼저 어두운 단어가 많다는 얘기다. 그 단어끼리 야합한 채 어두운 현실을 지나치게 부각시켜 백성들을 선동하고 결국 적을 이롭게 하므로 '이적행위' 의 근본이라고 했다. '민중' 은 '인민대중' 의 준말이고 '노동자' 는 공산주의 용어이므로 '근로자' 로 고쳐야 한다고 했다.

물론 맞서 따졌다. 경찰서 팻말에 왜 '민중의 지팡이' 라고 붙였으며 '근로부' 라고 안 하고 '노동부' 라고 하느냐고 따지자 문답서를 작성하던 그니의 얼굴이 스팀처럼 푹푹 솟았다. 그렇게 사랑했던 단어들이 오랏줄이 되어 나를 옭아매는 것이다. 그후 학교를 쫓겨났고 곧바로 '모난 돌' 끼리 똘똘 뭉쳤다. 우리는 반드시 우리이어야 하므로 '정 맞은 돌' 끼리끼리 살 부비기 시작했다.

그리고 여자를 만났다. 대전 중앙통 뒷골목 풍년갈비 맞은편이다. 빈들교회 지하실에서 풍물패 '터' 창단식이 있던 날이 확실하다. 지하실로 풍물 소리가 쟁쟁 울려 퍼졌고 나이백이 축에 속하는 나는 중앙에 가부좌튼 채 막걸리만 죽이고 있었다. 그때 대각선으로 여자가 보였다. 발갛게 익은 그 여자가 막걸리 잔을 겨누며 고개를 숙이자 생머리가 아래로 치렁

치렁 쏟아지는 것이다. 짧은 순간 나머지 사람들이 실루엣으로 흐려지면서 그 여자 하나만 선명하게 드러났다. 어디선가 많이 보았던 장면이다. '아, 저 여자가 내 아내구나' 그런 느낌이 송곳처럼 가슴을 푹 찔렀다.

무공해 청년은 곧바로 사랑에 빠졌다(그땐 지금보다 확실히 착했다). 당연히 여자의 '머리통 크기' 따윈 전혀 관심이 없었다. '무엇을 생각하며 무엇을 위하여'가 화두일 뿐 외모와 학벌과 경제 같은 외피는 하시라도 나뭇잎처럼 훌훌 털어야 마땅했다. 행복했다. '짤린 목'이지만 문병란의 시 「연애하는 사람은 항상 강하다」의 실체를 비로소 확인했다. 두 사람만 남기고 이 세상 모든 사물이 잠식되었다.

대학 초년생 이후 처음으로 영화를 보았다. 안산 공단지대 극장 단성사에서 만난 안성기 주연 〈기쁜 우리 젊은 날〉이다. 연예인이라곤 박노식 김지미 백남봉이나 떠올리던 나에게 안성기란 생소한 이름이 처음 자리 잡았다. 닥치는 대로 쏘다녔다. 시장 좌판은 민중적 서정성으로 뭉클했고 늦가을 들꽃 핀 벌판은 찬바람 탓에 더 산뜻했다. 이따금 손가락 뼘으로 여자의 얼굴을 재어보며 '흐흐흐 수박 만하구나' 키득대면 시장통 숯불 연기가 노랗고 파랗게 피어올랐다. 돈이 없으므로 주로 길거리를 배회하다가 포장집 막국수로 순대를 채웠다. 신문사 임시직과 위장취업 빵공장으로 깨금질치며 헤어졌다. 참숯 젊음으로 어둠을 사르겠다고 다지던 뜨거웠던 시절이다.

"대갈통 크면 싸움도 못해요. 맞는 면적이 넓어서."

이번에는 권투선수 준규다. 복학생 상철이와 '짱 자리'의 맞수지만 고수끼리는 함부로 붙지 않는다고 했다. 아이들이 체육고 특기 지망생인 준규가 이길 거라고 막연히 짐작하는 바로 그놈이 하필 권투 이야기를 꺼내는 것이다. 아는 얘기다. 그러니 내 아들놈은 권투를 시키면 절대 안 된다. 우선 머리통이 국기봉처럼 쬐끄맣게 태어나야 한다. 낭창낭창 싸리 회초리 같은 허리로 글러브를 요리 조리 피하다가 로프 반동으로 크로스카운터를 먹일 수 있어야 한다. 그런데 내 아들은 머리 평수가 넓은 만큼 과녁도 넓다.

그랬다. 어렸을 땐 폴라티를 입을 때마다 머리가 빠지지 않아 펑펑 울기도 했다. 유치원 봉고차는 빵빵 대는데 머리가 도무지 빠지지 않아 바득바득 소매만 담기다가 재봉선이 부욱 찢어지기도 했다. 울음을 터뜨리며 봉고차에 매달린 내 아이 몸집이 뒤뚱뒤뚱 위태로웠다.

군살로 숨가쁜 중년의 사내, 지난날을 떠올리며 가끔 허튼 말도 던졌다.

'뭐요, 우리 애들도 이젠 커서 폴라티 입어도 울지 않는다니깐.'

아무도 그 외침을 듣지 않았다. 문제는 우리 가족 네 식구만 있으면 머리통이 크다는 생각을 깡그리 잊는다는 것이다. '큰 바위 얼굴' 네 개가 감자나 옥수수를 껍질째 먹으며 하하호호 웃어서 때때로 행복했다.

그즈음 아내는 공부를 시작했다. 늦깎이 석학을 목표로 도서관에 앉아 석고처럼 굳어버리더니 나중에는 아예 책이 되어버렸다. 아들내미 때문에(함께 옆자리에 앉음) 대학 도서관 구석자리를 헤집는 순간 아내는 망부석으로 재빨리 변신한 채 꿈쩍도 안했다. 도서관 전체를 꽉 채운 커다란 머리통 두 개가 꿋꿋하게 앉아 있는 것이다. 저 큰 머리의 용량을 꽉 채우려면 참으로 까마득하구나 하며 조금은 난감하게 발길을 돌리기도 했다. 체념한 남편은 틈틈이 글을 쓰고 술을 마시고 스크럼에 끼어 어깨를 둘렀다.

이제 그 아들내미 찾아 쌍화탕을 들고 초등학교에 가는 중이다. 가을이다. 쨍그랑쨍그랑 종소리 퍼지는 교정에서 망아지처럼 뛰는 아이들의 웃이 형형색색으로 흔들린다. 쑥부쟁이 꽃대궁이나 탱자꽃 노란 색깔로 뛰는 아이도 있었고 울타리에 쪼그려 앉아 오줌 누는 앉은뱅이 지랑풀꽃도 있었다. 솔방울처럼 야리야리한 대가리를 흔들며 허물 벗는 아이들 모습에 취한 채 나 혼자 싸— 하는 가을 냄새를 맡는다. 아름답다.

"아부지. 약 줘."

어디서 나타났을까?

옷소매를 잡는 내 아들이다. 꽃비처럼 떨어지는 낙엽 사이로 양은대야처럼 넙죽한 얼굴이 반짝반짝 눈부시다. 귀여운 내 새끼 네모반듯 잘생겼다. 저 양은대야를 내 눈 속에 통째로 쑥 집어넣으면 단맛이 콸콸 쏟아질 것이다.

"'큰머리' 야. 니네 아빠니?"

3층에 매달린 오종종한 머리통 서넛이 흰 이빨을 드러내며 손 흔든다. 아들은 훨씬 큰 머리통으로 고개를 끄떡인다.

"닮았다."

"아싸—."

"머리통 크기가."

"오— 예."

아들은 어깨를 으쓱대며 화사하게 웃고 있다. 손가락으로 V자를 그리며 달리는 펑퍼짐한 어깨 위로 단풍나무의 붉은 그림자가 보자기처럼 쏟아진다.

목간 나들이 다녀온 중년의 오후.

우리 식구는 '남자 둘, 여자 둘' 이라 짝 지어 목간 나들이 가기에 딱 좋다. 부자지간에 큰 머리통에 비누칠 박박 긁으며 마음껏 늘어진 시간을 보낸 뒤끝이다. 비누 냄새 몸뚱이끼리 모여 보리감자 먹는 모습도 고흐의 그림처럼 아름다울 수도 있다. 먼저 아내를 바라본다. 갸우뚱한다. 이상하다. 고개를 숙일 때마다 잘람잘람 쏟아지던 생머리는 어디로 가고 '맹그란 아줌마' 만 남아 감자를 먹고 있을까. 그런 생각을 속으로 삼키며 반달형으로 미소를 지어야 가정이 화목해진다. 그러거나 말거나 아들과 딸은 여전히 통감자를 껍질째 먹는다. 고등어 속살 같이 뽀얗게 벗겨진 딸에게 안도감으로 한마디 던진다.

"너 하나라도 머리통이 작아 참 다행이구나."

딸아이가 뙤똑하니 쳐다본다.

"아녀, 아부지. 애들이 솥뚜껑 공주라고 난리여."

"우리 집 병뚜껑이 바깥에선 솥뚜껑이란 말이냐?"

분하다. 그래도 우리끼리만 똘똘 뭉치면 절대로 안 된다. '큰바위 얼굴' 이 사회의 디딤돌이 되도록 부지런히 닦고 읽고 써야 하리라. 샛노랗게 어지러운 세상, 산뜻하게 밝아질 때까지.

잘 가라 내 이빨

콜라병도 거침없이 따던 '강철 이빨'이 있었다. 술자리마다 맥주병을 노려보면서 벗들의 감탄과 우려를 동시에 받았던가(기실 아무도 관심이 없었는데 혼자 감동했는지도 모른다). 일단 맥주병에 어금니 붙이고 자세를 잡으면 언저리 벗들이 젓가락으로 식탁 모서리를 꾹꾹 누르며 긴장된 표정을 짓는다. 아주 잠깐 어금니와 병뚜껑의 긴장된 겨루기 시간이 유지된다. 함께 힘을 주던 구경꾼들이 마침내 '툭' 떨어지는 병뚜껑을 보며 비로소 안도의 한숨을 내뿜는다. 자랑스러웠었다. '늙으면 후회하게 된다'고 충고하는 사람들에게 아주 여유 있게 '핫핫핫' 웃어주기도 했다. 그랬다. 잇몸 깊숙이 튼튼한 뿌리를 바탕으로 견고한 이빨들이 가지런히 자리잡던 '몸의 전성시대'가 그렇게 건재하고 있었다. 가장 뻣뻣한 칫솔을 골라 잇몸이고 입술이고 사정없이 문질러대던 겁 없는 청춘이었다.

그 시국에 아스팔트에는 수시로 최루탄이 터졌다. 최루탄 가스를 뚫고 장미꽃을 선사하리란 다짐은 가투 현장의 살벌함에 젖으면서 싸그리 사라지기도 한다. 전경들을 향해 '여러분들은 우리들의 제자입니다' 하며 애태우던 사랑의 메시지가 여차하면 증오심으로 바뀌는 것이다. 일사분란하게 전진하는 바퀴벌레 갑옷차림의 전투경찰도 분명히 내 제자들이다. 그 제자들을 저어하며 시위대 뒤쪽으로 붙는다. 시위대 선두에서 겁없이 전진하다가 최루탄이 터지는 순간 반대방향으로 도망치다가 맨 꽁무니마저 놓쳤던 사연 때문이다. 뛰다 보니 혼자였고 웅크린 골목길 여기저기로 흩날리던 파편 조각을 피해 진퇴양난으로 허둥대던 기억은 지금까지 아찔하다. 그러거나 말거나 스크럼 선두에 선 동지들은 여전히 씩씩하게 맞서고 있다. 불끈 힘이 솟으려는 순간 또 최루탄이다.

"너희들을 사랑해."

단발마를 터뜨리며 아스팔트를 가로지르다 그만 전봇대에 정면으로 부딪쳤다. 별똥별이 노랗고 파랗게 솟구치다가 푸시시 떨어졌다. 그 다음 코피가 흘렀다. 손바닥으로 문지르는데 입술 속으로 뭐가 흔들흔들 걸린다. 송곳니다. 손가락을 집어넣어 망가진 잇몸을 조심스레 밀어 보았다. 잇몸 중간쯤에서 이빨이 흔들린다. 그토록 견고했던 콘크리트 이빨이 갈대처럼 서걱서걱 흔들린다는 현실이 참으로 가혹했다. 아니, 신기했다. 그후 가끔 혓바닥으로 살금살금 잇몸을 밀어보는 '몸의 변화'를 느끼며 또 몇 년 세월이 흘렀다.

주먹 한 방에 멀쩡한 남의 이빨을 분지른 적도 있다. 동동주 뒤끝의 연장선이다. 배경은 화장실이었고 비 내리는 늦가을과 열다섯 연하 사내의 거슬린 눈빛이 이유였다. 눈빛에서 마주 쏘아대던 표창들이 바닥에 떨어졌을 때, 그쯤에서 마무리해야 했다. 얼떨결에 한 방 내리쳤는데 코딱지만한 사금파리가 툭 떨어지는 것이다. 이빨 조각이다. 맞은 사내가 분기를 못 참고 변기통 파이프를 내리치자 망가진 플라스틱 사이로 낙수가 우수수 쏟아졌다. 동행인들이 각다귀처럼 우르르 뜯어말렸고 늘 그렇듯 화해의 술판으로 이어졌다. 그 자리에서도 또 이빨로 맥주병 뚜껑을 땄다. 마초 근성을 보여주는 찰나 내 이빨 쪽 하나가 '똑' 떨어져나갔다. 아무도 못 봤으므로 몽기작몽기작 쓰레기통에 집어넣었다(그후 십 몇 년이 지난 지금까지 그 이빨을 전혀 보수하지 않았다).

"물어주겠어."

"싫습니다. 혼자 해결합니다."

사내는 단호했지만 나는 사정사정하면서 기십만 원을 챙겨 주었다. 세 번째 거부당했고 마지막으로 한 번 더 시도해서 또 거부하면 도로 주머니에 집어넣으려 했는데 그가 받았다. 내 평생 마지막 주먹질이 그렇게 마무리되었다.

앞만 보며 뛰느라 몸을 전혀 챙기지 않던 그 생활이 십 년쯤 더 연장되었다. 학교가 끝나면 곧바로 '불법단체 전교조' 사무실로 출근하며 삼십대를 넘겼다. 유인물과 성명서 작성으로 날이 샜고 작업이 끝나면 주로 치킨집에서 닭다리를 뜯었다. 그때까지 '건재한 이빨'은 막바지 전성시대를 누렸다. 살코기건 뼈다귀건 오징어다리건 쇠톱처럼 날을 세워 닥치는 대로 싹뚝싹뚝 썰어내었다. 그즈음 '컵 떼기 소주'를 포기하고 정상적으로 한 잔씩 홀짝거리던 즈음이다. '민족문학과 참교육' 그리고 '태양처럼 뜨거운 젊음'을 오버랩시키며 그렇게 강산이 두어 번 바뀌었다. 숱한 사연이 머리카락 사이로 빠져나가면서 중년을 지나 장년의 문턱에서 망설이는 중이었다. 망자 시인 내 친구 윤중호는 '장난처럼 살아온 오십'이라고 했지만 나는 '산 넘으면 또 가로막는 산'의 연속이었다.

기실 벗들의 경고가 강도를 높이는 중이었다. '돌다리도 두들겨라' '한 번 굽은 등은 영원히 펴지지 않는다' 노심초사했지만 그때까지는 '몸의 변화'를 절대로 인정하고 싶지 않았다. 오히려 '소심하군요' 하며 맨주

먹으로 담벼락도 내리치는 한심한 오버를 보이기도 했다. 그러다가 언제부터였나? '엇, 예전과 다르네' 하며 아주 가끔 멈칫하기도 했다. 어깨가 굳는가 싶더니 분필이 칠판 꼭대기에 닿지 않는 것이다. 벌어진 이빨 틈새를 보이기 싫어 출석부로 가리면서 흐물흐물 웃기도 했다. 깨진 이빨 틈에서 신냄새가 나기도 했고 특히 잇몸 끝에서 달랑거리던 송곳니가 마음에 걸렸다. 문득 한번 뽑은 영구치는 영원히 되살아나지 않는다는 신체구조가 싸늘하게 실감되기도 했다.

수능시험 'D-15일' 신문반 아이들이 엿 잔치를 벌였다. 신문반 출신 시내 고등학교 선배들과 벌이는 전통의 연장이다. 탁자 위로 깨엿, 호박엿, 사탕엿, 땅콩엿 총천연색 포장지가 층층이 늘어섰고 사이사이 억새꽃과 초콜릿이 섞여 있기도 했다. 그 둘레를 빙 둘러싼 채 사내아이 계집아이들이 박수를 치고 폭죽을 터뜨렸다. 아이들만의 화사한 잔치에 끼어든 것이 실수다. '엿 빼앗아 먹기' 라는 유치한 장난기가 발동한 것이다.

"이리 배달햇!"

효근이가 재빨리 엿가락을 뒤로 감추는 시늉을 한다. 손가락을 꺾자 비명소리와 함께 소라에게 엿을 던진다. 나는 이게 사제지간의 유쾌한 의사소통이라고 생각한다. 그런 스킨십으로 몇십 년 거리를 허무는 것이다. 그렇게 공중잡이로 깨엿 하나를 나꿔챈 다음 더욱 터프하게 우쩍 깨물었다.

"어차피 드릴 건데 왜 뺏아가요?"

그런가? 얼굴이 벌개진 채 애매하게 웃었다.

"네가 먼저 도망쳤잖아."

자갈 구르는 소리. 쨍그랑쨍그랑 유리알 깨지는 소리를 뒤로 하며 계단을 내려온다. 이 웃음에 파묻혀 죽을 때까지 아이들을 사랑하리라 다짐하는 중이었다. 문득 허전했지만 장년의 평교사는 이쯤에서 빠져나와야 한다는 원칙도 알고 있다.

그런데 이상하다. 한참을 깨물어도 엿이 사금파리처럼 버걱거릴 뿐 이물질 하나가 녹지를 않는 것이다. 거울 앞에서 입을 따악 벌려 보았다. 아, 잇몸에 달랑거리던 송곳니가 엿 속에 파묻혀 뿌리째 뽑힌 것이다. 단물의 뒤끝, 송곳니 조각을 바라보며 가슴이 싸—하게 쓰렸지만 그런가 보다 하며 넘기려 했다. 소심증 사내가 자신의 몸에 대해서만큼은 대범해지려는 동물적 속성 때문이다. 하지만 그건 '이빨 수난'의 예고편일 뿐이었다.

그 옆의 잇몸이 망가지면서 나머지 이빨이 옆으로 쏠리기 시작했다. 손가락으로 밀어보면 도미노 현상처럼 옆으로 전이되면서 차곡차곡 흔들거렸다. 냉수를 마시면 이가 시렸다. 갈비를 뜯다가 그 잇몸이 더 벌어지기도 해서 화들짝 놀라 갈비집 출입을 삼가기 시작했다. 딱딱한 부위를 골라내느라 식사 때마다 심각한 표정이 되어버렸다. 칫솔은 가장 부드러운 놈으로 골라 아주 살살 걷어내듯 닦았고 날마다 거울을 보며 잇몸의 상태를 살피기 시작했다. 그러나 이미 늦었다.

마침내 나는 투항하듯 치과를 찾는다. 늦가을, 낙엽이 수제비처럼 뚝뚝 떨어지던 대학병원 벤치에서 패잔병처럼 웅크린 채 삶의 무상함에 젖는 중이다. 아니다, 아니라고 도리질치며 병원 출입문을 걷어차듯 쳐들어간다. 아자자, 부닥쳐 보자. 그러나 대학병원의 여의사는 한심하다는 듯 한참을 쳐다보다가 차갑게 끊는다.

"윗니, 네 개를 남기고 나머지는 통째로 빼고 틀니로 끼우세요."

나는 안경 속으로 반짝반짝 빛나는 맑은 눈의 여자를 보면 무섭다. 게

다가 흰 가운의 위력까지 겹쳐서 전혀 반항할 엄두를 낼 수 없었다. 그녀의 책상 위에 소꿉장난처럼 놓인 모형 틀니를 보면서 사시나무처럼 벌벌 떨었다.

"죄송합니다. 그냥 버티면 안 되나요? …… 앞으론 아주 잘 보호할 텐데."

"그러면 조만간 나머지도 다 뽑을 각오하세요."

"앞으론 아주 조심하겠습니다. 진짭니다."

"아래층에서 접수하세요."

그 말에 수긍하는 척 아래층으로 갔다가 나는 줄행랑을 결심했다. 도대체 뭐가 죄송하단 말인가? 버틸 때까지 버텨 보리라. '나 아직 건재하단 말이다' 라고 소리치고 싶었다. 밤거리로, 사내아이 계집아이 화사한 젊음들이 까르르 웃음을 터뜨리는 중이었다. 나는 땡땡이꾼처럼 납작 엎드려 '몸의 방치' 를 처절하게 반성해 보았다.

'왜 콜라병을 이빨로 땄던가?'

'왜 이빨로 철사를 끊었던가?'

'왜 사탕을 핥아먹지 않고 단박에 깨물었던가?'

그날 밤도 치킨을 시켰다. 그 대신 살코기만 발라 아주 쬐끔씩 떼어 할머니처럼 옴질옴질 먹었다. 사이다는 병따개로 정성스럽게 땄고 이쑤시개 대신 휴지를 돌돌 말아 잇몸 사이로 밀어넣으며 찌꺼기를 조심조심 파냈다. 그러나 슬픈 것은 아니다. 장년의 신체 구조는 그렇게 순리를 따르는 법이다. 잇몸이 흐물어지는 변화, 세수할 때마다 머리카락 빠지는 변화를 당연히 수용해야 한다. 골 깊은 주름살과 함께 얼굴 표정이 더욱 섬세해지지 않던가. 둔해진 몸놀림 대신 노련한 감각으로 세상을 헤쳐 가리라. 그리고 마지막 한마디 '잘 가라 내 이빨. 그리고 진심으로 미안하다.'

꼴찌에게 갈채를

'맑은 눈' 들과 살 부비면서 '글자의 벽' 을 리얼하게 체득했다. 기호가 입력된 상태에서 뜻 파악까지도 '산 너머 산' 인 것이다. 그렇듯 '한글 미해득' 아이들은 오늘도 몇 개의 글자를 읽고 또 읽고 그렇게 반복하길 수십 번째이다. 나중엔 오히려 내가 더 미안했다. 그 민망함의 간극을 '맑은 눈' 으로 메우는 것이다. 특히 동규가 그랬다. 천하장사인 그니의 마음씨는 흥부처럼 착하다. 두세 명을 단숨에 쓰러뜨릴 수 있지만 절대로 폭력을 쓰지 않는다. 아무튼 사진 아래 글자를 읽는 전근대적 반복학습에 동규는 정말 열심히 따라왔고 또 순식간에 잊어버리곤 했다.

그 학습법은 유년 시절 식모 선자 누나에게 가르쳐주던 그 방식이다. 사십 몇 년 전이었던가. 밤마다 침침한 호롱불 아래서 선자 누나와 이맛살 맞대다 보면 그림자가 어릿어릿 창호지를 덮기도 했다. 머리 좋은 선자 누나는 여섯 달 만에 한글 독파를 완주하더니 그 탄력으로 밤마다 유행가를 적으며 문맹 탈출의 보람을 만끽했다.

'못 견디게 괴로워도 울지 못하고…… 울어라 열풍아 밤이 새도록.'

그 노래를 이불 속에서 배웠던가? 전도사를 짝사랑하여 신작로 골목길 하숙집을 훔쳐보던 선자 누나는 그 노래를 부르면서 실제로 흑흑 흐느끼기도 했다. 이불 속에서 머리를 쓰다듬으면 열여덟 누이의 고단한 체취가 발그스레 달아올라 아홉 살 소년의 가슴이 짠—하게 치밀어 올랐다. 흐느낌이 그칠 때까지 나도 숨을 멈추고 싶었던 시절…… 그때 그 학습 방식이다.

선풍기 사진 아래 '선풍기' 라고 써놓았고 사과, 가방, 축구공 등 십여 가지 그림을 쏟아놓은 다음 수십 번씩 되풀이하는 것이다. 동규는 잊었다가 다시 맞췄고 그러다가 또 '밑 빠진 독' 처럼 까맣게 잊어버렸다. 그래도 정말 열심히 되풀이하다 보면 아주 가끔 하나씩 깨우치는 즐거움이 생기기도 했다. 이번엔 '통닭' 이다. '통닭, 통닭' 수십 번 반복하는 '단순 우직' 의 시간을 보냈다. 잠깐 휴식을 가진 다음 다시 손바닥으로 글자를 가렸다. 자, 이제 마지막이다.

"이게 뭐지?"

아이가 잠깐 갸우뚱대다가 안도의 표정을 짓는다.

"치킨."

풋풋풋.

그러면서도 '치킨 먹으러 갈까' 그 농담을 차마 꺼내지 못했다. 자신만만하게 대답하는 그니의 눈동자로 이슬이 폭포처럼 쏟아졌기 때문이다. 미안하다. 동규야. 진실로 사랑한다.

젊은 날, 내 부서는 주로 두 가지였다. 이십 대에는 교지 편집을 맡았고 복직 이후 삼십 대 중반부터는 주로 도서실 업무를 맡았다. 모두 체질에 맞았다. '자발적 소외' 의 일상 속에서 '목마른 꿈나무' 들과 살 부비는 게 행복했었다. 그때는 모든 게 '수(手)작업' 이어서 몸만 투자하면 웬만한 건 해결되기도 했다. 대출 장부 반납칸 체크를 마친 다음 책 속에 파묻히다가 하굣길에 도서부 아이들과 자장면 먹는 재미도 있었다. 자장면 소독저를 잘근잘근 씹으며 정호승의 「짜장면을 먹으며」를 읽어주던 젊은 교사의 풍경. 그게 내 자리였고 자존심의 실체였다. 그런데 마흔 몇 살 어느 날 젊은 관료가,

"강 선생이 무능하니까 그런 거나 시키는 거야."

깜짝 놀랐다. 가치관의 간극이 너무 큰 것이다. 고유 업무의 자부심으로 황홀했던 기억들이 단박에 깨졌다. 그후 서서히 발을 빼기 시작했다. 아닌 게 아니라 때가 되긴 됐다. 자본주의의 도약 속에서 나의 고유 기능에서조차 시나브로 무능의 딱지를 붙이던 즈음이다. 도서실의 디지털화와 함께 나의 장악력이 서서히 발붙일 공간을 잃어버린 것이다. 도우미 학생들의 손 빠른 컴퓨터 실력이나 어정쩡하게 구경하다가 겨우 아이스크림 봉투나 전해줄 뿐이었다.

교지 편집은 더 심했다. 원래 구세대 방식은 가편집 뭉치와 원고 번호를 짜맞춰 페이지를 배분한 다음 인쇄소에 넘기는 형태였다. 그러니까 원고지를 자르고 붙이는 첨삭 감각이 가장 필요했다. 그런 감각이 컴퓨터 편집 시대의 도래와 동시에 설 자리를 놓친 것이다. 아날로그 '몸의 시대' 가 거(去)하고 디지털 시대가 래(來)하면서 컴맹들의 총체적 위기가 봉착된 것이다. 나는 마침내 자본주의와의 야합을 결심하고 '디지털 도서관 연수' 를 받기로 마음먹었다. 물론,

'과연 해낼 수 있을까? …… 이 머리로.'

그런 체념의 수렁에 빠지기도 했다. 거울 속에서 장년의 사내 하나가 외다리 타법으로 위태롭게 주먹을 쥐었다 폈다 하는 것이다. 하여, 주사위 던져진 대로 '앞으로 나아가겠다' 고 두 주먹 불끈 쥐고 발자국 내딛는 순

간 아찔한 비탈길이 가로막는 것이다. 게다가 등록 첫 날 후배 교사들이,

"늙은이가 웬 일이슈?"

소소한 돌멩이에도 얼굴이 화끈거렸지만 그래도 의연하게 공부하기로 마음을 먹었다. 아자, '돼지털 시대'를 껴안아 보자. 쿵, 쿵, 쿵, 헛발을 굴렀다. '공부는 행복하다. 재미있다.' 연신 주술 외우듯 '자기 최면'을 걸었다.

기실 이 '자기 최면'은 대학원 시절에서 비롯된 버릇이다. 그랬다. 마흔 살 늦깎이로 대학원을 등록하자 특히 글쟁이 벗들이 설레설레 고개를 흔들었다. 그즈음 아마추어 작가를 벗어나 탄력을 받던 차라,

'도대체 무슨 이유로 ……?'

작가가 왜 제도권 교육에 아까운 시간을 허비하냐며 도리질쳤다. 하지만 솔직히 재미있었다. 오랜 동안 잊고 살았던 '낯설게 하기'나 '랑그와 파롤'도 반가웠지만, 학교와 전교조와 리포트에 쫓기는 '중년의 트라이앵글'을 생생하게 실감하는 것이다. 그렇듯 '자기 최면'의 진공 속에서 석사를 받았고 그 디딤돌로 연수 신청을 굳힌 것이다.

'책 고르기'나 '독서 퀴즈' 따위는 느끼해도 그런대로 버틸 수 있었다. 그러나 곧바로 닥친 '컴퓨터 활용 도서관 업무'는 용어의 몰이해로 도대체 감이 잡히지 않았다. 그 대신 과제물은 초스피드로 처리했다. 도서관 리모델링 설계도 과제는 '절망의 스피드'로 제일 먼저 제출하여 연수생들이 '와아—' 놀라기도 했다. 어쨌든 거꾸로 매달아도 62시간은 지나간다는 믿음과 함께.

같은 학교 연수 동기인 곽 선생은 수업과 업무 모두 똑 소리 나는 아줌마 선생이다. 나는 그네의 승용차에 카풀로 동승해 공짜 차표를 제공받을 수 있었다. 그네는 강사의 낱말을 초롱초롱 받아 적는 모범연수생이

었고 나는 '결심과 포기의 비탈길' 에서 소설책을 훔쳐보기도 하는 불량 연수생이었다. 불안한 연수가 마감되고 마침내 시험 보는 날, 곽 선생이 '공부 많이 했느냐' 고 묻기에 그냥 웃어주었다. 그리고 그네의 요청대로 서술형 예상 문제의 마무리를 읽어주었다(어쩐 일인지 나는 예고된 서술형 문제의 결미 부분을 일찌감치 만들어 놓았다).

'그리하여 이 도서관 과정을 통하여 우리 아이들이 저녁놀을 가슴에 담고 길가의 돌멩이도 사랑할 수 있는 아름다운 공간이 되길 바란다.'

낭송하면서 문장의 위선에 얼굴이 화끈했지만 그냥 끝까지 읽어나갔다. 그런데,

"역시 작가는 상상력이 범인과 달라."

오히려 감탄사를 내뿜는 것이다. 그 순간,

'내가 남과 다른가? 혹시 시험을 아주 잘 봐서 사람들이 깜짝 놀라는 건 아닐까?'

갸우뚱하기도 했다.

마침내 시험을 치렀고 역시 이변이 없이 끝났다. 그리고 돌아오는 길.

"너무 어려워. 한 문제는 진짜 아리송해."

그네가 고통스럽게 머리를 쥐어뜯기에 나는 홀가분하게 응수했다.

"쉽던데, 절반은 그냥 맞출 수 있었어."

실제로 전혀 공부를 하지 않았는데도 절반 정도를 맞추는 쾌재를 거두었다. 알건 모르건 빈 칸을 채웠으므로 '아주 높은 점수 받는 게 아닐까' 하는 겁 없는 상상에 빠지기도 하면서(실제로 나는 시험 때 이런 착란 증세를 보인 적이 여러 번 있었다).

결과는 곽 선생이 100점으로 일등이었고 나는 83점으로 꼴찌에서 다섯 번째였다. 내 밑으로 네 명 중 두 사람은 중간에서 포기했으므로 단 두

명을 이긴 것이다. 한 선생은 업무가 바빠 결석이 잦았고 마지막 한 명의 농땡이꾼만큼은 진짜 내 실력으로 이긴 것 같다. 불성실 연수생 두 명이 구세주처럼 바닥을 깔아준 것이다. 초록빛 벌판 사이로 노란 빛이 번지기 시작하는 초가을이었다. 그 초가을에 나는 불성실 연수생 두 명을 제키고 '앗싸! 꼴찌 탈출' 하여 안도의 숨을 돌렸다.

이번에는 컴퓨터 연수다.

아무튼 '어차피 거쳐야 할 관문' 이라며 사생결단의 심정으로 신청한 것이다. '아니 저 이가 왜' 하며 뜨악하게 쳐다보는 사람들에게 일찌감치 연막을 치기로 했다. 연수생들과의 식사 중에도,

"강 선생님 덕분에 꼴찌를 면할 수 있으니 안심합니다."

그런 말을 들으면 일부러 키득키득 웃으며 나도,

"제 스타일에 어울리죠?"

아예 무능한 척 오버를 보이기도 했다. 가끔, 아주 착한 선생님 한 분(오마이뉴스 송성영 기자가 쓴 나에 대한 기사를 읽은 그림쟁이 김승태 선생님)이,

"이런 기술적인 것들은 아랫것들이 하는 겁니다. 통 크게 사시는 분은 대국적 구상을 하셔야 합니다."

그렇게 추켜세우면 철없이 위안을 받기도 했다. 그래도 최선을 다하면 남들처럼 컴퓨터가 손에 찰싹 붙는 때가 있을 줄 알았다. 실제로 깨우치는 재미도 조금씩 있긴 했으므로 전혀 무의미했던 건 아니다. 다만 수준 차이가 문제다.

나이순으로 앞자리부터 배치하여 네 번째였다. 솔직히 말해서 맨 앞자리 고참 교사 두 사람만큼은 나와 비슷비슷한 수준으로 보였다. 그들은

아예 연수 기간 내내 아르바이트 대학생을 사이에 끼고 공부했다. 그 바람에 나는 둥근 얼굴에 '착함' 이라고 써 있는 앳된 여대생을 부를 수가 없었다.

물론 나 역시 컴퓨터 고수인 황선태 선생과 짝을 맞추는 순발력을 발휘하기도 했다. 황 선생은 후덕한 심성대로 가르침에 헌신성을 보였지만, 진도가 빨라 그니까지 문제 풀이에 몰입할 때면 나 혼자 헤매며 푹푹 끓는 스트레스를 간신히 다독거렸다. 특히 엑셀 강사가,

"예전에 꼴찌만 도맡았던 선생님이 있었는데요. 삼 년 연속 꼴찌를 하면서도 연수만큼은 끈질기게 신청하더라구요. 대단해요."

그 농담에 연수생들이 푸하하 웃을 때는 나도 덩달아 화끈하며 핫핫핫 웃었다.

중간쯤 지나서는 아예 포기하기도 했다. 남들이 포토샵과 파워포인트로 동영상과 그래픽 사이를 훨훨 날아다닐 때 나 혼자 오마이뉴스나 여기저기 홈페이지를 더듬거리며 불안한 일탈에 빠지기도 했다.

드디어 시험이다. 컴퓨터 시험은 도서관 연수 때보다 훨씬 냉혹했다. 사람들은 하나씩 째깍째깍 관문을 헤쳐 나가는데, 나는 불쌍하게도 첫 장부터 머리가 하얘졌다. 어쨌든 '최악을 피해, 차악을 위해, 최선을 다해' 시험을 마쳤다. '점수가 중요한 게 아니라 시험이 끝났다는 게 중요한 거다.' 그렇게 정리한 채 남들처럼 후련한 표정을 지었다. 끝났다.

성적표를 받아보니 아, 진짜 꼴찌였다. 최악만은 피하고 싶었었는데 매몰차게 정수리를 찍힌 것이다. 엄살도 연막도 모두 창피했다. 울어라 열풍아, 밤이 새도록.

그런 그림이 있었다. '일등도 꼴찌도 없는 교실' 을 꿈꾸던 순수 교사

한 명이 운동장 가운데로 터덜터덜 걸어오는 풍경이다. 바람 빠진 풍선으로 늘어졌던 그 부류 아이들이 꼴찌교사를 보면서 일제히 일어나더니 꽃대궁 세우며 우우우 에워싼다. 덩달아 발그스레 상기된 그니의 머리 위로 햇살이 우수수 쏟아진다. 아, 여기가 내 자리구나.

"선생님 꼴찌했다."

자신만만한 고백에 아이들이 '와—' 웃음꽃을 터뜨린다. 들국화 쑥부쟁이 살사리꽃 꽃사태로 온갖 향기가 몸을 적신다. 그 선생에 그 제자는 동질성과 안도감으로 눈시울이 짠해진다.

"힘 내유."

동규가 어깨를 주무른다. 손가락 힘이 너무 강해 우두둑 뼈가 아프다. 씨름판에서 다섯 명째 메다꽂던 악력의 손마디다. 그러거나 말거나 듬직한 제자에게 어깨를 맡기면서 편안한 몸 냄새에 젖는다. 잠들고 싶다. 이대로 꿈결에 취해 잠들고 싶다. '네놈과 치킨 다리 씹으면서 동병상련으로 사랑하리라.' 그렇게 다짐하면서 얼마나 설레였는지 모른다.

카메라 가짜라더니

애당초 '핸드폰 없는 세상'이나 '승용차 거부'의 반골 기질이 있었던 것은 아니다. 릴레이 경주처럼 초스피드로 변화하는 남들의 문명 향유에 재빨리 편승하는 게 싫었던 탓도 있었으리라. 하지만 가장 큰 이유는 '변화에 대한 두려움'과 '굼뜬 행보' 탓이다. 그 느림보 체질의 똥고집이 '핸드폰 없는 사내'를 만들었고 어느 날부터 천연기념물로 둔갑시킨 것이다. 그러면서 몇 가지 원칙을 세웠다. 그 첫 번째가 가급적 남의 차와 핸드폰을 타지 않고 빌리지 않는다는 다짐이다. 한동안 그 원칙을 지키다가, 언제부터였나, 와장창 깨져버렸다. 이제는 닥치는 대로 남의 차를 얻어 탄다.

퇴근길,

승용차로 등교하는 교사와 걸어서 등교하는 교사의 정서가 절대로 같을 수 없다고 우겼다. 클랙슨 빵빵 누르며 아이들을 헤쳐 나가는 것과 그 틈에 끼어 언덕길을 오르는 것은 분명히 다르다고 주장하기도 했다. 그리고 교문 앞 진입로를 걸어갈 때는 가급적 남의 승용차를 쳐다보지 않았다. 승용차 안에서는 걷는 사람이 빤히 노출되지만 바깥에선 선팅된 승용차 내부를 볼 수 없기 때문이다. 그래서 '누군가' 하고 기웃거리기 싫어서 아예 눈길을 주지 않는 것이다. 남들의 승용차가 교정을 빵빵 빠져나갈 때 나 혼자 터덜터덜 교문을 걸어나오는 분위기도 찾으려 했었다.

그런데 시내버스를 기다리노라면 아이들이 다람쥐처럼 쪼르르 몰려와,

'왜 여깄슈?'

'차 읎슈?'

'차 살 돈 읎슈? 월급 타서 마누라한테 죄다 뺏기나?'

어쩌구 시비조로 몰려오는 모습이 귀여웠던 시절도 분명히 있었다. 그런데 어느 날 그게 귀찮아지는 것이다. 개구진 아이들 모습과 푸짐했던 터미널 풍경이 갑자기 음울하게 가슴을 찌르기 시작했다.

몸의 노쇠 탓일까, 아이스크림이나 떡꼬치를 입에 물고 재잘재잘 달려드는 모습을 가끔씩 피하고 싶어지는 것이다. 함께 '안고 드잡이' 로 뒹굴고 축구공 쫓아다니며 함성을 지르던 모습에서 멀어지는 것이다. 버스 정류장에서 기다리며 아이들과 부딪치지 않기 위해 전신주나 광고판에 몸을 가리다가 쪼르르 몰려온 악동들에게 포위되기도 하면서 때로는 차라리 투명인간이 되어 증발하고 싶은 것이다. 그러다가 언제부터였나, 남의 승용차에 탑승하면서 풍경의 객관화에 젖기도 하는 것이다. 아프다.

요즘은 핸드폰 강박증에 시달리고 있다. 언제부터였나, 거리에 즐비하던 공중전화박스가 시나브로 사라진 것이다. 맞은편으로 늘어선 공중전화박스 속의 복잡다기한 표정을 감상하며 '아, 평화롭다' 하는 감탄사를 내뱉던 시절도 이젠 흘러간 추억이다. 예전에는 전화카드 한 장이면 웬만한 통화가 해결됐는데 지금은 터미널 부근을 제외하곤 찾을 수가 없다. 설치된 박스를 때려 부수진 않겠지만 일단 고장 난 전화박스는 절대

로 고치지 않기 때문이다. 전화박스 찾아 시불시불 돌아다니다 번번히 약속 시간이 빗나가면서 비로소 '금기를 깨고 핸드폰을 사야 하나?' 하는 갈등이 생기는 것이다. 여하튼 아직은 무소유다.

하지만 운전에 대한 절박감은 다르다. 솔직히 엄두가 안 난다. 핸드폰이야 돈으로 해결되지만 운전은 시간 투자를 필요로 한다. 연습기간 내내 운전학원 시간대에 맞출 자신도 없어서 왠지 그 흔한 운전면허증이 나에게만큼은 영원히 '머나먼 당신' 일 것 같다. 설령 면허증을 딴다 치더라도 졸음운전이나 음주운전으로 일대 사단을 낼 것이 틀림없다. 그렇게 지레 겁을 먹으면서 얼굴에 철판을 깔았다. 요즘은 남의 승용차도 너무 자연스럽게 탑승한다.

아무튼 '공주-서산' 주말부부로 지내면서 그 육 년 내내 진짜 허부지게 남의 차 신세를 졌다. '대전-서산' 출퇴근이라는 신기록 보유자 기술과 박 선생한테 일 년, 체육과 오 부장, 인근 학교 김 선배, 여교사 황 선생 등 닥치는 대로 문을 두들겼고 그도 저도 안 될 때만 직행버스를 탔다. 더러는 찝찝한 승차거부 사연도 있었지만 나는 '사고가 생겨도 운전자에게 일체 책임을 물지 않겠다' 는 각서를 써주기도 하면서 동냥 탑승을 연장했다. '운전자와의 행복한 출근 시간' 을 위하여 그동안의 '자발적 소외' 규정을 깨뜨렸고 박학다식과 산파식 대화법에 익숙하게 되었다.

공 선생은 초스피드다. '공주-서산' 두 시간 거리를 삼십 분 이상 단축시켜 한 시간 이십 분 남짓에 주파한다. 그의 요동치는 운전 실력은 마치 에버랜드 천둥열차처럼 위 아래 옆으로 스르릉스르릉 미끄러지는 바람에 처음 탑승했을 때는 속이 메슥거려서 힘들어했다. 좌우지간 앞에 차량이 있는 꼴을 보지 못했다. 무조건 추월했다. 대로(大路)가 막히면 순식간에 골목길로 빠지고, 막 켜진 빨간등은 그대로 밀어붙이며 신호등에 걸리면 어쩔 수 없이 기다리다가도 파란 불 켜지기 일 초 전에 '슝' 튀어 나가서 선두를 확보하는 숙련공이다.

'예산-신양'. 수없이 통과한 길이다. 꼭꼭 숨은 감시카메라가 여차하면 '경찰서장의 친절한 안내장'으로 뒤통수 때리는 그곳이다. 파출소 담벼락에 숨어 쏘아대는 '유리 눈빛'의 '아차'를 피하기 위해 숙달된 운전자들도 여간 조심스럽지 않다. 면소재지 신작로는 제한속도가 30킬로이므로 이제껏 뻥 뚫린 4차선 속도로 쌩쌩 달리다가 진입로에서 깜빡하는 날에는 어김없이 걸려드는 것이다.

"함정단속이 도동놈이라닝깐요. 바쁠 때 바쁘게 달리게 하면 어디 덧납니까?"

"그 돈이 죄다 어디로 가죠?"

이런 세속성 언어는 점잖은 말투이고 컨디션 여하에 따라 '거침없는 하이킥'으로 돌변하기도 한다.

"날 잡아서 저놈을 작대기로 죄다 내려쳐 버릴 거여."

"대포로 깡 날려버릴깡?"

우히히히히.

게걸스럽게 웃지만 결국은 쫄밋거린다. 깜빡 새벽졸음 사이에 꿈을 꾸기도 했다. 카메라 기둥을 나무늘보처럼 타고 올라 보자기로 '확' 덮어버리는 화면이다. 마침내 화면 전체를 천으로 칭칭 감은 다음 '심봤다'고 포효하려는 순간 까마득한 낭떠러지로 굴러 떨어져 '으악' 비명을 지르는 꿈이었다. 그 사이 승용차는 신양 신작로에서 좌회전으로 꼬부라져 예당저수지로 들어간다.

여기는 가장 잔혹한 기억의 자리다.

안개 속이었다. 안개 장막 속에서 웬 아저씨 하나가 연신 옷자락을 흔들며 차량 통제하는 장면이 얼핏 공포영화의 프롤로그처럼 섬뜩했다. 맨 처음 만난 것은 도랑에 쑤셔박힌 트럭이다. '언제까지 옷자락을 흔들어야 하나' 갸웃 하는 찰나 공룡뼈처럼 뒤틀린 오토바이의 잔해가 적나라하게 드러난다. 고등학생 셋이 매달려 스피드에 황홀했던 새벽 질주의 결과다. 무섭다.

시속 145킬로의 오토바이 앞에 전봇대가 불쑥 가로막았고, 뒤에 매달려 허리를 껴안고 달리던 사내아이 계집아이가 허공으로 솟구친 직후다. 뒤의 계집아이는 머리가 통째로 사라졌고 앞의 사내아이는 목이 180도 꺾였다. 페리칸사스꽃 자홍빛에 섞여 빨갛게 흐르던 핏자국의 기억이다.

그뿐이다. 일상적 출근길을 위해 그 잔영을 순식간에 지나쳤을 뿐이다. '운전대가 한 각도만 흐트러지면 저렇구나' 하며 오소소 떨다가도 새로운 길과 새로운 사연을 만나면 또 잊는다. 그렇게 피도 눈물도 없는 일상의 연속이다.

"저 카메라 가짜랍디다."

전혀 신빙성 없는 너스레다. 시나브로 몸에 밴 카메라 혐오증이 엉뚱한 방향으로 튀어나왔을 뿐 아무 근거 없는 소리다. 다만 비열해 보이는 것이다. '감시카메라 있음' 하며 신사적인 예고편을 보여주는 경우도 있지만 신호등 사이에 애매하게 붙어 있거나 '숨어서 쏘는 총' 도 있고 가끔 '가짜' 도 있다. 그중, 지난 번 오 선생의 말을 떠올려 가짜라고 무심히 주장했을 뿐이다(나는 여러 사람의 차를 번갈아 탑승했으므로 화제도 제각각이다).

"진짜욧?"

공 선생도 만만찮은 정보망의 소유자이기도 하다. 내 말이 진짜냐는 얘긴지 아니면 카메라가 진짜냐는 얘긴지 애매하게 들린다.

"백프로."

'너무 지나치게 확신했나' 하는 생각이 들었지만 그대로 밀어붙이기로 했다. 그래도 공 선생은 갸웃갸웃 속도를 낮춘다. '번개운전자' 답게 순식간에 상황판단의 민첩함을 보이는 그다. 이번에도 불도화다. 파란 대문 속으로 불도화다. 화살표가 60킬로 이하로 쭈욱 내려가는 순간 불도화 하얀 꽃이 선명하게 들어온다. 눈이 부시다. 느리게 가면 이렇게 길가의 꽃 냄새에 취할 수도 있구나. 그러나 삶은 더 바쁘고 실없다.

"진짜로 가짜라니깐요. 체육과 오 선생도 빠드름히 알기 때문에 여기서만큼은 '짜샤 안 속아' 하며 허발나게 달린답니다."

아닌 게 아니라 그 자리만 벗어나면 4차선 직선도로를 고속도로처럼 단칼에 뽑아낼 수 있을 것 같다. 손가락으로 감시카메라를 쏘아대며 한 번 더 밀어붙인다.

"사람을 소심증 환자로 만들어요."

"밟아볼까?"

마침내 공 선생도 확신이 섰나 보다. 액셀을 밟더니 금세 80킬로로 올려붙였다. 자동가속이 붙으면서 희뿌연 매연이 막힌 똥줄기 터지듯 쏴아 쏴아 쏟아진다.

다음 길부터는 아예 자신만만하게 100킬로로 달린다. 막힌 길이 뚫리자 다음부터는 일사천리다. 일주일 뒤에는 '제 버릇 개 주나요?' 하며 '예산이 깨지든 홍성이 깨지든 난 몰라' 발 팍팍 구르며 120킬로로 확 늘렸고 그만큼 출근 시간이 단축됐다. 그가 '아싸 호랑나비' 하면 나도 '으흐흐흐' 장단 맞추며 졸음운전에서 벗어나기도 했다. 그렇듯 운전자와 탑승자가 궁합 맞추는 상큼한 출근길이었다고 할까.

보름쯤 지났을까. 영산홍 자줏빛이 유리창에 쩌렁쩌렁 번지는 늦봄의 교정이었다. 범칙금 통지서 한 장이 머리를 때리는 것이다. 맨 처음 4만 원짜리다. 경찰서에 출두하면 3만 원이고 은행에 납부하거나 기일이 경과하면 4만 원이라고 친절히 안내해준다. 위반사실 통지서 밑에 '귀하의 차량이 무인단속장비(고정식)에 의해 아래와 같이 적발되었기에 그 사실을 통보합니다' 라고 적힌 쪽지다. 그리고 차량 차종 장소 날짜가 상세히 적힌 다음,

위반 내용 : 도로교통법 제 17조 3항 속도위반

의견진술기간 : 2004년 6월 15일까지이며 처리 절차는 뒷면에 상세히 기재되어 있으므로 반드시 읽어보시고 처리 바랍니다.

〈안 내 문〉

앞면의 위반사항에 대하여 이의가 있으시면 도로교통법 시행령 제 88조 2항의 규정에 따라 의견 진술 기간 내에 관할 경찰서에 의견을 진술하실 수 있습니다. 의견진술 결과 면책 사유가 없는 경우에는 귀하께 범칙금 납부고지서를 발부해 드리게 되고, 귀하께서 당시 운전자를 지목하여 그 운전자가 운전사실에 대해 인정하면 지목한 운전자에게 범칙금 납부고지서를 발부하게 됩니다.

만약 의견진술 없이 범칙금 납부고지서를 발부받기를 원하시면 이 위반사실 통지서와 자동차 운전면허증을 가지고 가까운 경찰서 교통민원실, 순찰지구대(파출소) 또는 교통외근 경찰관에게 그 뜻을 말하고 범칙금 납부고지서를 발부받아 납부기간 내에 금융기간 또는 인터넷으로 납부하시면 됩니다. 이때 범칙금을 기한 내에 납부하지 않을 경우 즉결심판에 회부합니다.

또한 위 의견진술 기간 내에 의견 진술도 없고 범칙금 납부고지서도 발부받지 않은 경우에는 과태료 납부고지서가 발송됩니다. (과태료 금액은 아래에 표시된 내용과 같이 범칙금에 1만 원 내지 3만 원이 추가되나 벌점은 없음)

과태료를 납부하지 않을 경우에는 국세체납의 예에 따라 자동차 등 소유자산에 압류 등의 방법으로 과태료를 징수하게 됨을 알려드립니다.

나는 그때 비로소 범칙금은 '운전자가 확인되었을 경우 운전자에게 책임을 물어 벌점을 부과하는 것' 이고 과태료는 '위반 운전자가 확인되지 않을 경우 차량의 소유자에게 관리 책임을 물어 과태료 부과하는 것' 으로 구별하고 있음을 알았다.

컴퓨터 앞에서 글자 맞추던 공 선생 입술이 닭똥집처럼 찌그러진다. 나는 '똥 밟을 수 있잖여' 하면서 대충 얼버무리려 했다. 그런데,

"강 선생님이 가짜 속도계라고 했잖뇨?"

"엣! …… 그랬나? …… 그랬구나 …… 다른 데서 찍힌 거 아뇨? …… 혹시?"

"보쇼."

그 자리다. 불도화 하얀 꽃에 잠시 가슴이 '짠' 했던 그 자리였다. 출근길 시간대와 장소와 차량 번호까지 정확히 찍혔으므로 빼도 박도 못한다. 나의 과장된 확신이 찝찝하게 깨지는 순간 교무실 전체로 한바탕 자지러진 웃음보가 터졌다. 공 선생의 소소한 피해로 교직원 전체가 화기애매한 풍경을 연출시켰고 나 혼자 귀밑까지 빨갛게 물들었다. 하지만 그게 끝이 아니었다.

다음날 또 한 장이 날아온 것이다. 이번에는 6만 원이다. 속도를 자신

만만하게 높인 만큼 벌금이 늘어난 것이다. 공 선생의 굳은 표정 뒤로 교무실의 박장대소가 찌뿌드드 오버랩되었다.

“반씩 합시다.”

내가 뻘쭘하니 선수를 쳤으나 공 선생은 ‘노우’ 하며 고개를 흔든다. 진퇴양난이다. 벌금을 나누자니 치사해 보이고 그냥 보고 있자니 난감한 상태가 된다.

“내가 5만 원 한도에서는 팡팡 쏜답니다.”

나의 썰렁에 사람들이 웃을까 말까 입술을 들먹이다가 저마다 컴퓨터 자막을 마주한다. 그런데 그 다음날 또 한 장이 날아온 것이다. 이번에는 대폭 올라 9만 원이다. 마침내 공 선생 얼굴이 납덩이처럼 굳어버렸다. 시속 20킬로를 넘으면 벌금이 3만 원, 30킬로를 넘으면 6만 원, 40킬로를 넘으면 9만 원이라는 사실도 처음 알았다. 문제는 벌금 20만 원이나 삼진 아웃이 아니다. 내일, 또 그 다음날 어떤 범칙금이 눈덩이처럼 굴러와 교무실을 콱 가로막을지도 모른다. ‘입을 조심하자. 아예 꽉지로 묶어놓자’ 하며 맛이 간 사람처럼 중얼거렸다.

그해 오월에서 유월 초까지, 순전히 감시카메라에 대한 내 ‘증오성 허풍’의 늪에 허우적허우적 빠져보았다.

도서관에서 쫓겨난 사연

도서관 출입 경력은 무교동 야간 중학생 시절부터 시작된다. 세 평 조금 모자란 문간방에서 형, 누나, 나까지 세 명이 자취를 했다. 자취방엔 호마이까 밥상 하나와 이부자리 그리고 교과서 이외에는 진짜 아무 물건도 없었다. 그게 외로움의 이유였다. 형과 누나가 새벽에 등교한 후 오후 네 시까지 '키 작은 소년' 혼자 야간학교 시작종을 기다린다는 것은 '고독과의 사투' 그 자체였다. TV나 신문은 차치하고라도 읽을 책 한 권 없었으므로 저물녘까지 손가락만 빨아대었다.

그러던 2학년 봄, 남산도서관 출입을 시도한 것이다. 원효로에서 용산고등학교 담벼락을 따라 미군부대를 지나고, 후암동 좁은 골목길과 가파른 계단을 헤집다 보면 꼬박 한 시간 남짓 걸렸다. 도서관은 이미 꽉 차 있었고 번호표를 받은 대기자 수백 명이 밑도 끝도 없이 기다려야 했다. 공부하던 학생 하나가 빠져나가면 대기자 한 명이 입장하는 시스템이었는데, 땡볕과 시멘트 바닥 사이에서 두 시간 정도의 기다림은 보통이었다. 그러다가 오후 세 시쯤 야간학교 등교시간을 맞춰서 무교동까지 한 시간 남짓 강행군으로 걷는 것이다. 그 고난의 행군에서 나도향, 염상섭을 만났고 채만식을 독파하면서 막연하게나마 작가의 꿈을 키웠었다. 그렇게 생각은 복잡하고 몸집은 쬐끄만 가분수 중학생으로 고난과 희망을 함께했었다. 그후 도서관 출입 수난사는 수십 년이 지난 지금까지 이어진다.

비 오는 새벽.

장년의 사내와 사춘기 아들이 대학 도서관 출입문을 연다. 아비는 십 분 공부하면 삼십 분 이상 머리를 식혀야 하는 잡념 체질이지만 수시로 도서관에 안착해야 마음이 놓이는 만학도이고, 아들은 일단 책을 잡으면 몇 시간은 너끈하게 버티는 집중형이다. 스타일은 달라도 우리 부자는 '도서관 도착 안심증'을 치유하기 위해 비가 오나 눈이 오나 먼 길을 기쁘게 오갔다.

휴식 시간. 자판기 커피 한 잔 때우고 현관 밖에서 담배를 물었을 때였던가. 도서관 경비 아르바이트생이 아들놈과 마주선 채 실랑이하는 것이다. 또 그 사내다. 하루에도 몇 번씩 도서실을 돌아다니며 중고생을 솎아내는 고지식한 사명감의 젊은이다. 먹테 안경에 차양모자로 짧은 머리를 가린 그가 벌써 반 년 새 대여섯째 제동을 건다.

"학생, 이 글자가 보이지 않나?"

'초중고생 절대 출입 금지'

'절대'는 붉은 색으로 구별해놓았다. '절대'라는 부사어가 싫다. 그래서 시험문제의 부정 유도형 출제에서도 '절대'나 '반드시'나 '모두'가 나올 경우 대개 그게 정답이다(알고 보니 그는 경비 아르바이트생이 아니라 공익근무요원이었다).

"학생이 도서관에서 공부하면 왜 안 되는 겁니까?"

얼핏 아들놈의 눈빛에서도 은은한 카리스마가 쏟아진다. 나는 이런 일이 처음이 아니므로 조금 여유롭게 대응한다. 피차간에 노하우가 생겼다고 할까.

"학교에서 질서를 안 배웠나?"

"질서를 어겼나요? 제가?"

잠깐 팽팽한 긴장감이 오가는 사이 내가 재빨리 개입한다.

"내 아들이요."

몸을 훑어보기에 그대로 드러내 주었다. 그리고 화해를 위해 최대한 우아한 눈빛을 보내준다.

"나는 중학교 국어 선생이고."

빨리 해결하고 싶은 간절함을 모아 한마디 더 보탠다. 이런 소사로 볶딱이는 일상이 귀찮아서 '불필요한 수사'를 덧붙인다.

"나이는 오십이 넘었고."

그러나 그는 더욱 자신만만하게 한 술 더 뜬다.

"국어 선생님이 한글도 모르십니까?"

이상하다. 젊은이의 거친 항변이 오히려 마음을 넉넉하게 해주는 것이다. 더위가 빠져나간 하늘빛이 먹포도 빛깔로 새벽을 열고 있다. 푸른빛이 쥐어 짜인 듯 빠진 자리로 누런빛이 스멀스멀 눈독들이고 있다. 초가을이다.

"선생님 같은 분이 국어를 가르친다는 게 너무 절망스럽습니다."

'나는 젊은이가 갓난아기 때부터 이 도서관을 출입했으며'라는 '울컥'도 꾹꾹 누른다. '나는 이 도서관에서 몇 권의 책을 내었고'라는 말도 그냥 꿀떡 삼킨다. 그 차가운 눈빛, 어디선가 익숙한 눈빛이다. 그렇다. 젊은 날의 취조실이다.

'당신이 국어 선생이야!'

신새벽 취조실이었던가. 왔다 갔다 하던 구경꾼 형사들이 느물느물 한마디씩 던지면 나는 입술만 잘근잘근 깨물었었다. 그렇지만 나는 절대로 불량교사가 될 수 없었다. 나는 나라말과 글을 사랑하고 분단조국의 아픔을 껴안고 살아가다가 학교를 쫓겨났고 유치장에 끌려가기도 했으며 최루탄과 화염병의 아스팔트에서 꿈결 같은 청춘을 보냈었다. 그리고 이 도서관을 진짜 열심히 다니며 '깊은 사랑'을 채운 터줏대감이다. 토익과 취업용 참고서 사이에 끼어 부단히 책을 읽고 글을 썼다.

실제로 그랬다. 이 대학 도서관을 개조하기 이전 구(舊)도서관 시절부터 나는 계단이 닳도록 출입했다. 그 사이에 아르바이트생이 스무 차례가량 바뀌었고 총장과 도서관장도 예닐곱 번 바뀌었으며 가장 오랜 말뚝인 경비 아저씨도 몇 차례 바뀌었다. 아이들이 커서 어른이 되고 늙은이들이 줄줄이 정년퇴임하는 동안 나는 외롭게 도서관만 출입하면서 긴 세월 버텨냈다.

수 년 전엔 같은 건물에서 윤리과 이 선생이 공부를 했다. 전교조 후배였던 그와 눈인사 정도 나눴지만 도서관 동지가 있다는 사실만으로도 마음이 든든했다. 찬바람으로 히터 열기를 함께 식히던 그는 겨울이 지나면서 발길을 끊었다. 연구사 시험에 합격했으므로 도서관 출입의 의무방어를 마친 것이다. 이듬해는 과학과 백 선생이 공부를 했다. 중년의 세월을 함께 보냈던 그와 출입구 계단에서 담배도 피우면서 지나간 벗들 이야기 같은 걸 짧게 나누는 시간이 행복했다. 그도 장학사 시험에 붙었으므로 겨울이 지나면서 다시 외톨이가 되었다. 목표가 있으므로 쓸쓸함 따위는 관심이 없다. 그저 바쁠 뿐인데 이따금 찬바람이 등허리를 시리게 미는 것이다. 올해는 사립학교 불어 선생인 박 선생과 조우하면서 가끔 열두 시 지나 호프집에서 술을 마시며 '일등도 꼴찌도 없는 교실' 에 대한 이야기 주머니도 나누었다. 그는 장학사 시험과 박사과정을 동시에 합격해서 지금까지 도서관의 끈을 이어가고 있다. 나머지는 대개 나 혼자다. 이젠 외로움이 더 편안하다.

또 있다. 도서관은 '사오정 명퇴그룹' 들의 재기를 위한 충전 장소였다. 재작년에 '궁민은행' 부장이었던 대학동창생 공근산도 만났다. 대학시절 라이벌 책벌레였던 그는 공인중개사 책에서 온종일 눈빛을 떼지 않았다. 언제부터였나, 그도 새 일터를 찾아 홀가분하게 떠났고 나는 또 홀몸이 되었다. 계단에 앉아 담배 연기를 날리다 보면 후박나무 황량한 나목 아래에서 차가운 겨울 보름달이 덩그러니 피어오르기도 했다.

아무튼 강산이 바뀌듯 건물 책임자와 당직자들도 바뀌고 또 바뀌었다. 바뀐 자들은 끊임없이 출입객들을 간섭했다. 청년이 장년이 되는 세월 동안 '날아온 돌' 들은 당연하다는 듯 '박힌 돌' 을 파내고 그들의 스타일로 자리를 정리하려 했다.

"왜요? 국어 선생님 가족은 도서관에서 공부를 하면 안 되나요?"

"집에서 공부할 수 있는 환경이 안 됩니까?"

'너나 잘하세요.' 그 소리가 목구멍에서 튀어나오면 절대로 안 된다. '장년의 평교사는 말이 없어야 한다' 며 스스로 심장을 다독인다. 나는 더욱 침착한 사람인양 꼬박꼬박 존대말을 붙였다.

기실 이 정도 '싸움의 법칙' 쯤은 꿰뚫고 있다. 차분하게 대꾸하다가 적당한 시간에 기선을 잡아 반전시킨 다음 상대방이 수세에 몰릴 때쯤 완전히 '아작' 을 내는 것이다. 상대가 '어어' 쫄아들었을 때 팔다리 칭칭 묶어 항복을 받아내는 것이다. 하지만 너무 아리따운 젊음이라 차마 공격적인 자세가 나오지 않는다.

삼 일 전이었던가. 기실 도서관장에게 직접 전화를 걸었었다. '소떼 몰리듯 쫓겨다니는 아들딸'을 보며 참고 참았던 뒤끝이다. 수화기 저쪽에서 '예에' 하는 중후한 목소리를 확인하고 나 역시 목소리를 나지막이 깔면서 제발 진정성이 무사히 통과되길 기도하며 또박또박 예의 바르게 설명했다. 가슴을 여민다.

"저는 중학교 교사인 강병철입니다. 우리 아이가 중학생인데 대학 도서관에서 공부를 하다가 자꾸 쫓겨나기에 전화를 드렸습니다. 근방에 시립도서관이 없어서 부득이 아들놈과 대학 도서관을 이용하니 선처 바랍니다."

그리고 답변을 받아냈다. 보호자와 함께 출입하는 중고생을 막지는 않겠지만 대학생 시험기간 만큼은 자제해 달라는 내용이다. 그러마고 했다. 복잡할 땐 외부인이 당연히 피해줘야 하므로 합의가 얼마든지 가능했다. 문제는 다시 현장에서 책임감에 지나치게 불타는 웬 공익요원에게 제지를 당한다는 점이다. 단도직입으로 반문한다.

"도서관에서 공부하는 사람을 왜 막습니까?"

"그럼 중고생들을 모두 입장시켜야 합니까?"

논리적으로 설득할 기운이 죄다 빠진다. 이젠 평행선이다.

"대학 도서관은 대학생뿐만 아니라 지역사회에 대한 역할도 동시에 함께 해야 합니다. 나도, 아내도 이 대학에서 학위를 땄으며 또 국립대학은 우리들의 세금으로 운영되는 곳입니다."

학생이건 교수건 총장이건 상관없다. 자기가 공부하기 싫은 것은 각자의 자유지만 남들의 공부를 방해하지는 말아야 한다고 못을 박았다. 문득 '출입금지' 표시 옆의 또 다른 문장을 본다.

대학생들은 당신의 자리인 독도를 지켜야 합니다.

당신의 자리를 빼앗은 것은 다케시마입니다.

절망이다. 도서관 빈자리에서 공부하는 학구파들이 왜 다케시마인가?

나는 아들이 열심히 공부해서 면사무소 공무원이 되어 국록을 먹길 바라고 딸내미 역시 더 열심히 공부해서 역사 선생이 되길 바란다. 착한 아들은 깔끔한 복장으로 논두렁 밭두렁 거닐며 자연과 물상과 사연을 살피리라. 딸내미는 작은 체격이 내뿜는 카리스마로 아이들을 사랑하는 선생이 되었다가 또 다른 약진의 기회를 꿈꾸기도 하리라. 그러니까 더욱 공부를 해야 한다.

"내보내세요."

"못 나가."

젊음과의 맞상대로 힘이 넘친다. 사내가 아들을 밀어내려고 몸을 트는 순간 뚜껑이 '확' 열려버렸다. 다짜고짜 몸을 밀쳐버린다. 짧은 순간, 그니의 '젊은 눈'과 나의 '고깃덩이 눈빛'이 스파크를 낸다. 욱, 힘이 솟구친다.

"아들에게 손대면 그땐 나 어떻게 될지 진짜 몰라요!"

나는 사방을 휘둘러보며 아들에게 한마디 던진다.

"이 놈이 아부지한테 덤비면 너도 함께 붙자."

'나이를 초월해서 맞짱 뜰 거여. 그게 아부지의 원동력이여.' 그 말은 끝까지 참았다. 나뭇가지 사이로 비치는 초가을 하늘이 그리도 시리도록 푸르다. 어느새 날이 훤하게 밝았고 꽃미남 젊은이의 난감한 표정 하나 쓸쓸하니 서 있다. 그 사이에 대학생들이 삼삼오오 몰려오기 시작했다.

바자회에 전시된 내 시집

글이 봇물처럼 좔좔좔 쏟아지던 세월이 있었다. 날마다 터지는 진리의 깨우침으로 경악하면서 한 고비만 넘기면 뭔가 쫘악 펼쳐질 것 같던 환희의 청춘이 있었다. 술 깬 아침. 그리고 최루탄 터지는 그 시대 도심지 한복판. 세상이 아파서 내가 아팠던 만큼 사연이 많아, 연필을 잡으면 그야말로 뚝딱뚝딱 써내려갔다. 그게 낭만파 시인들의 고주망태 스타일이다. 고독과 아픈 시국도 모두가 낭만이므로 '살아 있는 몸' 그 자체가 문학의 자양분이었다.

첫 시집은 첫 출산보다 더 설렌다. 불가능의 벽을 넘은 안도감이랄까? 특히 술자리처럼 돌발성이 아닌 기다림의 산고라는 점에서 더 그렇다. 아픈 기억도 있다. 나는 시인 김사인의 발문을 받기 위해 장장 이 년 동안 기다리다가 결국은 포기했던 사연이 있다. 조급했다. 처음에는 나름대로 우아함으로 포장한 채 느긋한 표정을 지었으나 세월이 흐르면서 점차 초조해지는 것이다. 어쨌든 전화로 한 달에 한 번씩 이 년간 독촉했다. 그의,

'일주일이면 될 거야.'

'내일은…….'

'마지막 정리만 하면…….'

그 소문난 '사람 좋은 거품' 을 끌어안고 인내심으로 기다렸다. 그 사이에 삼십대 후반에서 불혹의 문턱으로 넘어갔다. '느림보 발문쟁이' 의 실체를 리얼하게 체득하면서 사람을 바꾸기로 마음먹었다. '토스-토스' 로 마침내 쌘뽈여고 김상배 시인에게 넘어가자 이틀 만에 뚝딱 해치워버렸다. 그로서는 중앙무대에서 첫 원고료이어서 시집 『유년일기』(푸른숲)의 출간에 대한 발문자로서의 감회도 만만치 않았다.

그 다음 첫 판매에 대한 기대감이다. 혹시 대박이 터지는 게 아닌가. 한겨레신문 문화면을 위시한 일간지의 소소한 인터뷰 장면을 미리 떠올렸다. 당연히 그래야만 했으므로 남몰래 준비가 필요했다.

'부끄러움을 무릅쓰고 첫 출산물을 세상에 선보입니다.'

입술을 옹물며 표정관리를 했지만 끝내 써먹지 못했다. 또 있다. 아이들의 반응이다. 책이 발간되자마자 내 아이들이 우르르 달려 나가 소도시 서점가를 완전히 뒤집어놓는 풍경을 예상하는 행복감이다. 그마저 발간 초기에는 어느 정도 반향이 있다가 푸시시 꺼져버렸다. 오히려 발문을 쓴 시인네 학교 쌘뽈여고생이 더 많이 책방을 찾았다. 그 미풍이 순식간에 잦아들면서 나는 산후 우울증에 걸린 것이다.

그 다음은 누구누구에게 기증해야 하느냐에 대한 문제다. 시집은 맨 처음 국어교사 다섯 명에게만 선물했다. 솔직히 책값이 아깝지만 어쨌든 국어교사에게만큼은 투자해야 한다고 생각했다. 그런데 동갑내기 여교사 황 선생이 한솥밥 먹는 연구부는 주어야 할 게 아니냐고 핀잔하는 바람에 부서용으로 일곱 권이 더 나갔다. 그 다음 전교조 선생님들이다. 마주칠 때마다 '왜 안 줘' 하는 '눈총 노이로제' 를 버티지 못하고 또 열아홉 권이 나갔다. 결국 전직원 모두에게 풀어버렸다. 터진 봇물을 막을 수 가 없었으므로 더 이상 선택의 여지가 없었다. 급식실 팀까지 도합 팔십 여 권이 나갔으니 기실 경제적으로도 만만치 않은 액수였다. 대신, '우와, 매일 술독에 빠지는 사람이 어느새 글을 썼지' 하면 얼굴이 빨개진 채 고개 숙이는 행복감도 있었다. 하지만 듣기 싫은 소리도 있다. 돈 얘기다. 지금도 그렇게 묻는 사람이 있다.

"책 팔리면 얼마 벌어요?"

이건 그래도 봐줄만하다. 한 아이가,

"돈 많네요. 책도 내시고."

거미줄이 쏟아지며 끈적끈적 목에 붙는다. 나는 거미줄을 떼어내며 간신히 아이를 쳐다본다. 고슴도치 머리카락 너머 푸른 하늘이 끝도 없이 펼쳐 있다. 산 너머 산은 뒤로 갈수록 하늘빛이다.

"돈 벌라고 책 만드는 거지요?"

다른 때 같으면 키득키득 웃으며 그렇다고 했을지도 모른다. 그런데,

"아니 우리 집 돈 많아."

쌍둥 잘라 버렸다. 얼굴이 까끌거렸지만 더 이상 돈 얘기는 발을 못 붙이게 했다.

'돈에 환장했슈?'

그런 식으로 부풀기 전에 미리 싹을 자르는 것이다.

아무튼 나는 책을 수차례 출간했고 희망만큼 팔리지 않았지만 인세 대신 책으로 돌려받아 이 사람 저 사람에게 명함처럼 선물했다.

그런데 여기저기서 증후군이 나타나기 시작했다. 교직원들이 전출 갈 때 그냥 던지고 가는 경우가 생겼다. 나 혼자 폐지더미에 고개를 처박는 상황이 생긴 것이다. 가끔 그 속에서 '내가 준 나의 책' 을 찾아내며 안도

와 회한의 한숨을 돌리곤 했다. 쓰레기더미에서 구출했다는 '안도감' 과 책의 가치에 대한 '회한' 이다. 그런 책은 면도칼로 간지를 찢어내고 다시 속표지에 사인을 해서 남들에게 주곤 한다.

나와 티격태격한 이후 화해를 못 이룬 김 주사도 전출가면서 책을 버리고 갔다. 파지 더미에서 재빨리 수거하려 했으나 '착한 아저씨' 방 주사가 내 손을 밀어냈다. 두 살 연상의 그가 풀꽃 같은 향기로 내 손을 막는다.

"왜요?"

"이 책은 이미 강 선생 손을 떠났으니 이 사람이 임자요."

하며 홱 빼앗아 갔다.

'버린 물건은 줏은 사람이 임자 아뇨?'

그 말은 꿀꺽 삼켰다. 방 주사는 기어이 전출 간 김 주사를 만나 그 책을 돌려주었다고 했다. '다행이네요' 하고 말했지만 그건 진심이 아니었다. 나와 싸웠던 사람들은 어차피 내 책도 미워하게 된다.

서 부장은 교감으로 승진해 학교를 옮기면서 내 책을 책꽂이에 그대로 놔둔 채 떠났다. 후임으로 기간제 석 선생이 채운 그 자리를 이리저리 배회했다. 진작 알았더라면 재빨리 빼냈을 텐데 이미 일주일이 지난 지라 '소유주 문제' 가 애매해져 빼어갈까 말까 몇 번 망설였다. 속표지를 찢어 사인을 한 다음 그 자리 석 선생에게 대물림해 주었다.

문제는 석 선생이 내 시집을 라면 냄비 받침대로 사용한 것이다. 숙취의 노총각이 밑바닥 불기운을 시뻘겋게 달군 노란 양은냄비를 내 시집 『유년일기』 위에 올려놓는 것이다. 밭은 신음을 내뿜으며 맨살로 지글지글 라면가락 김치 국물까지 죄다 끌어안는 착한 시집이 참으로 안쓰러웠다. 그는 그러거나 말거나 얼큰한 국물을 통째로 마시며 '속이 좌악 풀리네' 하는 포만감에 젖어 있었다. 나는 '아아, 뜨거워요. 살려주세요' 하는 『유년일기』의 절규를 홀로 삭이며 오래도록 괴로워했다. 마침내 회식 자리에서 송곳을 드러냈다.

"읽기 싫으면 내놧!'

취한 척 시불시불 욕도 했다.

또 있다. 곽 선생네 냉장고 받침대로 발견되기도 했다. 고물 냉장고에서 연신 '웅—' 소리가 나서 서비스 센터에 상담하니 일단 물체의 기울기를 맞춰보라고 했단다. 하여, 내 시집이 냉장고의 평형을 맞추면서 소음을 죽여주었으므로 덕분에 가족들이 정서적 안정감을 되찾았다는 것이다. 하지만 나는 분명히 들었다. 거대한 쇳덩이를 혼신으로 받쳐내며 허우적거리는 불쌍한 내 시집의 가쁜 심장박동소리를 분명히 들었다.

이번에는 헌책방이다. 아내가 아들 기숙사에 면회 갔다가 교문 앞 헌책방에서 내 책을 보았다고 했다. 이번에는 소설집 『비늘눈』이었다(나는 1995년에 시집 『유년일기』와 소설집 『비늘눈』을 동시에 상재했었다).

"책을 봤어."

아들과 아내가 동시에 비분강개한다. 속표지를 보니 '방덕준 선생님 혜존' 이라는 글씨가 잉크방울을 뚝뚝 흘리며 그대로 살아 있더란다. 역시 처녀 소설이었던 『비늘눈』은 출판사가 망하는 바람에 재고품을 구할 수 없게 된, 소위 품절된 책이었다. 헌책방에서조차 주인을 만나지 못한 채 커다란 포클레인에 찍혀 폐지 구덩이 속으로 쏟아지는 장면을 떠올리면 자다가도 화들짝 깨었다. 다음날 그 책을 확인하러 갔을 땐 이미 책 더미 속에 파묻혀 흔적을 찾을 수 없었다. 책 더미만 이리저리 헤집다가 책 먼지에 코가 막혀 하마터면 쓰러질 뻔했다.

마지막으로 바자회 풍경이다. 기실 이미 조짐이 있었다. 3교시 강독을 끝내고 자습을 주었던 자투리 시간이다. 심장병으로 핏기 없는 얼굴의 순임이다. 아이들과 떨어진 채 날마다 책만 읽는 순임이 얼굴은 눈사람처럼 새하얗다. 그 순임이가 창백한 표정으로 내 시집의 먼지를 구석구석 살뜰히 매만지는 것이다. '저렇게 내 시집을 정성스레 보살피는 소녀가 있구나' 하면서 아주 잠깐 가슴이 서늘했다. 그런데,

"선생님 시집 바자회에서 팔아버릴 거예요."

"…… 모잇!"

"사인 땜에 반품이 안 되거든요."

유쾌한 농담이려니 했다. 조금 불안했던 건 사실이지만 '힛힛힛' 과장된 웃음으로 대충 때웠다. 그 막연한 불안감으로 바자회장 문을 열자마자 세 번째 코너에서 실체를 드러냈다.

'5000원짜리 시집 900원에 팜.'

'설마' 했던 우려가 적나라한 현실이 된 것이다. 아이들은 내 옆구리를 찌르며 킬킬대거나 은근슬쩍 허리를 밀기도 했다. 나는 시뻘건 얼굴로 재빨리 1000원을 내었고 시집을 끌어안으며 안도했다.

'순임이의 희망찬 미래를 위하여.'

겉장을 넘기자 내 사인이 그렇게 적혀 있었다.

이듬 해 오월, 순임이는 심장병이 재발하여 세상을 떴다. 어버이날 아침, 삼거리 꽃집 앞에서 쓰러졌는데 영원히 눈을 뜨지 못하고 하늘나라로 떠났다. 2학년 5반 아이들은 깨알 같은 사연이 적힌 종이비행기를 운동장 여기저기로 날리다가 한 자리에 모아 불에 태웠고 그 재티를 모아 뒷산에 뿌렸다. 철쭉꽃 빨간 빛이 불을 뿜던 그 자리다. 우리들은 펑펑 울다가 또 금세 잊었다. 나 혼자 순임이의 체온 서린 그 시집을 책꽂이에 영원히 보관한 채 가끔 사인을 확인하기도 한다.

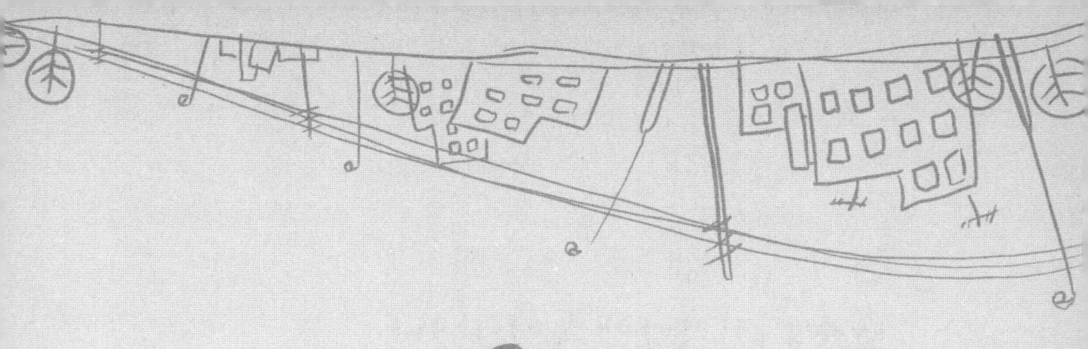

4

잘 있었나, '70-80 초상들'이여

시국과 싸웠고 문단권력과 맞대결을 벌이기도 했으며 사랑과 배반의 아픔을 절절하게 실감했던 그 청청한 사연을 우려먹고 또 우려내야 할 것이다.
만날 때마다 반가웠지만 때론 자존심 대결을 벌이느라 인터벌을 두기도 했던 '대범과 소심의 복합체들.'
전태일과 김지하와 김민기를 떠올리며 아, 하는 감탄사를 벌이던 그 젊음이다.
어느새 세월은 쏜살같이 흘러서 잇몸이 무너지는 중장년이 되었다. 다들 늘어진 군살을 빼느라 수영과 등산과 '술 담배 끊기'에 사활을 걸기도 하면서 저마다의 식솔을 챙기기 위해 안간힘을 쓰는 중이다.

윤중호, 가겟방에 들어가더니

그는 시인이자 편집쟁이고, 나는 곡절 많은 글쟁이 평교사로 긴 고락을 함께했다. 그는 도발적으로 시도 때도 없이 공주를 방문했고(주로 벗 조성일과 고주망태가 된 다음 전화를 거는 식이었지만) 나는 방학 때마다 서울에 있는 그의 작업실 근방에서 한잔 걸치는 것을 의례 행사로 삼았다. 홍대입구 빨간 벽돌 연립주택이 즐비한 작업실 문을 열면,

"선생들 방학을 싸그리 없애야 한다니깐."

일단 걀걀 웃어준 다음 다시 작업대에 엉덩이를 뭉개는 것이다. 문지방이 닳도록 날마다 출입하는 객들 관계로 그 나름대로 원고작업을 체질화시키는 것이다. 방문객들은 일단 작업대에 앉은 그의 등허리를 안주 삼아 캔맥주나 쪽쪽 빨 수밖에 없다. 그는 전무용 김광식 등 지인의 근황을 묻기 위해 잠깐 고개를 돌렸다가도 금세 원고지 글자수를 완성해야 하는 프리랜서 근성이 배어 있었다. 마침내 하루 작업을 정리한 후 비로소 우리들은 목로술집이나 점방 문을 열 수 있었다.

신촌 홍대입구.

아스팔트로 파고드는 승용차 휘황한 불빛을 등진 채 우리들은 비지찌개나 손두부를 시켰다. 더러는 오징어 두루치기나 닭똥집으로 메뉴를 바꾸기도 했지만 막판에는 대개 밑반찬 위주의 술상에 익숙한 사내들이다. 그는 단무지나 양파 멸치튀김 같은 것을 앞에 밀어 넣다가 다시 감자조림이나 새우젓으로 자리 순서를 바꾸면서 '아랫돌 빼서 윗돌 고이는' 잔정을 보이곤 했다. 그는 체질적 술꾼이었고 나는 깡다구로 술을 마셨다.

언저리에는 늘 사람들이 있었다. 윤재철 윤구병(이들을 윤중호까지 합쳐 '못생긴 세 윤씨'라고 했던가)를 위시하여 송기원 신경림 김성동 이문구 류인학 등 선배 작가들의 후광이 있었고, 김사인 임우기 강형철 같은 글쟁이들이 드문드문 찾았고, 만화가 강병호가, 이희재 오세영 등의 그림쟁이들이 캔맥주를 따기도 했다. 때로는 출판쟁이에서 사업가로 전향한 이화섭 형이나 조성일, 돼지껍데기집 주인, '모자형'이라 불리는 건설업자, PC방 사장 등이 저마다 가파른 사연을 품은 채 술판에 끼어 있기도 했다. 그렇듯 활자 속 인물과 골목길 친구들이 뒤섞인 자리에서 나는 이따금 그의 몸에서 쏟아지는 광채 때문에 눈을 비벼야 했다. 그의 모습만 굵게 그려지고 나머지 사람들은 그림자 배경처럼 희미하게 보이는 것이다.

결혼식장에서도 그랬다. 그가 머리를 긁적이며 '신랑 입장'의 순서를 실천하는 통과의례의 그 자리다. 주례라고는 생전 처음인 윤구병 교수가,

"오늘 신랑 윤중호가 참 못생겼는데요, 일부러 더 못생긴 사람을 선정하여 저를 주례로 선택했답니다."

하객들이 파안대소하는 사이, 나는 그의 몸에서 발하는 광채 때문에 눈을 가려야 했다. 그랬다. 나는 그런 식으로 수렁에 빠진 다음 더 이상 헤어나지 못했다. 자작곡 〈빈 산〉 이후 그의 노래에 매료되었고 『삶의 문

학』 6집 파란 껍데기 「안면도」 연작시 이후 그의 시를 줄줄 외우게 되면서 그의 술자리 입담에 일희일비하게 되었다. 그의 일화는 입에서 입으로 옮겨다니며 살이 붙었다. 그러면서 전설화, 신화화되었고 나는 그 스토리가 즐거워 자다가도 킥킥대었다.

그런 '쏜살 같은 그림의 세월' 이 있었다. '형 같은 친구' 요, 우상이요, 저격수 겸 매니저를 졸졸 따라다니며 세상의 이치를 터득하며 둥둥 떠다니던 시절이 있었다. 특히 그의 노래는 전무후무했다. 솔직히 노래방에서의 대중 인기도로는 나도 버틸 만했다. 문제는 젓가락 두들기기다. 그는 〈빈 산〉을 터뜨리며 젓가락 장단에 맞춰 즉흥적 가사를 누에 실밥처럼 뽑아내었고 남들은 그의 후렴구에 합세하기 위해 여백을 기다리며 긴장하곤 했다. 타령과 가곡 창작이 합체되어 표출되는 신비의 작품이었다.

〈흑인영가〉는 팝송에 우리나라의 타령을 접맥시킨 노래다. 그가 기타줄을 튕기며 노래를 부를 때 '착한 선생 조기호' 는 숨을 쉴 수 없었다. 바늘을 대면 '빵' 터질 것 같아 젖먹이 감싸는 어머니처럼 심장을 조여 매다가 윤중호가 '어여, 노래 끝났슈' 하며 뒤통수를 쳐도 눈을 뜰 수 없었다. 〈기지촌〉은 또 어떤가? 김민기의 노래와 전통적인 타령을 접맥시킨 '신의 가락' 이다. 김영호 선배네 집들이에서 그 노래를 들을 때마다 나는 자살의 충동을 느꼈다. 각설이타령과 곱사춤의 합체는 '카타르시스와 허허실실의 합종' 으로 변하면서 앉은뱅이 술꾼들까지 춤사위로 끌어들였다.

송성영 최은숙 한창훈 류달상 이규황 원미연 등도 하나씩 모여들어 팬클럽의 자리를 채워주었고, 내 쌘뽈여고 제자 지순희 이은아 임지연 등도 수시로 그의 안부를 물었다. 나도 그로테스크한 낭만주의자 흉내를 내기 위해 머리칼을 헝클었고 구두 뒤꿈치를 밟아 신었고 바짓가랑이 끌며 빗속을 걸었다. 행복했다. 시국을 끌어안고 살던 1980년대가 그렇듯 그의 춤사위와 함께 흘렀다.

언제부터였나, 그 신비의 사내에게 수상한 소문이 흘러나오기 시작했다. 그의 췌장에 반점이 생기고 복수가 차면서 세상과 작별할 시간이 예고되었다는 소문이다. 믿을 수 없었지만 그 신파조 같은 소문이 사실이었다. 사람들이 먹한 표정으로 달려왔고 특히 채진홍 교수와 김혁 원장, 온누리 김용항 사장이 지성으로 간호했다. '살 수 있다, 윤중호는 절대로 죽지 않는다.' 그런 자기 최면성 구호에 일제히 동조하면서 그의 회생을 확신했었다. 그러나 신은 가혹했다. 견딜 만한 시련만 주신다는 하느님의 말씀은 새빨간 거짓말이었다. 애통하다.

비 오는 날, 황재학과 함께 갔다.

누이 연탁스님이 수도하는 옥천 도선사 근방 민가로도 장대비가 쏟아지고 있었다. 호두나무 그늘 탓이었을까. 저수지 물안개가 초록빛 빗줄기 사이로 침침하게 피어오르는 음습한 분위기였다. 그는 없었다. 처남의 승용차를 타고 읍내에 나갔다고 했다. 몸의 고통이 심해 잠을 이루지 못해서 승용차 엔진의 흔들림에 취해 잠이 들기 위해 읍내로 떠났다는 것이다. 그를 기다리며, 잿빛 호두나무 그늘을 보며, 나는 바들바들 떨고 있었다. 해후의 순간이 두려운 것이다.

"날궂이 하냐?"

그의 처 홍경화에게 부축된 채 퉁명스럽게 한마디 던진다. 그를 바라볼 수 없었다. 반쪽 얼굴과 복수 찬 몸으로 예전과 똑같은 말투를 던지는 그의 의연함에 식은땀이 흘렀다. 황재학이 어깨를 주무르며 시시콜콜한 농담을 어거지로 던지기도 하는 사이 내가 먼저 뻣뻣하게 굳어버렸다. 그게 마지막 상봉이다. 덜크덕덜크덕. 기차가 지나갔고 건널목 너머 사라진 그는 다시는 돌아오지 않았다. 윤중호는 그렇게 세상을 떠났다.

소도시 뒷골목으로 그런 풍경이 있었다. 가겟방과 평상, 깨진 가로등, 개울물과 물푸레나무에 기댄 채 취한 사내들……. 늘 몸에 배어 있던 풍경이었다. 초승달빛이 평상에 뒹구는 플라스틱 막걸리병을 핥는 중이었고 우리들은 냇물을 향해 몸을 세웠다. 내 오줌발은 코앞에서 구부러졌고 그의 오줌발은 수도꼭지처럼 콸콸 소리를 내며 냇물 중간쯤까지 포물선을 그었다. 물푸레나무 그림자가 흔들흔들 지린내를 털어내는 익숙한 풍경이었다.

이제 돌아서려는 길이다. 그는 늘 그렇듯 바바리코트에 가방끈 멘 채 휘청거리며 돌아갈 자세를 취했다. 〈각설이타령〉이 터져나오면 후렴구 '얼씨구씨구 들어간다' 를 따라 부르려고 허리를 낮추는 중이었다.

'잠깐만 지둘려. 잉' 이라고 들은 것 같다. 아니 들었다. 분명히 들었다. 그런데 웬일일까? 그가 구멍가게로 몸을 돌리려는 순간 간담이 서늘해지는 것이다.

"담배 여기 있어야."

목소리가 덜덜 떨렸다. 열린 문 속으로 그의 모습이 사라졌기 때문에 '가지 마' 소리가 쏙 들어갔다. 이제 노파가 치마끈 올리며 가겟방 전구다마를 꼬부랑꼬부랑 진열대쪽으로 움직여야 할 참이다. 문득 주머니에서 만 원짜리 지폐가 빠져나와서 구두 밑창으로 즈려 밟았다. 배춧잎 부서지는 소리가 났다.

가겟방으로 들어간 그의 몸이 얼핏 그림자처럼 흑백으로 어릿어릿하다. 마지막 손님을 내보내면서 가겟방 알전구가 깜빡깜빡 흔들렸다. 이제 술병 부딪치는 소리와 함께 문이 열리고 달마대사의 화상이 광채를 내뿜으며 나타날 판이다. 나는 물푸레나무 가지 속에 몸을 숨겼다.

'꺄옹, 소리를 질러야지.'

장난끼를 떠올리는 기다림은 그런대로 행복했다. 이제 새도록 술을 마시고 여관방 구들장에 등허리 붙인 채 술떡이 되어 쓰러지리라. 느지막히 깨어 이불 속에서 노닥노닥 숙취를 깰 생각으로 몸이 새털처럼 가뿐해졌다. 구두 밑창에 밟힌 만 원짜리 배춧잎을 집으려고 고개를 숙였다가 쳐들었을 것이다.

기척이 없어서 섬뜩했던 것은 찬바람 탓이 아니었다. 꺼진 가겟방 불빛이 다시 켜지지 않는 것이다. 라이터를 켜자 불빛이 '파아' 솟구치면서 얼핏 유리창 속으로 바바리와 까만 가방끈이 보이는 것 같아 아주 잠깐 안도하기도 했다. 그러나 바람이 몰아치면서 검은 장막이 완전히 앞을 가로막는 것이다. 까맣다. 달빛 그리고 별빛만 즈이끼리 희뿌옇다. 끝이다. 그는 돌아오지 않았다.

'끝까지 기다릴 거야.'

석고상으로 굳어버리리라, 마음 다지는 순간 눈물이 펑펑 쏟아지는 것이다. 없다. 선명하게 없다. 그가 다시 지상으로 돌아올 일은 절대로 없다. 그러면서 나는 물푸레나무에 손등을 찍어대며 펑펑 울었다.

만화가 강병호의 내력에 대하여

1960년대 농촌 아침 밥상이 배경이다. 날마다 숫자가 바뀌는 미농지 달력이 있었다. 한 장씩 찢으면서 숫자가 바뀔 때마다 하루를 새롭게 확인시키는 그런 달력이 한동안 유행했었다. 젊은 나이에 교장 선생님의 직함에 오른 아버지는 미농지를 찢을 때마다 여섯 살짜리 넷째아들에게 새로운 숫자를 가르치고 싶었다. 그러나 웬일인지 까막눈을 뜨지 못해서 속이 타는 중이다. 어쩔 수 없이 반복학습만 되풀이한다. 밥상머리 건너 '6' 자를 가리켰다. 콩나물과 가지나물, 시금치국과 겟국지 밥상이다. 식물성으로 풍성한 전형적인 시골 밥상 위를 가로지른 숟가락 그림자가 삽날처럼 커다랗게 어릿거린다.

"읽어 봐."

"……."

아이의 얼굴이 수치심으로 그늘 서린다. 식구들 모두 숟가락질을 중지하고 마른 침을 삼키는 중이다. 그때,

"6이라고 해. 옵바."

두 살 터울 여동생 병선이가 안타까워하며 옆구리 찌른다. 강 교장님은 딸내미의 영민함과 오라비의 우둔함을 싸—하게 느끼며 탄성과 절망을 교차시킨다. 그랬다. 그의 형 병준이는 여섯 살 때 구구단을 외웠고 막내 딸은 그 나이에 이불 속에 엎드려 동화책을 읽었다. 그렇듯 자식의 눈빛에서 단물이 콸콸 쏟아져도 시원찮을 판인데 도대체 중간에 낀 저 아이는 웬 돌연변이인가. 강 교장님은 사랑방 머슴 총각들이 툇마루 기둥에 박치기 연습을 시켜서 그렇다고 단정하면서 오래도록 노여움을 감추지 못했다. 다시 묻는다.

"너, 몇 살이냐?"

눈동자를 대그락대그락 굴리며 생각에 잠긴 아이의 검은 눈이 안쓰럽고 애처롭다. 우우우. 바람이 불자 문풍지로 부엉이 울음이 쏟아진다.

"옵바, 여…… 있잖아."

"…… 여."

여동생이 가르쳐주는 대로 나이의 앞 글자만 쬐끄맣게 말한다.

"여덟 살?"

강 교장님의 유도심문이다. 일부러 말꼬리를 쑤욱 올리며 싱끗 웃어주었다.

"이. 여덟 살이라고 할라고 했는디."

아이의 얼굴이 안도감으로 환하게 펴진다.

"여섯 살. 으이그."

형제들이 일제히 동정의 눈빛을 보냈고 맘씨 착한 강 교장님은 파리채 손잡이를 만지작거리며 애 태우는 중이다.

해 짧은 겨울.

수제비를 끓여 저녁을 때우기도 했다. 진눈깨비 을씨년스럽던 어느 저무는 겨울날이었던가? 밥상을 차렸는데 아이가 없다. 토방에 나가 아무리 소리쳐도 대답이 없다.

"병호야아아."

외양간 벽에 부딪쳐 메아리로 돌아올 때마다 어미 소가 받은기침을 내뿜는다. 대밭 속으로 사라진 부엉이 울음이 정지되면서 세상이 거뭇거뭇 물든다. 찾았다. 감나무 아래 퇴비장 옆이다. 아이는 누가 찾건 아랑곳없이 털푸덕 주저앉아 흙장난에만 몰두하고 있다. 자줏빛 진흙물이 엉덩이까지 올라왔다.

'수제비 불어터지는디.'

울화통이 터진 형이 시불시불 어깻죽지를 낚아채려다 잠깐 멈칫 한다. 개울 건너 대숲 부엉이 소리 때문이다. 소년은 그 청승맞은 소리를 고스란히 받으며 나뭇가지를 꺾어 땅바닥에 그림을 그리는 중이다. 대밭이 배경이었다. 흑염소가 풀을 뜯는데 소년 하나가 은행나무 기둥으로 바득바득 기어오르는 그림이었다.

'엥간허다.'

함께 쪼그려 앉아 아이의 그림을 구경한다. 나뭇가지로 콕콕 찍으면 탱자나무 울타리가 되었고 태양을 배경으로 종달새가 날기도 했다. 바람이 불자 부엉이 울음이 그림판 가운데로 쏟아져 나와 붙박이 생물들을 흔드는가 싶더니 곧바로 땅거미가 몰려왔다. 문득,

'애가 만화가가 되려나.'

그런 예감이 드는 것이다. 이제 아슴푸레하다.

초등학교에 입학하자마자 일등만 내리 뽑기 시작했고 초 · 중 · 고등학

교까지 도합 십이 년 동안 반장을 도맡았으니 둔재에서 수재로 뒤바뀐 실체의 원인을 규명할 길이 없다. 그랬다. 가문의 '둔자발이'가 갑자기 집안의 희망으로 우뚝 선 것이다. 공부건 운동이건 그림, 글짓기, 웅변, 씨름까지 모조리 석권했다. 식구들은 그를 쳐다보면서 배가 불렀고 장차 이 아이가 교장댁 가문의 영예를 안겨줄 희망봉이 될 것임을 추호도 의심하지 않았다.

동네 조무래기들의 딱지를 모조리 딴 다음 다시 배급을 주며 집안 잡일을 시키기도 했다. 잃었던 딱지를 열 장씩 돌려받은 아이들이 흐뭇한 표정으로 염소를 끌어오고, 토끼풀을 뜯고, 마당을 쓸었다. 그렇듯 집안일을 대충 마무리하고 바다로 나갔다. 양쯔강 흙탕물이 밀려오는 오뉴월 서해바다는 완전히 누런 색깔이었다. 그 저무는 서해를 배경으로 레슬링 판을 벌이는 것이다. 소년이 달려가는 자리마다 또래의 아이들이 벌렁벌렁 넘어졌다가 각다귀 떼처럼 덤벼든다. 그랬다. 그런 아스라한 그림이 있었던 것이다. 발가숭이 갯마을 악동들이 쫓고 쫓기면 갈매기 떼가 끼륵끼륵 부리를 드러내기도 했다. 염판장 소금 긁던 아낙들이 소도구를 챙기다 한참씩 구경하던(그 바다는 1980년대 초, 대기업 총수의 간척 사업으로 깡그리 사라져버렸다).

중2때부터 성적표가 다시 하강 곡선을 긋기 시작했다. 술, 담배, 여자, 싸움질 등 불량학생의 조건에는 전혀 해당 사항이 없었고 결정적인 이유는 순전히 잡념투성이의 뇌 구조 때문이었다. 몇 시간씩 책상머리에 앉아 있었지만 머릿속은 온갖 공상의 수렁에서 헤어나지 못했다. 머리카락을 흔들어 학과 공부를 잡아보지만 다시 만화방 필름이 스르르 풀려나와 머리에 똬리 트는 것이다. 그의 만화 실력은 소싯적에 이미 신작로 만화

방에서도 탐을 내고 있었지만 '환쟁이' 도 못되는 '만화쟁이' 간판이 선비 가문에서 용납될 수가 없었다. 그는 학교 공부와 만화 스크린 사이를 시계추처럼 오가면서 나날이 어정쩡해졌다. 식구들도 갸우뚱거렸지만 방법이 없었다.

입시에서도 번번이 낙방했다. 공부도 소홀했고 운도 붙지 않아서 입시철이 되면 식구들은 흉흉한 분위기에 시달리며 아예 입을 굳게 봉했다. 그래도 공부는 어지간했고 특히 요점 정리를 잘했다. 그러나 그의 입시 행보를 이해할 수 없었다. 정작 입시를 하루 앞두고 온종일 녹음기를 고치거나 의자에 못질을 하면서 몇 시간을 보냈으니 애가 탈 뿐이다. 언제부터였나, 그는 다시 집안의 천덕꾸러기로 돌아왔다.

충남대 학보사에 만화를 그린 것이 세미프로로서 입문일 것이다. 그즈음 술꾼의 기질을 만끽하기 시작했고 학교 공부는 아예 때려치웠다. 학교는 신문사 만화 스케치하는 재미와 낮술의 분위기에 취해 다니는 중이었다. 생머리 소녀들이 스치기도 했지만 그보다는 술과 악기와 낚시에 더 빠졌다. 그 낭만의 캠퍼스에서 1학년 1 · 2학기 모조리 F를 맞는 신기록을 세우고 잘렸다(단 한 과목, 교련만큼은 학점을 받아서 군복무 단축 혜택을 받았다. 그마저 본인은 흘려버렸는데 착한 친구 이학준이 수소문하여 혜택을 찾은 것이다). 혹자는 그의 기질을 연상하며 1980년대 시국의 회오리에 제적당한 운동권과 비장한 표정으로 연결시키곤 했지만 그와 전혀 관계가 없다. 세상에 대한 냉소와 네거티브한 천성 탓이다.

그는 싸움을 꽤 했다. '장군의 아들' 식으로 구경꾼 앞에서 일대일 맞짱을 뜨기도 했지만 눈빛 하나로 제압하는 스타일리스트 주먹쟁이 기질도 있었다. 스무 살 봄날이었던가. 대동시장 바닥에서 양아치들과 일전을 벌였다. 장발의 양아치 세 명과 뒷산에 올라가 결투를 벌인 것이다. 장발족 사내에게 이단 옆차기를 날리고 공중잡이로 내려오면서 발로 목을 눌렀다. 그런데 머리카락을 쥐어 당기는 순간 밑에 깔린 사내의 가발이 쑥 벗겨지더니 민대머리가 훌러덩 드러났다. 안쓰럽고 섬뜩했다. 그 역시 눈탱이가 퉁퉁 부은 채 화해술로 고주망태가 되었다. 술떡이 되어 자취방에 쓰러진 그의 얼굴을 보며 라디오를 틀었다. 그날 밤, 어니언스의 〈저별과 달을〉의 우울한 선율을 나는 잊을 수가 없다.

그는 팔방미인답게 2%가 부족했다. 대학 시절 씨름 개인전 결승에서 밀렸고, 군바리 때 개인전에서도 승승장구하다가 대대 결승에서 쬐그만 선수에게 나동그라지는 바람에 휴가 티켓을 놓쳤다. 격투기 선수도 못되었고(사십 대 중반의 지금은 K-1 도장에 나가고 있음) 하모니카와 기타와 드럼을 동시에 연주할 수 있었으나 딴따라로 무대에 서 본 적은 없다. 책을 광범위하게 읽었으나 어느 한쪽에 집중하지 않았다. 시도 썼고 소설이나 평론으로 대학문학상을 타는 등 적당히 섭렵했으나, 어느 하나 프로가 못되었다. 그리고 옹고집으로 만화에만 매진한다.

그의 만화는 야하지 않다. 폭력도 전혀 없다. 머리카락 꼿꼿이 세운 후리늘씬한 사내들이 섹시한 여자들과 반짝반짝 눈을 맞추다가 주둥이 박치기를 하든가, 안다리후리기로 뒹굴며 맨살을 탐닉하는 그런 성인만화류와는 전혀 상관이 없다. 선이 둥글고 단순하다. 배경도 필요한 부분만 정밀 묘사를 할 뿐 대개 두루뭉술 때운다. 행간에 교훈이 숨어 있으니 훈장 가문의 체질도 배어 있는 셈이다. 서산 갯마을 특유의 서정성과 소금기 서린 눈물이 짠하게 배어나오는 구성진 사연을 배경으로 제시한다. 물레방아 아래 소금 긁는 아가씨가 있고, 시장골목 튀밥 가게 옆에서 귀

막고 있는 악동들이 보인다. 고향을 떠나 도심지 빌딩 속을 헤집는 중년들의 공간에 서해바다의 사연을 공유시킨다. 택시 기사와 슈퍼 주인이 등장하고 출판쟁이나 중학교 선생 정도가 가난한 인텔리 역할을 맡는다. 악당과 천사의 경계가 없는 어중이떠중이의 애환을 거칠게 그려내는 고집통의 사내다. 그 고집이다. 그는 돈벌이 수완이 있음에도 그 길을 가지 않았고 강단에 설 기회가 있었으나 오로지 만화쟁이 외길만 고집했다. '가지 않은 길' 이 고속도로처럼 빠드름히 보이지만 초꼬슴에 굳힌 그 고집을 꺾을 방법이 없으므로 구경꾼처럼 바라볼 수밖에 없다.

다행히 매력덩이 선배들이 도와주기도 했다. 지금은 구천(九天)의 시인인 망자 윤중호나 정(靜)과 동(動)의 보폭 차이가 너무 확연한 시인 윤재철 그리고 만화가 이희재 허영만 정일봉 등과 술병을 나누기도 한다. 세상의 아픔이 그들 앞에서 시가 되고, 그림이 되고, 술이 된다. 그렇게 유유상종(類類相從)의 세월로 늙어가는 것이다. 이제 그가 잡은 자리를 움직일 수 없다. 그러나 피붙이인 나는 아직도 그를 볼 때마다 천부적인 소심증이 발동한다. 비탈길 행보에 이력이 붙었음을 알면서도 나는 여전히 유년의 여리박빙(如履薄氷)의 심정으로 조마조마 지켜본다.

강병철이 전병철을 만난 사연

사람들이 동굴 속에 모여 앞만 쳐다보고 있는 중이다. 모두들 정면에 비치는 스크린에만 몰두한 채 요강에 똥 누면서 놋쇠처럼 굳는 중이다. 그렇게 맹목의 세월이 무시무시하게 흘렀다. 그러다가 어느 날 한 사내가 우연히, 그야말로 우연히 뒤를 보게 되었는데 아, 뒤쪽에 엄청난 신천지가 펼쳐져 있는 것이다. 처음이다. 하여, 그때까지 아무도 발견하지 못했음에 설레며 돌덩이로 굳어진 구경꾼들을 놓아둔 채 미지의 세계로 들어간다. 그리고 놀란다. 점입가경. 안으로 들어갈수록 광활한 신비라니.

사람들은 그렇게 글과 신앙과 변혁의 세계관을 만나면서 새 세계에 충만해진다. 그러나 모르던 것을 안다는 것이 반드시 행복한 것은 아니다. 새로운 고뇌와 접하게 되면 또 다른 희망과 절망의 굴레를 오르락내리락해야 한다. 출발점에서의 희열이 한계에 접할 때마다 아프게 깨지기도 하면서 마약 같은 끈을 놓지 못해 밤마다 어금니를 갈아야 한다. 살얼음판 문학은 때때로 개인을 왜소하게 만든다. 정치판이나 관료 세계처럼 헤게모니가 있고, 중앙과 주변이 있으며 이른바 잘 나가는 사람과 더디게 나가는 사람을 냉정하게 구별하고, 짜고 치는 고스톱으로 이지매를 벌이기도 한다.

존경은 대리충족을 만들고 믿음은 맹신을 만든다. 교주가 손가락으로 가리키면 맹신도들은 '기회는 찬스다' 하며 달려 나간다. 물론 헛걸음이다. 자신이 좇는 길을 다른 사람들이 따라오지 않는다고 시끈시끈 뛰다 보면 교주는 지그시 반대 방향을 가리키는 것이다. 지혜 없는 믿음은 단호하지만 그래서 안쓰럽기 그지없다. 그렇다면 남은 것은 자존심뿐이다. 우주의 중심이 자기 자신으로부터 출발한다는 오기로 정진할지니.

1989년 4월 나는 공주 탄천중학교에 복직을 했다. 오가는 길목으로 지나쳤던 그 소도시에 정착하면서 소위 운명이란 것들을 믿게 되었다. 그것은 공주를 지나칠 때 '이 자리가 혹시 내가 정착할 자리가 아닐까' 하는 잠재적 영상이 맞아 떨어지는 경우이다. 그리고 짝사랑 문학패 전병철을 만났다. 그는 문학을 이슬서린 패랭이꽃처럼 소중하게 간직하고 싶어했지만 그즈음의 시국은 만만치 않았다. 내가 복직하자마자 전교조 사태가 터졌고, 들꽃처럼 대궁 세우던 천오백여 명의 교사들의 목이 잘렸다. 세상은 소용돌이쳤고 양비론에 서 있던 언론은 소소한 사건들을 침소봉대하여 재빨리 제도권의 편을 들기 시작했다. 그리고 함께 단두대에 서지 못한 원죄로 나머지들의 삶은 자유롭지 못했다. 그때 만난 사람이 전병철과 류지남이고 우리들은 쉽게 합류를 했다. 시장골목 백락다실 3층 어둠침침한 전교조 사무실에서 우리들은 글을 쓰고, 술을 마시고, 이를 갈았다.

우리들은 그렇게 만났다. 그 엄청난 소용돌이 속에서 '문학'과 '교육' 두 마리 토끼를 한꺼번에 잡으려는 실속파 욕심을 안고 있었다. 그는 술을 한 방울도 마시지는 않았지만 논의 구조에 열정적으로 참여했다. 우리들은 해직교사들에 대한 부채와 패배의 쓴잔을 껴안으며 몇 가지 원칙을 정했다. 2주일에 한 번씩 모여 문예창작과 상호비판의 시간을 갖는다, 전교조를 게을리할 경우 문학회를 해체한다는 식의 경직된 것들이었다.

그 소도시에 터를 잡으며 새로운 사람들을 만나게 되었다. 공주는 우리들의 스승 조재훈 선생님과 '빵잽이 출신 빵 장사' 인 내 친구 조성일과 교육대학원 자격증을 딴 만년 평교사 이영일이 사는 곳, 그리고 아내 박명순을 위시한 무수한 벗들의 모교인 공주사대가 자리잡고 있는 곳이다. 그를 통해 다예원 주인 안연옥 님과 정혜실 시인을 만났고 나태주 시인, 구중회 시인 조동길 소설가 같은 선배 작가들과 술자리도 갖게 되었다. 나는 동굴 속에서 나오지 않는 음습한 유형이었지만 야금야금 대인기피증이 사라졌고, 정이 들었고 그렇듯 천장 위에 새로운 얼굴들이 떠오르기도 했다.

그즈음 전병철은 여자를 만났다. 펑펑 쏟아지는 눈발 사이로 자주빛 코트가 어울리는 여자다. 예쁘다. 선명하게 착하다. 이따금 내가 뒤를 보면 그녀는 행복한 표정으로 열심히 밀어를 나누는 중이었다. 그 키 큰 간호사 손정숙에 대해서 쓴 시가 『새로운 날들의 자유를 꿈꾸며』에 발표한 「꽃 그리움」이다. 세월이 흐르고 그녀가 사춘기 전도현 군의 엄마가 되었다. 그녀가 전병철의 아내로 정착되기에는 아마 그때 막 시발된 문학 활동도 무기가 되었으리라. 그들 부부는 지금도 멀리서 온 떼잡이를 단체로 재워주고 아침이 되면 술꾼들에게 해장국을 제공한다. '사랑하는 사람과 함께 사는 삶' 의 행복을 그렇게 만끽하는 것이다.

『팔만대장경도 모르면 빨래판이다』(내일을 여는 책)는 글쓰기에 고뇌하는 지역 문인들에게 새로운 타법을 보여주었다. 예상을 뒤엎고 삼만여 부가 팔렸고 그후 그는 군웅할거 지역 문학판의 독특한 봉우리 하나를 건지는 행운을 만난다. 책이 나오면 맨 처음 어머니의 무덤을 찾아가겠다는 그의 고백은 흥분과 처절함의 이중성이었다. 공주대 후문 커브길이었던가. 나는 그의 벅찬 감회를 무심히 지나치며 창밖 대학생들의 쭉쭉빵빵한 젊음들을 훔쳐보았다. 가슴이 아플 때면 외면하는 버릇 때문이다. 사내아이 계집아이들이 볼텡이 부비며 핫도그 먹는 풍경을 헤치며 그는 들뜬 가슴을 진정시키고 있었다. 그 행복 속의 그늘을 영원히 잊지 못한다.

문제는 그가 샛길 분야에서 지나치게 탁월하다는 것이다. 내가 워드프로세서를 처음 공주에 들여왔을 때 신기하게 쳐다보던 그가 불과 몇 년 만에 컴퓨터의 대가로 명성을 날렸다. 사면팔방으로 출강을 시작하고, 전교조의 역사교과 모임의 주변부에서 순식간에 중심으로 진입하더니 어느새 실력자로 자리 잡는 것이다. 그것은 그가 시인으로의 정착을 더디게 만드는 행복한 비명을 낳았다. 그는 시인으로 출발했지만 전교조의 정책실과 역사교과연구의 집필진, 멀티비전 기술자로 정신없이 뛰어야 한다. 작가회의나 전교조 집회장에는 개량 한복을 입은 채 노트북을 두들기는 그의 모습이 보이고, 옥내 집회를 열면 그가 항상 멀티비전으로 화면을 때려 사람들을 집중시킨다. 그랬다. 열혈청년과 낭만주의자들의 삐걱이는 등허리에 구들장 내어주는 사내, 때론 마음에 들지 않는 자들에게 아픈 일격을 가하기도 하는 사내, 그가 전병철이다.

과일은 냉장고 속보다 그냥 밖에 놔둔 것이 더 맛이 좋다. 특히 복숭아는 냉기가 '속살 맛' 의 진수를 빼앗아가기 때문에 바깥바람을 쐬도록 놔두어야 한다. 하여, 상하기 직전 온갖 맛이 과일 전체에 퍼졌을 때 비로소 절정에 다다른다. 생선이나 케이크도 상하기 직전이 가장 맛이 좋은 것도 과일의 원리와 일치한다. 어쩌면 우리들의 모든 행위가 그 오묘한 '진미' 의 마지막 장식을 위한 준비 과정인지도 모른다. 그 마지막과 함께 우리들 모두에게 하느님의 은총이 비료 포대 뜯어지듯 쏟아졌으면 좋겠다.

잘 있었나, '70-80 초상들'이여

친동생 강병호는 전업 만화가이다. 악기 연주와 격투기와 술을 좋아하는 1980년대 초기 전형적 낭만파 대학생 시절 이야기다. 재수생 출신인 동생은 1981년 충남대 학보사 만화쟁이로 학과 공부를 전폐한 채 술 먹는 낙으로 신입생의 길을 여는 중이었고 나는 타 대학 복학생 3학년으로 장발과 슬리퍼짝으로 캠퍼스를 배회하는 방치형 문학청년이었다. 우리는 대전역 뒤쪽 대동시장 골목길에서 자취를 했고 이따금 술자리를 가지긴 했으나 알콩달콩 깊은 대화를 나누진 않았다. 어느 날 대학문학상 소설부문 컷을 그렸다며 자취방 문을 열었다.

"대학문학상 탄 애랑 술을 마셨는데 부르조아에 대한 증오심으로 득실득실하더라."

그 소설가 지망생이 술에 취하더니 어디선가 신발꾸러미를 묶어오더라는 것이다. 거리를 배회하다가 비싼 승용차 뒤에 오줌발을 갈기더니 맨주먹으로 자가용 사이드미러를 깨더라는 얘기다. 그가 81학번 신입생 류달상이다. 다음날 그의 소설 「바다안개」를 보게 된다. 고등학교를 갓 졸업한 신입생이 기라성 같은 선배들을 죄다 제치고 대학문학상을 수상한 것이다. 그때의 경이로움이 이십 년 지난 지금까지 화들짝 떠오르는 것이다.

그는 대학시절 교지편집실에서 활동하던 운동권이었고 내 첫 발령지의 제자이자 그의 편집실 후배인 이은아와 결혼했다. 싸리회초리처럼 낭창낭창 흔들리는 그녀는 '끓는 피와 변혁의 논리'를 품다가 운동권 동지 류달상을 만나 둥지를 튼다. 류도혁 선배가 주례를 섰고 나는 축의금 만 원을 어느 쪽으로 내야할지 왔다갔다하다가 신부쪽에 냈다. 지난 청소년 문학상 시상식 때 만나 십 몇 년 만에 옛 신랑에게 '만 원 부조'를 따로 갚았다.

첫 발령지 쌘뽈여고에서 교지를 편집했다. 총각선생이었던 나는 편집실 여고생들에게 단발마의 정열을 쏟는 중이었다. 틀린 활자에 빨간 펜을 대면서 기고만장했고 공동창작시를 시도했으며 틈나는 대로 양로원을 방문하여 부침개를 부치기도 했다. 그때 지역 인쇄소 '활문사'에서 받은 동인지 『신인문학』을 놓고 아이들에게 어느 시가 가장 좋으냐고 물으니 일제히 김백겸 시인의 시를 꼽았다. '시인을 업으로 삼은 친구와 월급봉투를 선택한 자괴감'의 내용이었고 머리말 부분에 대학생 시위에 대해 드라이하게 언급했던 것 같다.

1984년, '가슴에 칼을 품은 사내'들이 『삶의 문학』 7집 기획에 즈음하여 대전 대호장에서 만난다. 김흥수 최교진 이은봉 이은식, 김영호 황재학 이재무 등이 모였고, 외부에서 도종환 김진경 이재현 김사인 고규태 등이 합세하여 밤 새워 열띤 토론의 날을 세웠던 것 같다. 그 시대 술자리의 화두는 '이 어둠을 뚫는 횃불'이었다. 노동 형제와 농긴 동맹군이 폭압세력과 맞서기 위해 깨어 있는 문학으로 전선에 참여하자는 얘기다. 산맥을 품은 사내들이 거품 같은 희망을 토하는데 예나 지금이나 토론에 무지몽매한 나는 끼어들 틈을 놓치고 모퉁이에서 술이나 죽일 수밖에 없었다.

그때 이은봉 형과 동행한 사람이 김백겸 시인이다. 먹테 안경과 장발 그리고 구레나룻을 지닌 고답적 시인의 전형이었는데 나는 취중에 그의 시를 떠올리며 짱뚱이처럼 벌떡벌떡 떠벌였던 것 같다. 거기서 나는 꼭지가 돈 상태에서 모(某)시인과 드잡이를 벌이게 된다. 주먹이 나가질 않으므로 헛발질 두어 번 날리다가 펑펑 울었다(나는 군 제대 후 이십오 년간 세 번 주먹질을 했는데 그중의 한 사건이다. 아마 앞으로도 평생 그런 일이 없을 것 같다). 그러거나 말거나 그는 묵묵히 바라만 보고 있었다. 도대체 표정이 없는 것이다. 발작 상태에서도 자꾸 뒤통수가 땡겼던 이유를 나는 알고 있다.

임우기는 망자 윤중호의 소개로 만났다. 『삶의 문학』 형들과 대전 대성다방에서 차를 마시고 산내에 집필실을 마련한 소설가 김성동 선배의 움막을 방문하러 정류장 쪽으로 옮기는데 그가 팔을 끌었다. 가겟방 평상에서 잠깐 걸치자는 제안에 도둑맥주 몇 병 뚝딱뚝딱 해치웠다. 김성동과의 만남에서 임우기의 발언이 단연 눈길을 끌었는데, 이후 나는 그의 논리와 대범한 스타일에 어울리기 위해 의도적으로 귀곡성을 지르기도 했다.

해직교사가 된 후 나는 운동권 콤플렉스에 시달리고 있었다. '짤린 목'들과 '언저리 친구들'은 이를 가는데 막상 뛰쳐나가려 하면 자꾸 발꿈치가 얼어붙는 것이다. 나는 굴욕감으로 쓰러질 것 같았다. 술떡이 되어 홍도동 시영아파트 현관 앞에 서면 식솔들의 얼굴이 붙박이로 떠오르면서 만사가 무너지는 것이다. 그때 임우기와 윤중호가 '너는 누가 뭐래도 문학하는 놈이니 그 길로 가라' 고 충고해서 얼마나 안도했는지 모른다. 그는 나의 시 '담장 가까이 붙어/ 귀 기울이고 들어 보았어……' 로 시작되는 「해직일기 둘」을 무지하게 사랑했다.

그의 결혼식날 하객들이 무지무지하게 많이 왔었다. 가족사진 촬영이 끝나고 친구들 사진을 찍는데 사람들이 너무 많아서 두 패로 나누어 찍었다. 한 패는 학교 동창들이 찍는 자리였고 그 다음은 직장 동료들이 찍는 자리였는데, 나는 직장동료들의 자리에 끼어 찍었다. 그는 당시 '학원문학상' 으로 등단하고 대학원을 겸한 프리랜서였는데, 기실 직장 동료라는 이름으로 찍은 두 번째 사진판은 실업자들의 집합소였던 것 같다.

그후 이차구차 어울리면서 꼬부라지곤 했는데 그가 한마디 툭 던진다.

"왜 결혼식 때 부조 안했니?"

그 농담에도 나는 화들짝 놀랐다. 나는 해직교사니까 당연히 맨몸으로 참가해도 되는 줄 알았고 원래 신랑 신부들은 부조 장부를 안 보는 줄 알았다. 그후 그는 내 주변의 몇 안 되는 대범한 기획력으로 전설적인 큰 통을 이어나간다. 기획력과 인간관계에서 전무후무한 스케일을 보였고 장애물을 만나면 몸과 배짱과 천재성으로 밀어붙였다. 그렇듯 그는 자신과 싸웠고 자본주의의 원조인 서울과 맞섰다. 문학과 술과 몸까지 그의 웅장한 스케일 그대로다.

김정호 시인은 내가 해직의 비탈길에 처했을 때 대전 두루치기집에서 망자 오원진 선배와 몇몇이 어울린 자리에서 만났다. 당시 '민주화청년연합' 에서 일하던 그들이 험악한 시국사태에 직면하여 해직교사들과 조우한 자리였을 것이다. 나는 꼭지가 돈 채 '돌아가야 해' 소리만 연발했고 그는 그런 내 모습을 안쓰럽게 바라보았던 것 같다. 그는 오리무중의 시국을 정확히 판독하면서 순발력 있게 행동하는 운동권이었다. 동시에 남녘출판사 언저리와 문학패 친구들로부터 그가 시의 천재라는 소리를 누차 들었다. 고교시절부터 대학노트 수십 권 분량의 글을 썼는데 줄줄이 걸작이라는 얘기를 그의 대전고 동문들로부터 수십 번은 들었다. 그러나 그보다는 그의 빵잽이 경력과 일사불란한 논리와 명징하게 터지는 유머가 오싹오싹했던 것 같다.

임우기 결혼식 뒤풀이에서 윤중호가 〈각설이 타령〉을 불렀고 황재학 허성우가 바통을 받았고 뒤를 이어 김정호 시인이 〈임을 위한 행진곡〉으로 순서를 이어가는 중이었다. 그는 마지막 구절 '앞서서 나가니 산 자여 따르라'를 크게 소리치더니 갑자기 출입구 쪽으로 '탕' 튀어나가며 '나가잣!' 하며 선동하는 소리를 질렀다. 독재정권에 맞대응하는 소위 가투(街鬪) 버전이었고 그 흉내만으로도 섬뜩하던 시절이었다. 모두 어리벙벙 쳐다보자 '왜 안 나왓! 그럼 혼자 간다. 안녕히 계셔요' 하고 고개까지 숙여서 폭소를 터뜨리기도 했다. 그는 5공화국의 비장미 서린 노래를 희화시켰고 비로소 나는 그의 눈매의 두려움에서 벗어날 수 있었던 것 같다.

1990년대 초반. 대전시 대흥동 지하 찻집 '마음의 고향'에서 『화요문학』 창간호 출판기념회가 열렸다. 그러니까 '70-80 충남대 문학청년'들이 기성세대가 되어 복간된 모임인 셈이다. 자리에 참석한 충남대 교수들은 모두 1970년대 '김정호의 가시밭길'에 동참하지 못했음을 속죄하는 토로로 문을 열었다. 1970년대 권력의 일방통행 앞에서 캠퍼스 지식인들은 불쌍할 정도로 창백했다. 좌우지간 『화요문학』 출판기념회인지 '김정호에 대한 고해성사' 자리인지 헷갈릴 정도로 행사장이 김정호 시인에 대한 화두로 풍성했다. 그러거나 말거나 그는 무심히 술을 마셨고 가끔 낄낄거리는 농담으로 좌중을 사로잡았다.

1985년, 이은식 형이 나와 황재학을 유성 '현대족발' 로 불러서 술추렴을 해주던 자리였다. 거기서 양애경 시인을 처음 만났다. 어느 여성잡지에서 본 기억이 있는 그녀는 지적 이미지와 단아함과 미모를 갖춘 선망형 시인의 틀을 지니고 있었다. 우리들이 술병을 비우며 흔들리는 시국을 논하는 동안 이 미모의 시인은 동요 없이 지켜만 보고 있다가 한마디씩 또박또박 말을 던지곤 했다. 나는 그때 쫓겨난 학교 여고생들이 보낸 편지를 닳고 닳아 너덜너덜해질 때까지 주머니에 넣고 다니곤 했는데, 제자 임지연의 편지를 양애경 시인에게 보여주었던 것 같다.

영역을 침범하면 안 될 것 같은 금기의 분위기랄까. 아무튼 나는 벽을 허물기 위해 일부러 수더분한 표정을 지으러 애썼던 것 같다. 그의 신춘문예 당선작 「불이 있는 몇 개의 풍경」에서 '기침을 한다/ 탄불을 갈며' 라는 구절이 좋아서 나는 '계단에 웅크린다/ 신발끈 졸라매며' 나 '저녁놀을 본다/ 겨드랑이를 긁으며' 하는 식으로 여러 번 패러디했었다.

나중 얘기지만, 양애경 시인의 '기사들과 공주' 에 대한 시를 읽으면서 나는 그녀를 호위하는 김백겸 김정호 우진용 그리고 잘생긴 권덕하 등 뭇 벗들을 하나씩 옆 자리에 세워놓는 상상을 하기도 했다. 그것은 사랑의 설렘과 서늘함 그리고 방치형 로맨티시즘과 자존심 위에 세우는 품위의 간극이랄까, 하는 복합적인 이미지였다. 같은 캠퍼스를 다녔더라도 나 역시 먼 듯 가까운 듯 빙빙 돌면서 가끔씩 객기로 여자의 눈길을 끌기도 하는 창잡이 기사 역할을 했을지 모른다.

그즈음 '삶의 문학의 영원한 두목' 이은식 형의 주공아파트를 중심으로 충청도 문인들이 모이기 시작했다. 거기서 김상배와 지원종을 만난다. 김상배는 키다리 장발 청년으로 건들건들 여유 있는 표정이었고 지원종은 곱슬머리에 입을 꾹 다문 채 카리스마를 감추고 있었다.

나중 얘기지만 두 청년은 우여곡절 끝에 논산 쌘뽈여고의 환상적 콤비로 다시 만난다. 첫사랑이었던 그 학교에서 나는 쫓겨났고 그 자리가 벗들의 출근길로 채워진 것이다. 그즈음 그들은 일상에 치여 글을 작파하려는 순간이었고 동지가 그립던 나는 이들에게 다시 문청으로 돌아오길 권했다. '삶의 문학' 동인 시선집 『새로운 날들의 자유를 꿈꾸며』에 각자 글을 발표하고 '화요문학회' 부활에 즈음하여 글발을 올리기 시작한다.

1990년 1급 정교사 연수를 기점으로 김상배와 가까워졌다. 그는 1989년에 일정연수를 받다가 전교조 가입 문제로 연수원에서 쫓겨났고 그 바람에 일 년 재수를 하게 된 것이다. 솔직히 나는 '열공파'는 아니지만 적어도 수업을 빼먹는 체질은 아니다. 문제는 김상배가 한 수 위라는 것이다. 그는 점심시간 이후 툭하면 나가서 대포 한 잔 꺾자는 주장을 하곤 했다. 나는 수업을 빠지기 싫었지만 쫀쫀한 인상으로 비칠까봐 어거지로 끌려 나가서 그보다 더 많은 술을 마셨다. 결국 나는 엉터리 점수를 받았고 머리 좋은 김상배는 나보다 조금 높게 받았다.

정영상 추모제가 끝난 이튿날의 일화 한 토막.

뒤풀이로 밤을 새우고 떠날 사람들은 떠나고 남을 사람들은 남은 이튿날 여명이었던가. 윤재철 이은봉 지원종 김상배 황재학 류지남이 여세를 몰아 곰나루로 진출했다. 아침햇살이 수풀 사이로 꿈틀거리면 소쩍새 날갯짓이 푸두둥거리던 신새벽이었다. 그 자리로 시커먼 사내들이 찌든 몰골로 나타나 개판으로 망가지는 것이다. 그리고 지원종이 옷을 벗었다.

곱슬머리와 발가숭이 몸뚱이가 안개를 헤치며 세례 요한처럼 물가를 어슬렁거렸다. 곧바로 윤재철이 벗었고 김상배가 벗었다. 백사장에서 시인 아저씨들끼리 알몸의 퍼포먼스가 벌어진 것이다. 마음씨 착한 강병철만 빤쓰 석 장을 들고 이 사람 저 사람 다리 사이로 뛰어다녔지만 역부족이었다. 이놈을 입히면 저놈이 벗고 저놈을 입히면 요놈이 벗는 것이다. 함께 꼭지가 돌아버릴 수밖에 없었다.

그후 '삶의 문학' 과 민족문학작가회의는 실질적으로 이은식 형과 김흥수 형 김영호 형이 주도를 했고, 그 와중에 박수연 이병훈 여인원 이준석 이기원 김유미 등과 조우했다. 만나면 일단 처음에는 진지하다가 헤어질 때면 대부분 고주망태가 되었고, 나는 주류가 되지 않고 편의상 선배 자리를 유지하며 그들과 눈 맞추기를 뜸하게 한 채 세월이 흘러갔던 것 같다.

늦장가를 갔고 공주에 둥지를 틀었다. 아내와 공산성 정자에 앉아 있다가 한 무리의 대학생 패거리 속에서 박수연을 만났다. 그는 대학생들이 정자에서 추는 춤을 '남북학생평양축전' 에서 선보일 것이라고 알려주었다. 그때 그는 문화전선 사건으로 잠수함을 타는 중이었는데 나보다 오히려 얼굴이 더 태연했다. 수배자를 마주하면서 나는 몸 둘 바를 몰랐고 '밥 한 그릇 함께하는 풍경' 만 떠올렸던 것 같다. 그들의 변혁노선에 한 발만 담그고 사는 게 당당하지 못하다는 생각이 들어서 그러기도 했다.

"자꾸만 낭만적으로 변하는 것 같다."

내 엄살에 그는,

"마음이 너그러워지겠네요."

하고 받아주어서 감동스러웠던 것 같다. 그후 그가 잠수함 탄 상태에서 공주터미널에서도 조우했고 우리 아들내미 돌잔치에도 참석해서 음식을 먹었다. 그 진지함에 맞서기 위해 나는 어쩔 수 없이 침묵과 괴팍한 언어를 번갈아 던지곤 했다. 그 와중에 그의 아내 현나 씨와 여러 번 상봉했었는데 기실 가물가물하다. 나는 기억력이 좋은 편이지만 취중에는 전무라서 다음에 만나면 내가 또,

"누구시죠?"

를 연발해서 민망해지곤 했다. 망각의 되풀이 이후 지금은 콘크리트처럼 단단하게 입력시켰다.

나는 박수연을 '한반도의 평론가' 라고 감히 단언한다. 그 무수하게 생산되는 원고지 매수와 현란한 문장과 단어를 보라. 도대체 그의 지식의 끝은 어디인가? 그는 글과 몸이 일치하는 귀한 평론가이다. 혹자는 그의 글을 어렵다고 혀를 내두르나 그게 그의 수준이요, 학자의 진정성이다.

'화요문학회' 의 벗들은 체격과 술값 모두 풍요로웠던 만큼 '술 파장' 이후의 '이종격투기' 의 야사도 범람하다. 문인들은 즈이끼리만 이마빡 터지게 싸울 뿐 외부인 앞에서는 낙엽처럼 떨어지는 게 일반적인데, 특이하게도 '화요문학회' 의 몇몇 벗들은 대전 시내 A급 주먹들과 일전을 벌였고 그 일화가 조금씩 첨삭되면서 오랜 전설이 되기도 했다. 술값도 마찬가지다. 남들이 '술값 이만 원' 으로 낑낑댈 때 백만 원짜리 수표가 등장하기도 했다던가. 문청들이 호프집 더치페이에 낑낑맬 때 그들은 참기름병만 한 비싼 술들을 테이블에 꽉 차게 올려놓고도 태연자약했다. 그 왈짜의 범주에서 김백겸 시인, 우진용 권덕하 정도가 잔잔한 스타일로 분류된다. 그들 역시 범상찮은 허우대의 소유자이기는 하나 워낙 점잖은 성품들이라서 조심스러워했던 것 같다.

젊은 한때, 권덕하는 이강산 시인과 양촌고에서 근무했었다. 내가 '짤린 목' 일 때 권덕하가 이강산 이재무 등과의 술자리에서 나의 처지를 얘기하다가 펑펑 울었다는 풍문을 듣기도 했다. 그가,

"형, 고생했어요. 이제 저희들이 합니다."

그 진지한 눈빛 앞에서 내 얼굴이 벌개진 것은 술 탓이 아니라 부끄러움 때문이었다. 솔직히 1980년대 시국 속에서 나는 '고난' 을 겪은 것이 아니라 '피해자' 의 입장이었다. 내 기획 속에서 5공화국과 '다윗과 골리앗' 의 싸움을 벌인 것이 아니라 벗들의 분투 속에 내가 쓸려 들어갔던 것이다. 그런데도 한때 많은 벗들이 나를 '투사' 의 이미지로 오버랩 시킨 것은 순전히 시국 탓이다.

아무튼 권덕하 역시 아픈 시국과 학구적 욕망과 참교육의 비탈길에 몸으로 맞서며 주로 설거지 담당을 했다. 싸움을 말리고, 술자리를 청소해 주고 망가진 사람들을 잠자리에 데려다 주는 보호자 역할을 했다. 그게 천성이다. 지금도 벗들의 역정을 올려놓다가 아픈 감회에 젖는 그의 눈빛은 천상 초식동물이다. 그렇다. 그는 꽃미남이요, 선생이요, 시인이요, 학자인 동시에 식물성 이미지의 소유자이다. 그는 박사학위를 받기 위해 십 년 가량 뜸하기도 했는데 지금은 가장 안심이 되는 친구이기도 하다.

분필쟁이 우진용은 조금 늦게 기억에 입력되었는데 그는 스스로 늦깎이 시인을 자처한다. 대전에서의 출판기념회나 공주 갑사나 골목길 술집에서 꼭지가 돈 상태에서 만나 입력이 더뎠던 것 같다. 그는 조용히 앉았다가 슬그머니 술잔을 권한 다음 마지막 술값을 계산하는 성품이어서 나를 민망하게 했다. 그는 만리포 안면도 등을 전전하다가 서산에서는 나하고 담벼락 사이를 둔 학교에서 근무하기도 했다. 옆 반의 서편제 음악

소리를 들으며 진달래꽃과 아파트 동 호수를 동시에 떠올리는 그 역시 교단의 주술에 걸린 것 같다. 요즘에는 그도 취한다.

"야이, 회장아 한 잔 해라."

그런 식으로 흔들려서 마음이 편해졌다. 그가 나보다 한 살 많다. 애틋한 성품의 그에게 나는 '친구 같은 형'과 '형 같은 친구' 사이를 애매하게 배회한다. 숨기고 있지만 그의 시가 지닌 언어의 사연이 풍성해서 나는 '용량이 큰 늦깎이 시인'으로 기대한다. 그는 최근에 평교사에서 교감으로 직함이 바뀌었다. 이은식 형에 이어 두 번째로 교육 관료의 바통을 받았으니 작가회의 구성원에도 계급별 지각변동이 일어날 모양이다.

이 글은 '화요문학회' 벗들 중 비교적 거리가 가까웠던 문우들의 추억을 더듬은 내용들이다. 그들은 '70-80' 년대 충남대 캠퍼스에 적을 두었고 죽을 때까지 그 자궁에서의 사연을 벗어나지 못하리라. 시국과 싸웠고 문단권력과 맞대결을 벌이기도 했으며 사랑과 배반의 아픔을 절절하게 실감했던 그 청청한 사연을 우려먹고 또 질릴 때까지 우려내야 할 것이다. 만날 때마다 반가웠지만 때론 자존심 대결을 벌이느라 인터벌을 두기도 했던 '대범과 소심의 복합체들'. 전태일과 김지하와 김민기를 떠올리며 아, 하는 감탄사를 벌이던 그 젊음이다. 어느새 세월은 쏜살같이 흘러서 잇몸이 무너지는 중장년이 되었다. 다들 늘어진 군살을 빼느라 수영과 등산과 '술 담배 끊기'에 사활을 걸기도 하면서 저마다의 식솔을 챙기기 위해 안간힘을 쓰는 중이다.

거품을 모아 꿈을 만들며

작가에는 여러 부류가 있습니다. 먼저 생김새입니다. 창백하면서도 깔끔한 외모로 책과 낭만과 사랑을 꿈꾸는 지성파가 있는가 하면, 늘 지친 표정과 술에 찌든 육신으로 끊임없이 소문을 몰고 다니는 노숙자의 전형도 있습니다. 글을 써서 명예를 얻어 행복한 작가가 있고, 나이를 먹어도 외롭고 고독하게 글을 쓰는 작가가 있습니다. 그런 식의 분류에 의하면 저는 후자입니다. 소년 시절, 작가의 꿈을 꾸면서 왠지 앞길이 회색빛으로 음울할 것 같은 예감이 들었고 그 예감을 숙명으로 받아들여야 하리라고 막연하게 마음먹었던 것 같습니다.

저는 서해안 바닷가에서 태어났습니다. 그 바다는 수심이 낮아 큰 물고기가 전혀 없었습니다. 새까만 시골 아이들이 백사장에서 씨름판을 벌이다가 밀물 때를 기다리는, 헤엄치기 좋을 만큼 수심이 낮은 그런 바다였습니다. 썰물 때 능쟁이나 농게, 피조개나 맛살 같은 작은 해산물을 잡았지만, 그걸로 먹고사는 어촌은 아니었고 그냥 바다를 끼고 있는 농촌이었습니다. 가난하고 인심 후덕한, 얼핏 보기에 평화로워 보이는 그런 배경 속에서 유년기를 보냈습니다.

아버지가 선생님이었으므로 시골에서는 비교적 부유한 집이라고 할 수 있었지요. 내 친구들은 수업이 끝나자마자 쇠꼴을 베거나 고구마를 캐면서 부족한 일손을 채울 때, 나는 드물게 교과서와 참고서를 가지고 있었고 교문 앞 점방에서 과외 공부도 했으며 밤이면 아버지의 감시 하에 호롱불 밑에서 공부를 했습니다. 그러니까 친구들이 논밭으로 끌려 다니며 논두렁 밭두렁에 노동력을 투자할 때, 나는 그래도 참고서를 넘기며 숙제를 할 수 있는 집안 환경을 가지고 있었지요. 그렇다고 해서 유별난 부잣집은 절대로 아니었습니다. 친구들보다 덜했을 뿐 나 역시 이따금 감자 캐기나 가축 돌보기 정도는 필수였으며, 초등학교를 졸업할 때까지 부모님으로부터 용돈을 받아본 기억이 전혀 없습니다.

공부를 잘하긴 했는데 엄청 잘하진 않았습니다. 그보다는 자꾸만 나에게 특이한, 세상을 살아가는 '무엇'이 있을 것 같은 겁니다. 그 '무엇'이 '무엇'인지는 모르겠는데 남들에게 없는 것이 꼭 있을 것 같았습니다. 왠지 우주의 비밀이 그 '무엇'에 의해 풀릴 것 같은데 막상 그 실체가 잡히지 않아 답답했던 기억의 점철입니다.

초등학교 때부터 학교 도서실을 엄청 다녔습니다. 학교에서는 방과 후에 2학년 교실을 도서실 대용으로 사용했는데 담당 교사였던 김신배 선생님이 저 때문에 퇴근을 못해 엄청 곤욕을 치르곤 했습니다. 「백설 공주」나 「들장미 공주」는 나와 동떨어진 허망한 이야기였고 「행복한 왕자」나 「성냥팔이 소녀」는 너무 불쌍했습니다. 유일하게 「미운 오리 새끼」를 보면서 못난 인간들에 대한 희망을 갖기도 했습니다.

3학년 때였습니다. 국어 교과서에 있는 내용인데 제목이 기억나질 않네요. 어느 날 철수가 잠에서 깨어 서랍을 열었는데, 그 속에 있던 꽃씨들이 일제히 깨어나 노랗고 파랗고 빨간 옷으로 치장한 채 저마다 꽃 피울 꿈을 이야기하는 겁니다.

"난 철수네 집 앞에서 노란 꽃을 피울 거야."

"3학년 2반 화단에서 빨간 나팔꽃으로 피어나 새끼줄 타고 올라가 교실에서 공부하는 아이들을 기쁘게 해줄 거야."

뭐, 대략 그런 이야기였습니다. 그런데 그 다음날 선생님이 묻는 거예요(아이들을 잘 때리던 선생님이었는데…… 선생님은 밤마다 화투를 치셨던 것 같습니다. 학교에 와서는 『동아전과』에 있는 내용을 칠판에 꽉 채우고 필기시킨 다음 교탁에 누워 전과를 얼굴에 덮고 잠을 자던 그런 선생님……. '나쁘다' '좋다'의 기억은 절대로 아니고요, 1960년대 우리나라 농촌 마을에 그런 화투판의 문화가 있었지요).

"여기 있는 철수가 꿈을 꾸는 거냐? 아니면 실제 이야기냐?"

"꿈이요."

"실제요."

아이들은 모두 꿈이라고 이야기하고 있는데 나 혼자 실제 상황이라고 우기는 겁니다. 너무 크게 소리 지르니 나머지 아이들의 꿈이라는 소리와 거의 대등할 정도로 목청을 높였었는데요.

"병철이는 그게 왜 실제인지 이유를 말해봐."

물으셨습니다. 나는 마치 기다렸다는 듯,

"철수의 희망입니다. 씨앗들이 서랍 속에서 봄을 기다리는 거예요. 어서 꽃을 피워 사람들을 기쁘게 하려는 마음을 알고 하느님이 실제로 그렇게 살아날 수 있게 만든 겁니다."

사실입니다. 나는 우리들이 전혀 모르는 이 세상 어느 곳에는 어린이들에게 꿈과 희망을 주기 위한 특별한 사물들이 분명히 존재한다고 믿었습니다.

"미친 놈."

깜짝 놀랐습니다. 나는 그 교과서의 내용이 실제라고 확신하고 있던 터라 선생님의 '농담 같은 질타' 가 상당히 충격적이었습니다. 그때 만약에 선생님이 내 편을 들어줬으면 아마 한동안 그 세계에서 꿈을 먹는 행복한 유년의 공간이 지속되지 않았을까 하는 생각이 듭니다.

예나 지금이나 세상에는 그렇게 꿈과 현실이 '따로따로' 존재했던 것 같습니다. 청소년들과 기성세대의 가장 큰 차이는 '꿈을 가질 수 있느냐, 없느냐' 의 간극인 것 같습니다. 공부를 잘하건 못하건 착한 아이이건 문제아건 저마다 미래를 꿈꿀 수 있어서 청소년들은 행복할 것 같습니다. 물론 어떤 아이들은,

"꿈 없어요."

하고 잘라 말해서 깜짝 놀라기도 하지만, 그런 애들에게도,

"저 언덕만 넘으면 넓은 바다가 보여. 그리고 바다는 하염없이 넓어."

"저 수평선 끝에도 이쪽 바다를 보며 가슴 부풀리는 아이가 있어."

하고 충고해줄 수 있잖아요. 그렇잖아요, 칠팔십 대 할아버지에게 '꿈을 가지세요' 라고 말하는 건 무리가 있을 것 같습니다. '종교에 귀의하세요' 가 더 어울리지요.

무릇 작가를 꿈꾸는 청소년들은 세상을 보는 '나만의 눈' 을 가져야 될 것 같습니다. 그래요. 남들이 손가락으로 가리키는 쪽을 향해 우르르 몰려가는 것보다 '내 마음의 눈' 이 중요한 것 같습니다. '지혜롭다' 라는 말

은 '간사하다'는 말이 되겠지요. '청렴하다'는 말은 '무능하다'이고요. '우유부단하다'는 말은 '너그럽다'는 말이 되네요. 여자들이 좋아하는 '터프한 사내'는 결국 '마누라 귀싸대기 잘 때리는 권위주의적 남자'입니다. '분위기 있다'는 말의 반대편에는 '사기성이 농후하다'는 뜻이 내포되어 있습니다. 어른이 되어 성공했다는 '출세했다'는 말은 '거짓말을 많이 했다'고요, '정직하게 살았다'는 얘기는 '성공하지 못했다'는 의미와 맥이 통합니다. 그러니까 때로는 '상식의 세계에서 쓰이는 단어'와 '문학의 세계에서 쓰이는 단어'의 의미가 다를 수도 있지요.

그렇습니다. 뉴튼은 사과나무 아래에서 만유인력을 발견한 적이 없으며, 아르키메데스는 목욕탕에서 알몸으로 뛰쳐나와 '유레카'를 외치지 않았습니다. 박혁거세는 알에서 태어나지 않았으며 주몽이 금와왕의 일곱 아들을 피해 도망치다가 압록강에 막혔을 때 물고기와 자라들이 우르르 다가와 '몸들의 다리'를 만들어준 적은 절대로 없습니다. 수십 명의 무사들을 주먹 한 방에 날리는 역발산이나 사무라이 기십 명을 추풍낙엽처럼 날려 보내는 '장군의 아들'은 사실상 존재하기 어렵습니다. 마찬가집니다. 잘생기고 똑똑하고 의리파인 삼위일체 꽃미남은 만나기 힘들며, 그의 실체가 절대로 이상적이지 않습니다. 그러나 활자의 상상력으로 현실의 벽을 뛰어넘는 것은 '식은 죽 먹기'입니다.

그렇다고 세상을 냉소적으로 보라는 얘기는 절대 아니고요(세상은 살아볼 만한 장소입니다). 세상의 모든 이치에는 대개 양면성이 동시에 존재한다는 이야기입니다.

바스콘셀로스의 『나의 라임오렌지 나무』에 나오는 다섯 살 소년 제재의 이야기를 하겠습니다(집에서 하도 속을 썩이니까 부모님들이 일찌감치 학교에 보냈지요. 예전에 부모님들은 손을 덜기 위해 집안 말썽꾸러기들을 일찌감치 학교에 보내곤 했었어요). 제재의 담임선생님은 얼굴이 예쁘지 않은 사팔뜨기 노처녀입니다. 다른 선생님의 책상에는 늘 예쁜 꽃들이 꽂혀 있는데 선생님의 꽃병은 늘 비어있습니다. 그것을 늘 마음 아프게 여기고 있던 제재가 어느 날, 부잣집 저택의 담장에 올라가 장미꽃을 꺾어다 선생님의 꽃병에 꽂아 놓지요. 선생님의 표정이 행복하게 피어올라서 제재가 기뻐하는데 옆에서 다른 아이가 고자질을 하지요. 제재가 가지고 온 장미꽃은 부잣집 담장에서 훔쳐온 것이라구요. 행복해하던 선생님의 얼굴이 하얗게 질려 제재를 부릅니다.

"나쁜 짓을 했구나. 남의 물건을 훔치다니."

하지만 제재는 눈물을 뚝뚝 흘리면서.

"아니에요. 선생님이 말씀하시기를 이 세상의 모든 것은 하느님이 만든 거라고 하셨잖아요. 그러니까 그 장미꽃도 하느님의 것이지요. 다른 선생님들 책상에는 모두 예쁜 꽃들이 아름답게 피어 있는데 선생님의 꽃병만 비어 있어서 마음이 아팠어요. 그 부잣집 담장에는 장미가 너무 많이 피어 있어서 제가 한 송이 꺾어도 전혀 표시가 나지 않아요. 하지만 그 한 송이 꽃이 선생님의 빈 꽃병을 채우면 선생님 마음이 행복해지잖아요."

담임선생님은 펑펑 운 다음(착한 사람들은 대개 잘 울지요),

"너는 참 착한 마음을 가졌구나. 하지만 이젠 꽃을 꺾지 않아도 된다. 나는 빈 꽃병을 보더라도 네 마음으로 채워진 꽃을 보게 될 거야."

그래서 선생님은 '마음의 꽃' 을 본다는 얘기지요. 그렇지요. 작가를 꿈꾸는 청소년들에게는 그 '마음의 꽃' 이 분명 보일 것입니다. '벌거숭이 임금님' 처럼 거짓이 아닌 '믿음의 실체' 가 분명 있을 것입니다.

동시에 작가는 모순된 세상을 바로 세우는 혁명가의 역할도 하게 될 것입니다. 황석영의 『장길산』에 나오는 내용입니다. 장길산의 라이벌이자 콤플렉스 지병을 앓고 있는 절대권력자의 하수인인 포도대장 최형기에 대한 이야기입니다. 그가 관군을 동원하여 활빈도의 근거지인 황해도 구월산을 초토화시키고 마을 사람들을 묶어 놓고 문초를 시작합니다. 난도질하고 두들겨 패고 쑤시고…… 이차구차 피바람을 일으킨 다음 장길산의 아내 봉순이에게 묻습니다.

"네 남편은 어디에 있느냐?"

봉순은 최형기를 똑바로 바라보며 대답합니다.

"나는 이제 영원히 주인을 보지 못하고 죽겠지만 당신은 분명히 내 주인을 만나게 될 것입니다."

"어디서…… 어디서 말이냐?"

최형기가 묻다가 문득 소름이 오싹하지요. 봉순이는 문초를 당하다가 죽게 되겠지만 다시 장길산이 최형기에게 복수를 하러 반드시 찾아온다는 이야기지요. 이것이 민초들의 믿음인 것 같습니다. 용화세상을 꿈꾸는 간절한 믿음이지요. 다시 길산의 아들에게 손가락질로 묻습니다.

"너는 누구냐?"

"장수복이우."

"네 아버지가 누구냐?"

"장길산이우."

"네 어미와 이야기하다 안 되면 너와 이야기하겠다. 괜찮느냐?"

"나는 관군이 두렵지 않우."

이것은 의연함입니다. 포도대장 최형기가 두려워하는 것은 그 의연한 믿음입니다. 도대체 그렇게 죽이고 문초하고 초토화시켜도 끝까지 물러서지 않고 단두대로 기꺼이 머리를 들이미는 '민초들의 믿음은 어디서 나온 것인가' 에 대한 '알 수 없음' 입니다. 작가는 세상을 바르게 움직이는 그 힘을 보여주고 싶은 것입니다.

그렇습니다. 그것이 '글의 힘' 이라고 생각합니다. 글은 현실과 이상을 연결시켜주는 점액질입니다. 그래서 오늘날처럼 발달된 물질문명의 시대에서도 작가의 역할이 존재하는 것입니다. 문학은 '불안을 먹고 크는 자본주의 벽돌' 과 '꿈꾸는 사람들이 나르는 유토피아 벽돌' 사이의 공백을 채워주는 접착제의 역할도 할 것이고 때로는 벽돌을 나르는 인부의 소임도 해야 하며 더러는 성문 밖 침략자를 향해 번뜩이는 죽창의 역할도 할 것입니다.

제가 작가가 된 계기는 책읽기의 회한에서부터 시작됩니다. 책 속에 세상의 모든 것이 들어 있는 줄 알았어요. 자취방에 꽉 채워져 있는 책꽂이를 보며 포만감으로 세월을 보낸 그런 유치한 청춘도 있었습니다. 그런데 군대를 제대한 복학생 시절의 어느 날 문득 '지금까지 내 지적 자양분들이 결국 남의 머리에 있는 것들이구나' 하며 남의 책만 읽는 현실에 대한 공복감이 닥쳐왔습니다. 본격적으로 '작가로의 기획' 을 시작했고 십몇 년 지나 비로소 책을 만들었습니다. 남들보다 재능이 떨어지므로 주로 도서관에서 더 많은 시간을 투자했고 가급적 '작가의 길' 에 불필요한 모든 것들을 차단했습니다. 운전을 포기했고, 핸드폰을 거부했으며, 고스톱, 당구, 영화, 여행 등 모든 취미활동을 차단한 채 오로지 직장과 술집과 도서관만 다녔습니다. 때로는 '섬' 처럼 고독했지만 그게 제 자존심의 실체였습니다.

저는 '뜻이 있는 곳에 길이 있음'을 믿습니다. 그 '뜻'과 '길'은 모두 글을 쓰겠다는 마음입니다. '시작이 반(半)'이라는 말도 있잖아요. 그렇습니다. 여러분들과 함께 자리를 하게 된 것도 좋은 인연입니다. 여러분들의 삶에 좋은 자양분이 되기를 기대합니다.

(이 글은 2006년 미루 청소년문학상 강연 내용입니다.)

분홍빛 곱창의 수렁 깊은 사연

시인 김광선은 파뿌리를 다듬으며 눈시울을 적신다. 도마 위에 눕혀진 영양가 풍성한 엽록소를 바라본다. 뿌리털 몇 개로 몸집 세우기 위해 혼신으로 버티던 파 대궁을 바라보며 칼 손잡이를 쥔다. 손아귀에 잡힌 칼날은 엉킨 실타래도 쌍둥 자를 만큼 날카롭다. 어금니 깨물며 살진 대궁을 싹뚝 자른다. 고수(高手)의 칼 솜씨로 잠자리 날개처럼 얇아진 파 줄기 속살이 환히 비친다. 문득 아득한 과거가 손끝에 닿을 듯 가깝다.

한 시도 내버려두지 않았을 바람 앞에서
넘어지지 않고 지키려
독사처럼 어금니, 얼마나 깨물었을까
—「요리강습 12」에서

체화(體化)된 유년의 절망.
근방의 백일장 판을 모조리 휩쓸던 사춘기 문학소년의 찢어지는 가난.

어느 날 그 막바지의 아득함을 알고 소스라친다. 막힌 장벽. 마침내 무작정 탈출을 꿈꾸며 여수까지 두 시간 걸리는 배에 몸을 싣는다. 처음 겪는 육지의 소도시에서 통일호 야간열차로 몸을 바꿔 싣는다. 그러나 그건 일상의 탈피가 아니라 더 가파른 세상으로의 입문이다. 떠나온 섬마을이 등불처럼 조그맣게 반짝이는데 거리가 멀어질수록 두고 온 남녘 땅 '나로도'의 파도소리가 더 거칠게 가슴에 파고든다. 섬 모퉁이 비탈밭 부쳐 먹던 어머니와 남의 통통배 타며 고기 잡던 의붓아버지 한숨소리가 파도에 섞여 출렁거린다. 창문을 본다. 여명 속에 뿌연 형상으로 투영된 그의 얼굴은 깊고 어둡다. 잠시 남루함을 헤치기 위해 눈빛을 세워본다.

떠나올 때는 푸른 사랑을 꿈꾸었다
세상 대들보도 되지 못하여
얇은 천으로 켜지고
씨줄 날줄 강력 본드 압착은
원하는 만큼의 두께
단단하고 매끈하고 탄력 좋고
빗나갈 수 없는 세상 거친 잣대에
허겁지겁 메꾸고 바람막이도 되고
—「베니어합판」에서

닥치는 대로 일을 시작했으므로 '맨땅의 헤딩'이 전혀 두렵지 않다. 맨 처음 시작한 일은 지관(紙管: 종이대롱)을 만드는 일이었다. 영세한 가내 공장에서 밤 열두 시까지 격무를 견디다가 어느 날 눈을 돌려 변두리 식당에 취업하기도 한다. 한때는 유랑극단에서 나훈아의 〈물레방아 도는

데〉를 부르는 떠돌이 가수 생활의 곁길을 타기도 했으나 다시 식당과 지관공장으로 되돌아가는 수레바퀴 생활을 되풀이한다. 이렇듯 전전하다가 부산에 있는 야간전수학교에 들어간 것이 끊어졌던 글쓰기의 계기가 된다. 오랜만에 노트를 만지자마자 그동안 팽팽히 부풀려 있던 글쓰기 욕구가 봇물처럼 터진 것이다. 이것이 현재 '고바우 왕곱창집' 주인인 시인 김광선의 시작(詩作) 정진의 고된 시발점이다.

하기야 모든 사연들이 어떤 형태를 이루어내기까지는 반드시 그만한 흔적이 있는 것이 아닐까. 물론 그 완성체가 바람직했느냐 하는 것도 기실 보는 잣대 나름일 수도 있다. 그러니까 한식 조리사 자격증을 가진 사내의 '시인의 길' 이라는 외도가 정말 바람직한 방향 설정이냐에 대한 문제제기이다. 「베니어합판」도 마찬가지이다.

나무의 '올바른 쓰임새' 에 대한 내용도 그렇다. 나무가 목조건물의 기둥으로 자리매김하는 것이 가장 보람찬 결정체라고 말하는 것도 기실 인간의 잣대이다. 그러나 그러한 예단이 범부(凡夫)들에게 '절실한 지향점' 을 찾아줄 수 있으니 그것이 바로 시인의 감각이다. 그래서 시인은 가난한 집 모퉁이에서 바람막이하고 있는 베니어합판의 지난(至難)한 삶을 견인해보고 있는 것이다. 그렇다. 시인의 눈매는 맨 처음 사물이 '어디서 왔을까' 에 대한 '속살 파헤치기' 부터 시작된다. 이것이 원초적인 길 찾기이다. 도대체 저 돌멩이는 어디서부터 온 것일까? 라면가락은 어느 밀밭에서 햇볕 탱탱하게 받다가 식탁 위에서 노란 김을 뿜고 있을까? 장항선 선로 위로 괴물처럼 달리는 저 열차의 쇳덩어리 바퀴는 어느 철광에서 끌려나와 제 몸 녹여 둥근 바퀴로 태어나 인간들을 태우고 달리는 것일까? 볼펜은? 『필승 생활국어』 자습서는? 호떡집 걸레는? 깨진 가로등은? 브래지어는?

낡은 화분처럼 각질의 무표정
생선 몇 마리 어기적어기적
새벽달 지고 나와 마른기침 쿨럭쿨럭
—「요리강습 35」에서

생선의 무표정은 사람과 사물의 간극에서 비롯된다. 마치 코끼리가 흑인과 백인을 구별하지 못하는 것과 마찬가지일지도 모른다. 시인은 그런 내면까지 꿰뚫어야 한다. 그러니까 생선이 제 몸 썩히며 터뜨리는 푸른 빛까지 미식가들의 입맛 돋우는 숙성으로 돌변하면서 인정미 넘치게 보이는 것이다. 그러거나 말거나 등푸른 생선들은 계단까지 거슬러와서야 비로소 물 밖에서 헤엄치고 있었음을 알아차린다. 시인의 눈빛은 생활전선에 더 리얼하게 투입된다. 아가미 헐떡이는 호흡도 결국 달빛 자욱한 그의 자취방 모습 그대로이다. 수도꼭지를 틀고 비린내를 씻는 것도 역시 인간들의 입맛에 맞추기 위함이다. 시인이 인간의 입맛에 맞게 칼질을 시작하면 고등어는 고스란히 속살을 드러낸다. 무른 살 깊숙이 칼집이 넣어지고 소금기 북북 솎아낸 채 하얗게 드러낸 등뼈가 오소소 쏟아질 것 같다. 도마에 올라온 생선 비늘이 벗겨지기 시작한다. 비늘이 떨어질 때마다 생명은 소진되고 인간의 입맛에 맞춰 부드럽게 익어간다. 마지막으로 두 눈에 혈압처럼 핏발이 오른다. 그들이 저항할 수 있는 유일한 수단은 핏빛 서린 눈빛이다. 그 잔혹한 자연의 섭리를 거부하고 결벽성으로 남을 수 있는 시인은 과연 존재하는 것일까.

영원한 제복은 어디에 있을까
벗어 자유로울 수 없는 완고한 틀 앞에서

다리미 자국에 굳어간 줄이
오늘 더욱 빳빳하다
—「제복」에서

그의 삶이다. 겨드랑이 축축이 소금기가 마르고 태양은 뽕나무밭 저만치서 삶의 목젖 가득 만조처럼 일렁인다. 산동네 비탈길을 기어오른다. 깜깜한 도시 까마득한 불빛이 정자처럼 반짝인다. 생선더미와 야채묶음에 섞여 품 팔던 몸으로 안식처에 누워 보지만 그래봤자 여전히 고단한 일상의 연장일 뿐이다. 꿈속에서도 양파를 썰고 고등어 배를 자르고 누렁소 곱창을 씻어내다 보니 삶과 꿈의 경계가 손바닥 뒤집기다.

때로는 중천에 걸린 해를 지고 산동네 계단을 올라서 생선토막처럼 기어 들어간다. 아이들이 학교에서 돌아오지 않은 텅 빈 방으로 햇살이 들어온다. 혼자 있는 자리는 햇살도 거미줄에 걸릴 만큼 고독하다. 스스로 기획하고 스스로 판단하여 스스로 생산해야 한다. 불안을 먹고사는 자본주의 한복판에서 '혼자'라는 실체는 깊은 수렁에서 식은땀 흐르는 내공을 쌓게 한다(물론 시인은 지금 미륵 같은 아내의 보살핌을 받고 있지만). 그때마다 냄비처럼 구겨지고 싶지 않은 그의 자존심이 섬광처럼 튀어오르는 것이다. 그는 다리미질을 시작한다. 제복은 뜨거운 쇠붙이를 맨살로 받으며 주인의 품위를 위해 날카로운 각을 세운다. 그런데 그 제복의 실체는 무엇인가. 각을 세운 제복이 과연 품위를 지켜주는가?

필자는 취사병 출신이다. 1970년대 후반, 취사병들은 죽어라고 조리모자와 분홍빛 고무장갑 그리고 검은색 물장화를 벗어던지고 싶어했다. 남들처럼 군복을 입고 싶은 것이다. 제대를 앞둔 고참들이 전투복에 빳빳한 군화를 신고 취사병 사이를 어슬렁거리면 얼마나 신선해 보였는지.

제복에 길들여진다는 의미가 깊게 다가온 것은 그후로도 한참 뒤의 이야기다. 자긍심이란 주어진 삶을 사랑할 때 생산되는 것일까.

또 한 무리의 연골들
술벗이나 될까, 찢겨진 몸 위로
욕설이 튄다
형광불빛 같은 한숨이 젖어든다
너도나도 상류로 거슬러 올라가고파
퍼덕인다 질펀한 비늘이여
—「요리강습 9」에서

가스불 푸른빛으로 피어오르는 초록의 생명성은 무엇인가. 현실과 이상의 평행선 혹은 '몸집 좁히기'이다. 아침에 눈을 뜨면 자르르 떨리는 시를 껴안은 채 하루를 연 다음 온종일 꽃향기에 취해 놀다가 감탄사를 연발하며 잠들고 싶은 것이다. 동사건 형용사건 모조리 느낌표를 붙이고 깊은 사랑을 사면팔방으로 나누어주고 싶은 것이다. 그러나 그런가. 정말 삶이 그렇게 수식어나 부사어처럼 아름다울 수도 있는가. 절대로 아니다. 온종일 고단한 노동의 일상에서 몸 굴리다가 막소주를 털어 넣고 또 시달리는 것이다. 언젠가 그 소주잔조차 감당하지 못할 육신을 불안하게 재보면서 힘든 관절을 세워보는 것이다.

그러니까 문학은 구체성이다. 그러나 구체성이란 카메라에 찍히듯 '물체와 영상의 일치된 재현' 혹은 그것의 압축으로 한정되는 것이 아니다. 현실에의 깊은 사랑은 때때로 뜨거운 관념과의 소통으로 오히려 가슴을 시리게 한다. 관념을 통한 현실의 진함을 새롭게 조합하는 것이다. 현실

위에 눈물겹게 떠오르는 이상의 실체다. 그래서 시인은 내장이 열린 채 물 속에서 뒤틀리는 오징어의 풍경을 '꽃' 이라 표현한다. 그래서 '분홍빛 창자' 의 역설이 슬픔에 취해 아름다운 것이다. 차가운 구들 데우는 화목도 마찬가지이다.

필자 역시 첫 인상에서 과히 깔끔 떠는 유형은 아니다. 그만큼 사람들이 얼핏 어느 투박한 작대기를 떠올리며 편하게 다가오기도 한다. 그러나 그건 새가슴을 감춘 채 속살을 드러내지 않은 탓이다. 옷을 벗는 순간부터 그 인상이 가차없이 폄하되던 경험을 겪은 다음부터 나는 될 수 있는 한 입을 다문다. 언제부터였나. 남의 집 빈 방 훔쳐보기를 좋아하면서 나의 실체는 열어주지 않는다. 김광선 시인과의 관계도 마찬가지이다.

이 순간 나는 그의 시에서 군더더기가 사라짐을 조마조마하게 바라본다. 군더더기가 없는 글이 그의 '가방끈' 과 연결되어 거칠어 보일지, 아니면 바닥에서 솟구쳐 오른 그니의 삶처럼 옹골찬 근육질이었는지를 되새긴다. 시 몇 편 놓고 죽어라고 행간을 찾아본다. 진작부터 알았던 풋내의 성성함이 터 치열함을 읽고 나서 나는 더욱 표정관리에 들어간다. 상처 아문 자리의 또렷함 때문이다. 그렇다. 열매는 꽃피웠던 자리 잊지 않으려고 튼실하게 성장하기 때문에 외롭지 않은 것이다. 횃불로 떨어진 꽃잎 같은 그의 시를 살펴본다. 두렵다. 늘 그랬듯 사랑하는 만큼 눈길을 피한다.

조재도의 『백제시편』의 고요함이라니

조재도는 독한 사내였다. 혁명을 꿈꾸기 이전에 그는 주먹패 싸움꾼이었다. 실제로 그의 전성기 시절 여기저기서 전설화된 일화가 설왕설래되기도 했다. 이미 고교시절부터 각목 패싸움 원정을 떠나기도 했고, 그 부류의 행각에 맞는 각종 사건이 구체화되기도 했다. 청년 이후에도 아스팔트에서 머리끄덩이를 잡고 싸대기 날리기 시합도 벌였고, 더러는 유리컵을 날리면서 아카데믹한 현장을 초토화시키기도 했다.

그 기질이다. 운동권에 발 디딘 이후에도 최루탄 앞에서 이글이글 물러서지 않았다. 그 기질이 시에도 그대로 연계되었다. 초저녁 책상에 앉으면 날밤을 새우며 글을 썼다. 방위병으로 군복무를 하면서도 순전히 책을 읽기 위해 하숙생활을 선택했던 그다. 열혈청년이요, 투사였던 격동기의 젊은이 조재도 시인의 행보를 '70-80' 언저리들은 아직도 적나라하게 기억한다. 그랬다. 그 시대, 흉흉한 소문이 터질 때마다 그 집념의 사내의 몸놀림을 주시했던 열혈 관객들이 있었다.

그러다가 그의 카리스마를 주시하던 사람들의 뇌리에서 서서히 잦아들더니 언제부터였나, 어느새 동굴 바깥에서 소용돌이치던 그의 모습을 잊기 시작하는 것이다. 세월이다. 세월은 엄청난 사연들을 꽁꽁 묻어두고 꽃을 피우고 낙엽을 떨어뜨렸다. 그가 앞장서지 않아도 운동권 조직은 변모와 탈피를 거듭했고 자본주의는 변함없이 돈을 끌어들여 약진을 거듭했다. 전혀 이상하지 않다. 한 시대, 투사의 머리카락에 내린 서리를 보며 만감을 교차시키는 것이다.

그와의 인연은 1985년 『민중교육』 창간호 발간 이후부터다. 루카치식 '별을 보는 사내'로 희망을 먹던 그즈음이다. 무크지 『민중교육』에 그는 「너희들에게」 외 몇 편의 시를 실었고 나는 소설 「비늘눈」을 써냈다. 그렇다고 해서 문학행위 자체가 애당초 혁명을 목표로 했던 것은 아니고 지역 문예 활동에서 중앙매체로의 첫 얼굴 내밀기의 의미도 있었다. 반향을 일으키던 『민중교육』은 서울 여의도고등학교 교장이 그 제목과 목차의 불순함을 서울시 교육청에 의뢰하는 바람에 무시무시한 파란을 일으킨다. 제도 언론은 재빨리 낚아채면서 불온 교사가 정부를 전복한다며 하이에나처럼 갈기갈기 물어뜯기 시작했다(나는 가끔 궁금하다. 이 철면피 기자들이 지금은 어디서 무얼 할까?). 물론 우리들도 저항을 했다. 대문짝만큼 씹어돌리는 신문 활자판 옆에 우리들의 발언이 성냥갑만큼 차지하기도 했다. 여기저기서 실체 없는 그림자를 갉아먹는 난타전이 터지더니 마침내 열일곱 명의 교사가 학교를 쫓겨나는 필화사건을 연출했다.

권력의 힘은 참으로 비열했다. 국정수반 꼭대기부터 말단 행동대까지 『민중교육』 교사 필자들을 완전 박살을 냈다. TV에선 연신 '국가 전복의 음모를 지닌 교사'라고 새빨간 거짓말을 쑤셔댔고 아전급 관료들은 날마다 '회개하라'며 쓰러진 교사의 손등에 작두날을 들이대었다. 서울의 유상덕 김진경 윤재철 선생님이 국가보안법으로 끌려갔고, 심성보 고광헌

이철국 심임섭 이순권 홍선웅 선생님이 파면을 당했으며, 충남에서도 강병철 유도혁 전인순 황재학 송대헌 전무용 그리고 조재도 선생이 학교를 쫓겨났다. 민병순 교장 선생님(작고)도 해임을 당했고, 김종만 박경현 임은경은 감봉을 받았고, 시인 이재무는 블랙리스트에 올라 임용이 불가능해졌다.

더욱 웃기는 것은 교사와 교수의 형평성 문제이다. 그들은 교사들에겐 단호한 일괄 철퇴를 내리면서도 『민중교육』에 글을 쓰거나 좌담에 참여했던 대학교수들에 대해선 한마디도 토를 달지 않는 코미디를 연출했다. 즉, 사회 비판은 교수들이 하는 거지 교사들의 몫이 아니라는 코미디다. (이는 나중에 전교조 사태 때도 똑같이 적용된다. 그들은 전교조를 지지하는 교수들은 아예 건드리지 않은 채 전교조 교사들만 목을 잘랐다. 모(某) 교육관료 왈, '사회 비판은 교사가 하는 게 아니라 교수만이 할 수 있는 것이다' 라고 말해서 얼마나 가슴이 아팠는지 모른다). 우리들은 그렇게 야비한 권력에 의해 학교를 쫓겨났다.

6월항쟁 직후 그는 일 년가량 복직 생활을 맛보았다. 그러나 1989년 전교조 대량해직 사태로 다시 해직교사의 고단한 장정을 택하니 격동의 시국을 차치하더라도 삶의 궤적이 너무 안타깝다. 그해 충남의 최교진 조재도 송대헌 전인순은 두 번째 해직의 길을 나섰고, 나와 황재학은 아프게 현장에 남았다. 그의 몸은 또다시 불쏘시개로 변신한다. 교육 관료건 행정부처 부류건 그의 독기라면 혀를 내둘렀다. 그의 첫 시집 『교사일기』와 『침묵의 바다 파도가 되어』나 수상집 『바로 서는 참교육』이 그 역정의 기록물이다. 보라. 그의 열정과 카리스마가 어떤 모습으로 드러나는지.

그러나 이십 년 지난 『백제시편』은 판이한 모습이다. 고요하다. 소태처럼 독기를 뿜던 그의 시는 이제 우물처럼 맑다. 난장을 치른 후의 식식거림을 걸러낸 채 이렇게 사뿐하게 걸을 수 있을까? 백제는 그를 통해 슬픈 망국에서 인정미 넘치는 민중의 사연을 담아낸다. 그렇다. 사람은 변하는 것이다. 이 변화가 그의 정체성이요, 남은 날의 지표가 되리라. 혹자는 아쉬움을 토로하나 그게 우주의 섭리와 한 개인의 성장이다.

꿀보다 달은 아카시아 향이 코에 물씬 스민다.
귓불 간질이며 봄바람에 살랑대는 봄날 저녁이다
흙을 뒤진 노동에 뼈마디 욱신대는 밤
담배 마려워 신발 끌고 마당가에 서면
단이슬처럼 고여 있는 마루 밑 달빛
—「월하(月下)」에서

그가 어느 날 우연히 백제를 본 것이 아니다. 무심히 고성을 지나가다가 아, 하며 파란의 역사를 각인한 것이 아니라 시나브로 그에게 체증처럼 퇴적되었던 근원적 사연이 숙명처럼 조우한 것이다. 깨진 기왓장과 징검다리와 성터의 소슬바람에서 천 년 세월을 만나고, 아궁이불에 덮혀 조선낫 갈던 유민의 목수건을 만난다. 그게 우리의 원형이요 모태다. 그리고 어머니에 대한 시 한 편이 등장한다.

대낮에도 어머니의 부엌은 어두컴컴하다
바람벽이 질그릇 빛 그늘을 깊이 거느렸다
모든 방과 마루로 통해 있으면서도
고개를 외오돌린 사람처럼 약간은 외지고 쓸쓸도 한 그곳
아침 햇살 꽃무늬 박힌 창호에 서려

—「어머니의 부엌」에서

1985년 첫 해직시절, 그는 내가 사는 홍도동 시영아파트로 드문드문 찾아와 하루를 유하기도 했다. 추석을 앞둔 초가을 어느 날, 고향과 어머니를 찾는 난감함을 짧게 토로했던 기억이 아직도 생생하다. 벗들이 삼겹살을 사줄 때마다 '돈으로 주었으면' 하는 소리를 목구멍에서 꿀꺽 삼켰단다. 그 돈으로 수백 장의 유인물을 만들면 수천 명의 사람들이 읽을 수 있고 다시 내용이 전파되면서 수만 명을 의식화시킬 수 있지 않은가? 꺼칠한 수염으로 어깨를 내린 채 계단을 내려가던 그의 뒷모습을 보며 나는 울컥했다. 눈은 불타고 배가 고팠던 시절.

그는 이따금 '고문의 불안감'을 실토하기도 했다. 고문 현장에 끌려가 허리가 구부러지는 악몽을 토로하면서 홍도동 시영아파트에서 씨름꾼인 내 동생 강병호한테 '아령과 역기' 비트는 법에 관심을 갖기도 했다. 깨질 때 깨지더라도 어느 정도는 버텨보겠다는 심사였다. 그랬다. 해직 이후 감옥과 고문을 늘상 옆에 두고 살았다는 그의 고해가 기실 우리 모두의 실체였다.

그의 눈빛이 예전처럼 활활 타오르지 않는다. 우물처럼 맑다. 나뭇잎처럼 가벼워진 그를 보며 사람들은 그가 시대의 짐을 훌훌 털어낸 줄 알지만 기실 꾹 다문 입술의 정체성을 찾아내지 못했을 뿐이다. 더 무거워졌다. 빗장을 열면 언어가 한꺼번에 쏟아지겠지만 아무도 감히 문을 두들길 수 없다. 베일에 비친 그림자를 보며 침을 삼킬 뿐이다. 최루탄과 아우성의 혼재를 벗어나 계곡에 앉은 그의 눈은 무엇을 보고 있을까. 그는 묵묵히 책을 만들고 이따금 사람들과 시선을 맞출 뿐이다. 나는 여전히 그가 두렵다.

김경진의 『사랑은 낮은 곳에서 운다』

문청 시절을 향수하는 아버지의 그늘에서 자랐다. 여고 행정실 직원이었던 아버지는 낮은 자세로 못질을 해대며 경제력의 빈자리를 채워주려 했던가? 빈 가슴 전부를 아들의 성공으로 보상받으려 했던 부친의 소박한 꿈은 안타깝게도 일찍 세상을 떠나면서 꿈으로 끝나고 만다. 그래서일까? 그의 시는 아버지 일색이다. 사물마다 아버지의 빛과 그늘을 오버랩 시키면서 자신을 회복해낸다. 재생되는 시의 배경은 온갖 풀꽃들 지천으로 살 부비는 저물녘이다. 노을이 우울히 걸리고 일과를 마친 농투사니들이 신발짝 탁탁 털며 돌아오는 그 저물녘.

산책 나섰다가 첫돌의 걸음마가 재미가 난
아이가 이끄는 대로 제과점에 들어서다
찹쌀떡에 눈을 붉혔다
찹쌀떡보다 하얀 손으로 찹쌀떡을 들어올리며
까루룽 옹알이하는 아이에게서

찹쌀떡을 쩝쩝 즐겨먹던
아버지의 모습을 보았다.
—「찹쌀떡」에서

딸을 통하여 아버지의 흔적을 만나는 장면이니 그래서 전생과 후생이 일체를 이루는 것이다. 그러니까 아버지는 그의 종교요, 평생 지고가야 할 삶의 무게다. 밥상머리나 벚나무 아래 균형을 세우는 자전거 페달이건, 두부 장수 종소리건, 육교에서 바라보는 휘황한 네온사인이건 좌우지간 사람살이 모든 곳에 아버지의 쉿소리가 닥치는 대로 출연한다. 김장철, 땅 속에 묻힌 아버지의 흔적을 만나려고 무덤 파헤치듯 장독 자리를 찾아 삽질하던 사내가 이번에는 영정으로 날아오는 한 마리 날짐승에서 부친의 흔적을 발견한다. 청량음료나 옹알이로 찹쌀떡을 떼어먹는 아이에게서도 아버지의 그늘이 재빨리 덮어준다. 부자지간의 그 무모한 재회의 장면들이 이렇듯 후끈한 시를 만들다니.

행복이란 무엇인가?

사랑하는 사람과 함께 몸 부비며 추구하던 이상으로 다가설 수 있는 일상이 그것이다. 이 쉬운 진리를 찾아가는데 그렇듯 지난한 사연들이 가로막는 것이다. 그래서 그의 삶은 끈끈한 피붙이의 그림이다. 가족해체가 공공연한 화두가 되는 정보화시대에 살면서 그는 거꾸로 가족의 끈을 꿰어가며 사진틀 속 아픈 사연을 읽어낸다. 가족을 통해 영원을 산다고 믿는 것일까? 이번에는 어머니다.

끙끙, 어머니는 안에서 맴생이처럼 곱씹던 외로움을 싸내리고 있는 것이다.
"음마, 사람 오는지도 모르고 똥만 싼다요"

"잉 왔드냐" 대답 소리에 힘이 잔뜩 들어가 있다.
—「어머니의 단화」에서

살갑다. 똥을 누는 어머니와 판자때기 바깥의 아들 사이에 전율이 자르르 흐르기 때문이다. 몸을 기울이면 석양 받은 그니의 그림자가 어머니의 지팡이에 닿는다. 그래서 살가움은 일상의 스냅을 낚아채듯 그렇게 서로 기대며 사는 것이다. 이번에는 아내의 면사포꽃 기미꽃 웃음꽃을 새기고 또 새긴다. 그래서 그의 시에서는 망자와 산 자가 함께 먹고 함께 치우는 밥상머리에서 비롯된다. 혼자 씹는 밥의 공복을 두려워하며 젓가락으로 네모난 깍두기 하나 입에 넣어주며 이맛살 가까이 부비는 것이다. 눈송이처럼 가볍게 쌓이는 사랑이 소나무 가지 뚝 부러뜨리는 무게로 저장되는 중이다. 가족을 통해 영원을 생산해내려는 뚝배기 같은 사내, 그가 김경진이다.

시집을 받은 다음 날 신새벽.

나는 대학도서관에서 두 시간에 걸쳐 단숨에 그의 시집을 독파했고(얼마나 건강한 독자인가) 생전 처음 그 자리에서 무당벌레 같은 엽서에 자필 독후감을 보냈다. 상쾌했다. 서두르지 않고, 사랑의 날을 벼리리라.

논두렁 선생 류지남

또 1989년 그해 여름 대량 해직사태 때 이야기부터 시작된다. 사생결단의 시국은 전신주 부여잡고 눈물 같은 소주나 축낼 틈을 허용하지 않았다. 오로지 벼랑 끝의 분노뿐이었다. 당연히 청년 교사였던 류지남 역시 단두대에 목을 내밀었으나 시국의 칼날은 운 좋게(?) 그를 피해나갔고, 그 대가로 밤마다 꺼이꺼이 상처를 쓸어안아야 했다. 우리들은 이차구차 '짤린 목 대책위원회' 를 만들면서 새롭게 만난다.

최선이 없으므로 차선을 택할 수밖에 없었다. 시장통 백락다실 3층의 전교조 사무실에서 조우했고 류지남 전병철 이외에도 김상배나 가덕현이 떠돌이 흔적을 남기기도 했다. 내가 먼저 원칙을 정했다. '문학을 명분으로 시국을 피해가지 않는다. 문학이 시국에 방해가 되면 가차없이 손가락을 자른다.' 그런 식의 규정 속에서 그들을 압도하는 데 성공했다. 두들겨 맞기 전에 선수를 치는 것이다.

그후 어지간한 세월을 함께하면서 질곡의 오르내림을 겪는다. 그와 전교조 공주지회에서 십 년을 함께 일했고 또 같은 학교에서 사 년을 근무했다. 그는 어디서든 구심점을 가진 인물이었다. 그가 참여하는 불법단체 사무실과 학교는 그의 의지대로 어지간히 돌아갔는데, 혹시 브레이크가 걸리면 몸으로 때워서라도 돌파하는 근성도 보여주었다. 나에게는 아무도 상의하러 오지 않았으며 그게 편했다. 그렇듯 둘 사이가 '극과 극'의 모양새를 이루었지만 그래봤자 남들이 보기에는 '고놈이 고놈'이라고도 했다.

그는 입이 무겁다. 그의 '입 무거운 성실'이란 그만큼 '얹힌 짐이 많음'을 의미한다. 학교를 옮길 때마다 의식화 동아리를 만드는 책사요, 집 나간 아이 부은 발등 녹여주는 '천상 선생'의 모습도 보여준다. 그의 집은 졸업 기수별로 찾아오는 사내아이 계집아이들로 북새통을 이루었고 덕분에 삼십 대 중반부터 주례로 등장했다. 휴대폰은 언제나 불을 뿜었고 대개 두세 자리씩 회식 장소를 왔다갔다 하다가 파장쯤 되면 원 위치로 나타나는 것이다.

아빠 저거 독귀뚜라미지

……

아니야 그냥 귀뚜라미야

아니야 독귀뚜리미야

—「어떤 대화」에서

핑계다. 목욕탕 독귀뚜라미 때문에 도시를 탈출했다는 이야기는 새빨간 거짓말이다. 넘어질 준비가 되어 있을 때 누군가 다리를 걸어준 거다. 진작부터 그의 '생산지'인 입동리 갓골에 귀의할 계획을 가지고 있었을 것이다. 다시 몇몇 피붙이 식솔을 덧붙인 대가족살이가 시작되는 것이다. 그곳은 밭뙈기 잃고 홀어미와 함께 사는 노총각이 고춧대와 씨름하고 있고, 이른 봄이면 꼭 즈이 막둥이 같은 자두 잎새가 목덜미 움츠린 채 햇살을 쐬러 오기도 하는 곳이다. 푸세식 화장실에는 지난 여름 배설했던 참외씨가 둥둥 떠 있다가 한여름 생강밭이나 구기자밭에 노란 참외꽃을 터뜨기리기도 했다. 아, 어딘가 많이 익숙한 풍경이다.

거기서도 바쁘다. 채마밭 매고 홀스타인 젖통이를 움켜잡듯 주변 사람들을 끌어 모은다. 까막눈으로 경운기 운전을 해내는 떠꺼머리 총각이 있고, 지천명의 사내를 아직도 '젊은 오빠'로 떠올리는 계집아이 제자들도 있다. 당연히 분주한 일상의 연속이다. 해마다 연말이 되면 무보수 전교조 지회장 자리를 놓고 이 사람 저 사람 밀어내기 물밑 작업을 하지만 우리들은 크게 걱정하지 않는다. 최후의 보루 류지남이 있기 때문이다. 나무 위에 올려놓고 흔들면 그는 아랫돌 빼서 윗돌 괴는 식으로 하나씩 처리해 갔다.

이렇듯 다시 되돌아올 수 있는 것이
실은 다 그대 때문이라는 것을
—「낯선 길」에서

그는 연(鳶)과 같다. 지평선 끝까지 벅차게 바라보고 있지만 그를 붙잡고 있는 '운명의 노끈'은 그를 놓아주지 않는다. 뿌리치지 못하는 게 한계이고 그게 인간성이다. 그는 체질적 낭만주의자이지만 흔히 말하는 기행(奇行)을 터뜨리며 추억을 먹고사는 그런 부류와는 다르다. 그래서 벗들은 무수히 그의 승용차를 얻어타고 다니며 안심하고 의지했다. 홀벌이 그에게 미안해서 쬐끔씩 기름을 넣어주기도 하면서 한반도 아랫녘을 거의 다 통달했다. 만취한 몸으로 승용차를 세우고 토악질해대다가 물병처럼 무거운 머리로 뒤돌아보면 그는 장승처럼 우뚝 서서 지켜보고 있다. 안심이다. 뿔테 안경 너머로 쏟아지던 별들이 이물질 건더기 위로 반짝반짝 꽃을 피우기 때문이다.

도시 탈출 후 행간을 보이는 글도 쓴다. 자두나무 텃밭에서 김장용 배추씨를 뿌리면서, 어머니와 토닥거리면서 또 시를 생산한다. 잡초밭이 좋아 건드리지 않기를 바라지만 평생을 잡초와 싸워 온 그의 어머니는 틈만 나면 호미를 들어 깡그리 제거한다. 그러나 이런 농촌 풍경이 어느 정도 성공을 거두고 있는 데 비해, 그의 야심작 '천사(아내)' 시리즈나 행복을 배경으로 한 시를 보면 참으로 '닭살' 이다.

씽크대 앞에 엉거주춤 서서
가끔씩 설거지도 하다 보면
한 바탕 순결한 전쟁을 끝내고
개수대 위에서 숨결을 고르고 있는
—「가끔 설거지도 한다」에서

새벽마다 '설거지 꿈' 을 꾸다가 '앗! 밥!' 하고 벌떡 일어나는 사람들은 사기그릇의 숨소리를 들을 시간이 없다. 밥그릇 소사가 애잔하게 아름답다 치더라도 그런 것들도 구경꾼들에 의해서 가능할 뿐이다. 꿈속에서도 설거지통이 날아와 귀싸대기를 때린다. 오후 네 시만 되면 밥걱정에 시달리는 홀애비들에게도 사기그릇이 예쁘고 아름다울까. 그렇다. 문제는 리얼리즘이다. 화가 쿠르베(Curbert)는 선배들이 그린 천사 따위를 무시하고 단박에 리얼리티의 손등을 찍었다지만 기실 그것도 인간사 날줄 씨줄의 고뇌를 헤아릴 수 있을 때라야만 가능하다. 문제는 삶이다.

요즘 나는 가까운 벗들로부터 '조직의 쓴맛' 을 보면서 더 고독에 익숙해져 있다. 그리운 벗들을 절대로 잡지 않는다. 기쁠 때 함께 가고 슬플 때 혼자 가겠다는 것이다. 그렇게 어금니 갈아 마시지만 동시에 문고리 잡고 맞이할 준비도 하는 중인데.

류지남!
그리고 우후죽순처럼 솟구치는 벗들!
사랑한다, 한판 붙자!

우물에 빠진 사진틀
—최정숙, 『슬픔의 무늬』

늦깎이 시인은 첫 시집을 내면서 겸허한 척 비수를 감춘다.

시를 쓰다니,
쓰고 말다니
꽃 피우지도 못할 가슴 다 열어 보인 것 같아
한동안 숨죽이고 있네
—「시를 쓰다니」에서

서늘하다. 우물 속에 던져졌던 시인의 사진틀 때문이다. 바탕색은 '가난' 이다. 그리고 복닥거리는 집안과 배고픔에 대한 사연이다. 하늘과 도라지꽃이 있고 달챙이 숟가락과 깨져버린 소망이 사변 직후 판자촌의 전형적인 풍경이다. 시인은 그 엄청난 응어리를 끌어안고 전북 김제에서 '사연 많은 집' 칠 남매 중 다섯째로 태어났으나, 이후 온 가족이 대학을 마칠 때까지 전주에서 생활한다. 하나님이 세상에 생명을 잉태시키는 자리에서 천국과 지옥을 번갈아 선물할 때 아이는 안타깝게 천국의 선물을 놓친다. 아이는 지옥이 세상의 전부인 줄 알고 모질게 견디려 했으나 이웃들의 행복한 삶을 보면서 그 동안 겪은 것이 세상의 전부가 아님을 알게 된다.

연극은 끝나고
자루에 갈퀴를 든 우리가
이야기 속에서는 왕자였고 공주였던 우리가
쫓기며 가을 산지기에게
수 없는 바람 앞에 고꾸라지며
—「종이 왕관」에서

맨 처음 어머니다. 산마루에 쪼그려 앉아 기다리면 저 멀리 키 작은 아낙네의 튀밥 광주리가 산 넘고 물 건넌다. 그 어머니는 헌신만 할 뿐 아무로부터도 대우를 받지 못하는 '여자의 일생' 그 자체다. 택시운전을 하며 소설가를 꿈꾸던 아버지가 두 집 살림을 차리면서 불안한 일상이 연속되었기 때문이다. 칼도마와 성냥통이 날아가고 소녀와 형제들은 지옥 같은 집을 벗어나고 싶어했다. 흔들리는 만큼 진하게 끌어안기도 하면서 생감자 아린 침을 삼키며 어머니는 비탈길에서 일곱 감자의 싹눈을 아프게 틔웠다. 겨울날 끼니 때마다 밥그릇에 물고구마 두 개씩 나누어주던 우리 한국의 어머니, 그 어머니를 지키기로 마음먹은 것은 소소한 이웃의 온정에 감화하면서부터다.

그렇다고 아버지가 늘 무서운 대상만은 아니다. 오지 않는 아버지를 기다리던 언덕의 기억도 있다. 드문드문 비치던 마을의 불빛이 사라지고 저만치 부엉이 울음소리가 어린 소녀의 가슴을 후벼놓는 것이다. 그 아버지가 사온 과일을 잠결에 먹고 진짜 아버지 같은 모습을 처음으로 느끼기도 한다. 그후 남들의 풍경에서도 그대로 투사시킨다. 훗날, '늙은 아버지와 늙지 않은 여자가 라면으로 끼니 때우는 장면' 을 지나치다 월급날 쌀을 팔아주며 가슴 아파하기도 한다(「합장」). 톱밥처럼 씹던 유년의 기억이 옆구리를 걷어차는 것이다. 또 어느 오동나무집, 뼈 같은 그늘 아래서 손님처럼 낯설게 찬밥 말아먹던 여자의 풍경을 겹쳐 씌우기도 한다(「정적 靜寂」). 그게 격동기 민초였던 우리네 부모상이다.

여중 때부터 신문배달을 했다. 어머니는 밤새워 수출용 스웨터를 뜨고 소녀는 새벽마다 조간신문 받으러 역전으로 갔다(「창 窓」). 언젠가 이 지난(至難)한 가족사가 따뜻한 봄 햇살과 만날 날을 기다리며 창문만 바라보며 잠을 설친다. 누가 새벽을 '희망의 출발' 이라고 함부로 말했는가. 신새벽부터 소도시 골목을 누비는 조그만 소녀의 몸서리치는 사연을 아는가. 건물 4층 현관 밑으로 조간신문 밀어 넣다 문틈으로 새어나오는 남의 집 딸들의 첼로소리를 듣기도 하면서(「매립지 1」) 아득한 삶의 간극을 더 선명히 확인하는 것이다. 그 와중에 글쓰기는 음울한 유년의 늪을 헤어나는 돌파구가 되기도 했다. 기껏 중학교 백일장 장원으로 교장 선생님이 '작은 시인' 이라 불러준 것을 소중히 간직하는 정도지만, 새롭게 찾은 작은 것에 감동하는 소박함이 눈물겹다.

태평1구역은 수금이 잘 되었으나
끝까지 미루고 버티던
신문대금 영수증이 가방에 든 날
불시에 소지품 검사가 있었다

다음날부터
선생님 얼굴을 바로 보지 못했다
내 얼굴을 펴면
'영수증' 이라고 써 있을 것 같았다
—「매립지」에서

그러나 세상은 요소요소에 치명적인 덫을 놓는가. 명문 전주여고를 다니다 더욱 궁핍해진 가정형편으로 더 이상 학업을 계속할 수 없게 된다. 이후 공장생활과 양장점 시다에서 재단일까지 전전하며 희망 없는 쪽배로 표류하는 것이다. 그 시련의 세월 속에 우연히, 그야말로 우연히 친구의 오빠가 국졸(國卒)의 학력으로 검정고시를 거쳐 대학에 들어가는 것을 보면서 다시 곱은 손 호호 부는 주경야독을 시작한다. 그리고 이듬해 봄 전북대 국문학과에 들어갔으니 삶의 굴곡이 어지간하다.

하늘에 별이 뜨고 지는 동안
나는 앞만 보고 일했다

그 때 놓쳐버린 별이
세상에서 잃을 수 있는 모든 것인 줄 알았으나
—「자투리」에서

그랬다. 자투리는 스무 살 후반까지 그녀의 일과표에 덕지덕지 붙어다녔다. 그 자투리 조각만 챙기는 데도 산 너머 산인 것이다. 시인은 우물 속에 던져졌던 추억의 자투리 사연들을 더듬는다. 못난 사람끼리 등허리 기대면 탱자나무 가시가 솜이불처럼 푹신해지는 그런 세상 기다리며.

장갑공장에서 손이 잘린 재복이는 공장에서 쫓겨난다(「재복이」). 성냥공장에 다니던 한 소녀는 서울대 학생 사내를 만나 허튼 불꽃 키우다 빈 곽으로 구겨지기도 했다(「그녀의 탑」). 어디선가 익숙했던 아픈 풍경들이다. 삶이 행복하다고 생각하는 순간 그 행복이 느닷없이 성냥불처럼 사라질까 무서운 것이다. 그래도 불을 켠 순간의 반딧불이 같은 세상을 짧게나마 보고 싶어 성냥을 찾는 것이다. 이제 그녀의 시가 무엇으로 세상을 따뜻이 밝혀줄 것인가.

전쟁처럼 바쁘다가 한가한 자투리 시간이라도 만나면 그녀는 고독하다. 빈 강의실에서 시집을 베끼다 창 너머 산수유꽃과 눈 마주치는 순간 아, 하며 미래에의 희망과 불안을 번갈아 떠올려본다. 그 첫 생산이랄까. 대학 4학년 때 『한국문학』이란 문예지의 대학생 문예부분에 소설이 당선되기도 한다. 그리고 다음 달, 전라남도 순위고사에 합격하여 진도에 첫 발령을 받게 되면서 그녀의 글쓰기는 일시 중단된다.

진도군 임회면 석교고등학교
첫 수업 시간에 한 소녀가
진도 아리랑을 불러 주었네

이 자리,
여기까지 오는 데
꼬박 십 년이 걸렸구나
—「유실물」에서

그녀는 일몰 무렵, 첫 발령지인 진도로 가는 배를 탄다. 검버섯 내려앉은 아낙들의 소주잔을 바라보면서 비로소 안도의 회한에 잠긴다(「진도 아리랑」). 첫 출근이다. 시인은 숙명처럼 달라붙던 긴 늪을 벗어났음을 실감한다. 월급을 받고 자취방 전셋돈도 당당히 내고 창문 너머 남의 세상처럼 바라보기나 하던 소도구를 구입할 수도 있는 것이다. 이제 바닷가 물새들의 날갯짓도 새롭게 보인다. 선생이 되어서야 그녀는 수학여행도 경험하고 운동회 때 함성을 지르며 박수를 치기도 한다.

그리고 충남 서산여고에서 착한 사내를 만나 딸 여울이와 가을이를 낳고 처음으로 바쁘고 행복한 생활전쟁에 들어간다. 기침을 하며 김밥을 싸도 아이가 있기에 행복하다. 등푸른 고등어의 뽀얗게 드러나는 속살이 왜 맛있게 보이는지도 처음으로 느낀다. 그래서일까. 그녀가 쓰는 글의 의미는 터무니없이 소박하다. '관념의 설탕' 을 핥자는 것은 절대로 아니지만 적어도 역사 변혁의 부분을 담당하겠다는 결의는 찾아볼 수 없다. 어린 시절에는 어머니를 위해 글을 썼고 지금은 사랑하는 남편을 위해 글을 쓴다. 이 소박한 소망들이 유년의 공복을 채워주는 따끈한 국밥이 되기를 바라는 것이다.

남편은 누구인가. 눈 오는 출근길, 자전거에 두 아이 태워 유치원에 가서 그때까지 닫힌 유치원 문간에 내려놓는다. 조그만 계집아이 두 명이 그대로 쌍둥이 눈사람으로 얼어붙을 것만 같은데 오히려 '벙어리손 흔들며 둘이서 깡충깡충 노래 부르던 사연' 으로 가슴 저리던 사내다(「두 눈송이」). 눈발로 윗눈썹과 아랫눈썹이 마주 붙는데 사랑하는 식솔들을 위해 자전거 페달을 밟아서 행복하다. 아파트 평수를 넓히기도 하면서 밥알도 이제 실탄처럼 섬뜩하지 않고 따끈한 김발을 피어 올리기도 한다.

어느새 사춘기 소녀가 된 딸들이 벚나무 아래에서 사진을 찍는다. 그렇게 커 가고 삶의 길을 터득해간다. 그러나 한 생명체가 온전히 성장하여 스스로 자신의 길을 찾아낸다는 것이 기실 얼마나 두려운 것인가. 로또 복권 같던 이 아이들도 이제 곧 둥지를 벗어나 이분법 세포분열을 시작하리라. 부모는 커 가는 모습을 포만감으로 바라보지만 이제 아이들은 더 넓은 세상으로 떠난 후 이따금 손님처럼 찾아올 것이다. 한 인간의 성숙은 때로 부모의 영혼을 고독하게 만든다.

지금 나는 예전에 시인이 국어교사로 출근했던 서산여고 앞길로 날마다 출퇴근한다. 승용차가 없는 나는 교문 앞 슈퍼에서 담배도 사고 라면도 챙긴다. 등하굣길 여학생을 맞이하는 꼬부랑 할머니와 초로(初老)의 딸이 바로 십여 년 전 최정숙 시인의 딸 여울이와 가을이를 맡아 키우던 사람들이라 한다. 시인은 이따금 나에게 그 가겟방에 안부를 전했으면 하는 표정을 보내기도 했고, 실제로 그후 나는 가겟방을 지나칠 때마다 솜털까지 곤두섰다. 어느 날 포클레인이 가겟방을 허물어버려 시인과 나를 이어주던 공유의 끈이 끊어졌구나 했었다. 그 가겟방은 다시 3층 원룸으로 일어서 손님들을 모으는 중이고 나는 오늘도 예전의 그 '황신상회' 유리창을 훔쳐만 보며 출근한다.

이제 첫 시집을 낸 시인에겐 결단이 남았다. 썩기 직전의 가장 맛있는 빵으로 남아 포동포동한 행복에 젖을 것인가, 아니면 늦깎이로 뛰어든 거친 문예 벌판에서 파도와 싸우는 모래알로 영원히 남을 것인가. 그것은 시인의 선택에 달려 있다.

| 추 천 글 |

방법으로서의 기억

— 미니마 모랄리아, 미니마 메모리아

임지연 문학평론가

1. '강병철' 이라는 텍스트

이 책에는 수많은 인물들과 수많은 풍경들과 수많은 사건들이 출몰한다. 그럼에도 이 텍스트를 읽어나가면 인물과 풍경과 사건은 후면화되고, 결국 강병철이라는 텍스트를 읽고 있다는 사실을 깨닫게 된다. 가령, 이 책에 나오는 '이성희' (「이십이 년만의 해후」)에 대한 디테일에는 '이성희' 라는 인물보다 이 인물을 바라보는 시선이 전면화되고 있다. '이성희' 가 1983년도에 2학년 5반이었으며, 키순서로 2번, 3번 동명이인이었고, 2번 이성희가 좀더 에너지 넘치는 아이였다는 사실보다는, 놀랍도록 사소한 에피소드를 현재화해내는 기억이라는 순수사건의 발현자, 강병철을 읽게 된다. 이제는 '이성희' 자신도 기억하지 않을 이십오 년 전의 숨겨진 일상을 '이성희' 의 삶에서 절대 지울 수 없는 기념비적 사건으로 만들어내는 힘은 강병철의 날렵하고 세심하고 애정 어린 시선에 있을 것이다. 우리는 '이성희' 라는 사건을 통해 '이성희' 를 읽기보다 강병철의 시선과 스타일을 읽어내게 된다.

텍스트를 읽는다는 것은 작가를 읽는 것과는 별개이므로 텍스트를 끈질기게 압박해오는 작가를 괄호치기할 필요가 있다. 그러나 나는 이 텍스트를 읽어나가면서 작가가 텍스트에 앞서며, 나아가 작가 자체가 텍스트가 되어버리는 당혹스런 경험을 하고 있다. 나의 텍스트 읽기는 실패인가?

"날려 보내기 위해 새를 키운다"(「이십이 년만의 해후」)는 구절을 아주 오래전에 읽은 적이 있다. 도종환의 것이 아니라, 강병철의 그것인 줄 알았을 때다. 아마도 내가 날려 보내기 위해 키워진 새에서 막 날아가기 시작한 새의 시절이었던 것 같다. 그는 나의 고등학교 국어교사였고, 교정을 보고 함께 자장면을 먹었던 신문반 담당교사였다. 그 구절을 열혈청년이었던 시절에 읽었다. 그리고 깨달았다. 이제부터 날아야만 하는구나. 날려 보내기 위해 키워진 새였으므로, 이제부터는 훨훨 날아야하는구나. 잉크가 조금씩 번져나가는 4벌식 타자기로 씌어진 이 말이 그때의 우리를 날게 했다.

객관적인 텍스트 읽기를 방해하는 것은 아마도 이런 사정 때문일 것이다. 이 텍스트에 나오는 인물과 풍경과 사건이 낯익은 것이기 때문이며, 오래되고 낯익었지만 그래서 오히려 지층에서 발견해낸 보물처럼 기쁘게 주관적일 수 있기 때문일 것이다. 용서하시라. 강병철이라는 텍스트를 먼저 포착해내는 주관적 텍스트 읽기의 자세를.

그러나 "세상이 아파서 내가 아픈"(「에— 하면서, 햇살이 쏟아졌다」) 1980년대를 통과해나간 사람들, 자동차를 타고 등교하는 선생님과 아이들과 함께 걸어서 등교하는 선생님들의 정서는 다르다고 생각하는 올곧은 선생님들, 아들과 함께 대학 도서관 자리를 잡기 위해 함께 맞장뜰 각오를 하는 아버지들, 여중에서 공사하는 사람으로 보일 만큼 소박한 사람들, 친구의 딸에게 사랑한다는 말을 전하기 위해 땀을 뻘뻘 흘리며 교실을 기웃대는 소심한 아저씨들. 이 모든 얼굴은 강병철의 얼굴이기도 하지만 시대를 비껴가지 않으며 그 한복판을 걸어나가는 우리 모두의 얼굴일 수 있다. 강병철이라는 텍스트를 읽는 일은 바로 지금 여기, 괴로워했다가 다시 행복해지는, 미소지었다가 다시 울음을 터뜨리는, 가스불을 끄지 않고 나왔나 걱정하는 소심한 개인에서 금방 정의를 위해 싸움의 법칙을 생각하는 비장한 사람이 되는, 우리 삶의 주름 안쪽을 읽어내는 일이며 그것을 껴안으며 읽어내는 일이다.

2. 방법으로서의 기억 — 미니마 모랄리아, 미니마 메모리아

아도르노가 쓴 『미니마 모랄리아』는 "상처받은 삶에서 나온 성찰"이란 부제를 달고 있다. 나치의 박해가 심해지자 미국으로 망명하여 그곳에서 망명자의 삶을 살면서 썼던 에세이집이다. 자신을 "상처받은 사람"으로 자인하고, "뿌리뽑힘을 특별한 표지로 달고 다니며" "허깨비같은 생존"을 영위하면서도, 결국 "절망에 직면해있는 철학이 아직도 책임져야할 것이 있다면 그것은 오직 사물들을 구원의 관점에서 관찰하고 서술하려는 노력", 즉 한줌의 (최소한의) 모랄에 대해 말한다. 그것은 곧 "상처받은 삶에서 나온 성찰"에 관한 이야기이다.

강병철의 이 책은 에세이집이다. 그 역시 삶의 구원의 관점에 대해, 한줌의 모랄에 대해, 상처에 대해 말한다. 물론 그 개인은 상처받은 삶을 통과하는 자로서의 성찰적 개인이다. 그러나 아도르노가 "세상의 틈과 균열을 까발려 왜곡되고 낯설어진 모습을 들추어내는 관점"을 구원의 관점으로 여겼다면, 강병철은 "동질감과 안도감으로 눈시울이 짠해"질 만큼 "네놈과 치킨다리 씹으면서 동병상련으로 사랑"(「꼴찌에게 갈채를」)하는 태도를 구원의 관점으로 삼는다. 까발리기가 아니라 동병상련의 힘에 대해, 낯선 세상을 드러내기보다 익숙한 상처인 세상을 껴안으려 한다. 이 책에 나오는 무수한 인물과 풍경과 사건을 보라. 인물과 풍경과 사건은 홀로 존재하지 않고, 강병철의 굽은 어깨와 불콰한 얼굴과 흐트러진 머리카락으로 안긴 채 존재한다.

세상을 껴안는 그의 방식은 과거의 기억을 현재로 불러내고, 현재를 과거와 병치시키며 두 겹의 시간을 배접하여 동존하게 한다. 그 두 겹의 시간은 과거나 현재로 분리되지 않은 채 과거-현재라는 특이한 시간을 탄생시킨다. 과거의 사건을 기억의 힘으로 불러내서 현재화하고, 그것을 기념비적 사건으로 선언하는 그의 능력은 탁월하다. 그것은 또한 그의 문학적 힘이기도 한데, "작가는 글로 말한다. 그리고 죽을 때까지 기억한다"(「마지막 편지」)라는 말에서 알 수 있듯이 기억은 그의 문학적 형식이자 주요한 방법이다.

기억은 시간을 구성하는 방식인데, 그것은 세 꼭지점으로 이어진다. 작가적 삶과 교사적 삶과 아버지적 삶이다. 자신의 삶을 작가와 교사와 아버지로 구성한다는 사실은 작가와 교사와 아버지로서의 삶이 한데 뭉뚱그려져서 혼재해 있다는 말이며, 그래서 현장적이라는 의미이다.

글이 봇물처럼 좔좔좔 쏟아지던 세월이 있었다. 날마다 터지는 진리의 깨우침으로 경악하면서 한 고비만 넘기면 뭔가 쫘악 펼쳐질 것 같던 환희의 청춘이 있었다. 술 깬 아침. 그리고 최루탄 터지는 그 시대 도심지 한복판. 세상이 아파서 내가 아팠던 만큼 사연이 많아, 연필을 잡으면 그야말로 뚝딱뚝딱 써내려갔다. 그게 낭만파 시인들의 고주망태 스타일이다.(중략)

"선생님 시집 바자회에서 팔아버릴 거예요."

"…… 모잇!"

"사인 땜에 반품이 안 되거든요."

유쾌한 농담이려니 했다. 조금 불안했던 건 사실이지만 '힛힛힛' 과장된 웃음으로 대충 때웠다. 그 막연한 불안감으로 바자회장 문을 열자마자 세 번째 코너에서 실체를 드러냈다.

'5000원짜리 시집 900원에 팜.'

'설마' 했던 우려가 적나라한 현실이 된 것이다. 아이들은 내 옆구리를 찌르며 킬킬대거나 은근슬쩍 허리를 밀기도 했다. 나는 시뻘건 얼굴로 재빨리 1000원을 내었고 시집을 끌어안으며 안도했다.

'순임이의 희망찬 미래를 위하여.'

겉장을 넘기자 내 사인이 그렇게 적혀 있었다.

이듬 해 오월, 순임이는 심장병 재발로 세상을 떴다. 어버이날 아침, 삼거리 꽃집 앞에서 쓰러졌는데 영원히 눈을 뜨지 못하고 하늘나라로 떠났다. 2학년 5반 아이들은 깨알 같은 사연이 적힌 종이비행기를 운동장 여기저기로 날리다가 한 자리에 모아 불에 태웠고 그 재티를 모아 뒷산에 파묻었다. 철쭉꽃 빨간 빛이 불을 뿜던 그 자리다. 우리들은 펑펑 울다가 또 금세 잊었다. 나 혼자 순임이의 체온 서린 그 시집을 책꽂이에 영원히 보관한 채 가끔 사인을 확인하기도 한다.

(「바자회에 전시된 내 시집」 중에서)

글을 읽다 보면 문학적 열정의 기원과 내력, 시집이 학교현장에서 소통되는 방식, 그것을 바라보는 작가로서의 안타까움, 그리고 교사로서의 기쁨에 대해 느낄 수 있다. "글이 봇물처럼 콸콸콸 쏟아지던 환희의 청춘"에서 시작된 그의 문학적 열정은 제자들의 바자회에 싼값으로 팔리거나 냄비 받침대로 유용하게(시집이 미학적으로 존재한다기보다 실제 도구로 사용된다는 점에서 매우 유용하다) 사용되는 자신의 시집 때문에 작가로서 안타까움으로 절절하다가도, 그 시집이 아픈 한 아이에게 헌사되었던 사랑의 징표였다는 사실에 교사로서 아픈 행복감을 느낀다. 작가의 삶과 교사의 삶은 이처럼 한 현장에서 발화된다. 또한 「도서관에서 쫓겨난 사연」에서 보듯이 아버지의 삶은 교사의 양심과 버무려진 채 아들을 위해 "뚜껑이 '확' 열려버"리고 "욱, 힘이 솟구치"며 "나이를 초월해 맞장 뜰" 자세로 뜨거워지기도 한다. 작가와 교사와 아버지로서의 삶은 이처럼 늘 현장적이다.

강병철의 특장이기도 하고, 그의 문학적 방법이기도 한 기억은 시간을 구성하는 독특한 방식이다. 세밀한 기억의 힘으로 불려나온 과거는 과거를 단순히 재현하지 않고 현재를 새로운 의미로 반짝이게 한다. 일반적으로 기억은 주관적이어서 현재의 시점에서 과거를 재구성하고 시간을 굴절되게 한다. 그러나 강병철은 과거의 사건을 기억의 저장고에 차곡차곡 보관하고 있다가 특정한 현재와 마주치면 곧바로 튀어나오게 하고 있는 것 같다. 그리하여 과거의 사건은 현재를 더욱 의미 있게 할 뿐 아니라, 현재의 사건에 배접되어 과거-현재라는 특이한 시간을 구성하면서 두꺼운 시간을 경험하게 한다.

따라서 그의 시간은 카이로스적이다. 가령, 시간은 아이온의 시간과 카이로스의 시간으로 구분된다. 아이온의 시간은 그리스적 표상으로서 무시간, 영원성을 지칭한다. 이때의 영원성은 무시간이나 초시간이 아니라, 무한정한 시간의 영원성이다. 반면 카이로스의 시간은 그리스도적 표상인데, 메시아로서 예수의 탄생과 부활처럼 역사 전체의 의미를 결정하는 시점을 말한다. 역사적 의미를 농축한 시간이 드러나는 어떤 순간이다.

강병철의 시간 구성은 1980년대적 기억(첫 부임지에 대한 사랑과 해직), 1990년대적 기억(복직 이후와 전교조 활동), 그리고 최근(2000년대)의 기억(교사의 삶과 사적 개인의 삶)과 같이 원근법적으로 구성된다. 기억의 원근법에서 시선의 소실점은 바로 1980년대라는 시간이다. 1980년대라는 시간은 아주 특별한데 이 지점에서 교사의 삶과 작가의 삶이 본격적으로 발원하기 때문이다. 그런 점에서 1980년대를 기억하는 방식은 카이로스적이다.

"첫사랑 쌘뽈여고"(「그리고 6월항쟁과 나의 아픈 시」)라고 고백했던 것처럼 첫 부임지였던 그 공간에서 교사의 삶은 시작되었고, 첫 제자들을 너무 사랑했던 것만큼이나 해직은 깊이 찔린 상처였다. 『민중교육』지에 교육현장을 비판하는 소설을 게재했던 것이 해직의 이유였다. 공교롭게도 해직으로 작가의 삶이 시작되었다. 게다가 시절은 1980년대였다. "아이들에게는 꼭 통일 조국과 인간 해방의 세상을 넘겨주고 싶었"(「마지막 편지」)던 역사의 시대였으며, 그래서 그는 이 시대를 말할 때 "시대가 아파서 내가 아프다"라는 신체적 통증의 수사를 반복적으로 사용한다. 1980년대라는 역사의 격동기 한가운데서 교사의 삶이 시작되었고, 멈추었고, 작가의 삶이 시작되었다. 그의 삶을 특별하게 만든 시간이었으며, 현재의 삶을 있게 만든 시간이었으며, 따라서 그의 삶이 농축된 특정한 시간(카이로스의 시간)이었다고 할 수 있다. 이 책의 많은 부분에서 이 시간들은 출몰한다. 그리고 현재를 아픔-기쁨의 시간으로 만들거나, 특별한 시간으로 만들거나, 과거의 한 사건이 배접된 채 현재의 사건을 체험하게 하는 두꺼운 시간으로 만들어버린다. 기억은 그의 삶과 문학에서 중요한 방법이다. 기교로서의 방법이 아니라, 형식을 만들어내는 방법이기 때문이다.

이 책의 또 다른 특징은 대립적인 요소들을 충돌시키면서 주름진 삶의 안쪽을 솔직하게 보여준다는 데 있다. 책의 내용으로 보아서 교사인 주인공은 그다지 성공하지 못한(않은) 인물이다. 실패담을 통해 삶의 진솔함을 보여주겠다는 것이다. 교사로서의 외형적 성공이란 진정한 교사로서의 실패이며, 따라서 실패와 성공의 의미를 새롭게 쓰고자 한다. 가령 「에— 하면서, 햇살이 쏟아졌다」는 "사고뭉치의 무성한 소문을 끌고 면 단위 중학교로 내려온 전학생" "무기정학으로 간신히 졸업했던 문제아", "너"를 이른바 착한 학생으로 계도하지 못한 교사로서의 실패담이다. 그는 착한 아이와 나쁜 아이로 구분하는 습성이 여전히 남아 있는 교사였고, 문제아 부류와는 잘 어울리지 않는 선생이었고, 겨우 어르고 달래고 꼬시고 좌충우돌하기만 했을 뿐이다. 그가 한 일이란 "애들은 그렇게 깨지면서 어른이 되는 것"이라고 말해주거나, 이제 중년이 된 제자에게 소주를 부어주는 일 뿐이었다. 그러나 그의 교사로서의 실패담은 교사의 권위적이고 계몽주의적인 태도를 벗어버리는 일이며, 성공이라는 허울에 들린 인간들을 향해 자신의 아름답고 쓸쓸한 실패를 고백하는 일이다.

이 성공적인 실패담을 위해 강병철은 대립적인 요소들을 충돌시킨다. 비장과 해학, 대범과 소심, 사랑과 미움, 구원과 상처, 과거와 현재들을 충돌시킨다. 그가 자신을 "거칠고 섬세함의 합종"(「여중에서 공사하쇼?」)이라고 명명했던 것처럼 그는 대립적인 것들을 동시에 내장하고 있다.

승용차로 등교하는 교사와 걸어서 등교하는 교사의 정서가 절대로 같을 수 없다고 우겼다. 클랙슨 빵빵 누르며 아이들을 헤쳐 나가는 것과 그 틈에 끼어 언덕길을 오르는 것은 분명히 다르다고 주장하기도 했다. 그리고 교문 앞 진입로를 걸어갈 때는 가급적 남의 승용차를 쳐다보지 않았다. 승용차 안에서는 걷는 사람이 빤히 노출되지만 바깥에선 선팅된 승용차 내부를 볼 수 없기 때문이다. 그래서 '누군가' 하고 기웃거리기 싫어서 아예 눈길을 주지 않는 것이다. 남들의 승용차가 교정을 빵빵 빠져나갈 때 나 혼자 타박타박 교문을 빠져나오는 낭만도 찾으려 했었다.

그런데 시내버스를 기다리노라면 아이들이 다람쥐처럼 쪼르르 몰려와,

'왜 여깄슈?'

'차 읎슈?'

'차 살 돈 읎슈? 월급 타서 마누라한테 죄다 뺐기나?'

어쩌구 시비조로 몰려오는 모습이 귀여웠던 시절도 분명히 있었다. 그런데 어느 날 그게 귀찮아지는 것이다. 개구진 아이들 모습과 푸짐했던 터미널 풍경이 갑자기 음울하게 가슴을 찌르기 시작했다.

(「카메라 가짜라더니」 중에서)

승용차로 등교하는 교사와 걸어서 등교하는 교사의 정서는 절대로 같을 수 없다는 주장은 정당하며 정치적으로 옳다. 그러나 곧 그것이 실천적 현실에서 얼마나 짜증나고 귀찮은 덕목인지 고백한다. 그 고백은 변명이나 자기 합리화의 하소연이 아니다. 그는 자신이 고결한 자가 아니라, 현실적으로 "쪼잔한" 인간임을 드러낸다. 정의감과 도덕성을 가진 교사를 보여주고자 했던 비장함은 "왜 여깄슈" "차 읎슈"라는 개구진 제자들이 득실대는 터미널 풍경과 함께 해학의 영역으로 넘어간다. 고결하고 엄숙한 선생님은 단번에 터미널이라는 현실의 영역에서 해학적으로 일그러진다. 그의 아름답고 쓸쓸한 실패담은 그래서 더 빛을 발한다.

그의 실패담이 유쾌하고 낙관적이고 현장감을 갖는 이유는 바로 그의 독특한 모랄에 있다. 그의 모랄은 거대담론을 비껴간다. 타자성, 도덕성, 반자본주의, 반문명, 휴머니즘 등등 현대를 가로지르는 담론과는 일정한 거리를 두고 있다. 물론 그의 모랄은 타자적이고, 도덕적이고, 반자본주의적이고, 반문명적이고, 휴머니즘적이다. 그러나 그 영역의 중심을 비껴간다. 그는 타자적이려 하고, 도덕적이려 하고, 반자본주적이려 하고, 반문명적이려 하고, 휴머니즘적이려고 할 뿐이다. 이것들에 대한 그의 태도는 거의 강박적이기 조차하다. 그러나 그는 거기에 도달하려다 실패한다. 그 실패까지를 보여준다. 실패에 대한 아픈 상처를 기억의 형식으로 불러오고 그것을 현재에 배접한다. 그리고 다시 시도하고 다시 실패한다. 그의 모랄은 실패까지 포함된 인간적 삶의 영역에 있기 때문이다. 실패한 윤리, 실패한 희망, 실패한 성공, 실패한 사랑이 그의 독특한 모랄의 영역이다. 그는 이 모든 실패를 사랑한다. 그래서 실패의 기억을 이처럼 알뜰하고 애틋하게 불러 모으고 있지 않은가!

3. 사랑한다고 전해 줘.

아도르노가 "세상의 틈과 균열을 까발려 왜곡되고 낯설어진 모습을 들추어내는 관점"을 구원의 관점으로 여겼다면, 강병철은 "동질감과 안도감으로 눈시울이 짠해"질만큼 "네놈과 치킨 다리 씹으면서 동병상련으로 사랑"(「꼴찌에게 갈채를」)하는 태도를 구원의 관점으로 삼는다고 앞에서 말했다. 그의 사랑은 세상의 아픔과 나의 아픔을 동일시하는 데 있다. 이른바 상처의 연대와 상처의 공동체를 꿈꾼다. 세상의 아픔과 나의 아픔을 동일한 것으로 여기는 것이 그의 사랑이라면, 동일화의 방식에도 여러 가지가 있을 수 있겠다. 나를 중심으로 세계를 동일화할 것인가, 세계를 중심으로 나를 동일화한 것인가의 문제들. 강병철은 자신의 상처 쪽으로 세계를 가져오지 않고, 세계의 상처쪽으로 다가간다.

"선생님 꼴찌했다."

자신만만한 고백에 아이들이 '와—' 웃음꽃을 터뜨린다. 들국화 쑥부쟁이 살사리꽃 꽃사태로 온갖 향기가 몸을 적신다. 그 선생에 그 제자는 동질성과 안도감으로 눈시울이 짠해진다.

"힘 내유."

동규가 어깨를 주무른다. 손가락 힘이 너무 강해 우두둑 뼈가 아프다. 씨름판에서 다섯 명째 메다꽂던 악력의 손마디다. 그러거나 말거나 듬직한 제자에게 어깨를 맡기면서 편안한 몸 냄새에 젓는다. 잠들고 싶다. 이대로 꿈결에 취해 잠들고 싶다. '네놈과 치킨 다리 씹으면서 동병상련으로 사랑하리라' 그렇게 다짐하면서 얼마나 설레었는지 모른다.

(「꼴찌에게 갈채를」 중에서)

꼴찌임을 숨기지 않고 "자신만만하게 고백"하자 순간 상처의 공동체가 작은 교실 안에서 실현된다. 그 동질성은 안도감과 함께 동병상련의 사랑을 구현한다. 세계의 상처 쪽으로 자신의 상처를 보여주고 슬그머니 그쪽으로 삼투하는 방식이다. 동일화의 사랑이 자기중심적 폭력으로 기울지 않는 이유가 여기에 있을 것이다.

또한 강병철의 사랑은 쑥스러움과 쭈뼛거림과 두려움으로 어눌하다. 사랑을 표현하는 방식에 한해서 그렇다. 친구의 딸이면서 제자인 '숙희'(「사랑한다고 전해 줘」)에게 아빠의 사랑을 전할 때를 보라. 그는 부끄러움과 두려움으로 사과 두 알을 반들거리게 닦아 쭈뼛쭈뼛 '숙희'의 교실을 찾아간다. 그리고 간신히, 아주 간신히 말한다. "너를 사랑한대."

어쩌면 "너를 사랑한대"라고 전달되는 이 말이 그의 사랑 고백일지 모른다. 자신의 사랑을 슬쩍 얹어, 아무렇지 않게, 그러나 쑥스러워하며 전하는 이 말은 특별하다. 강병철의 첫사랑 쌘뽈여고에서 자습시간이 끝나가는 무렵 제자들을 위해 어깨를 움츠리며 불러주었던 노래들이, 신동엽 시비 앞에서 읽어주었던 시들이, 똥물을 뒤집어쓰며 농성을 벌이는 여공에 대해 말해주면서 제자들의 상처를 염려하던 그 눈빛들이, 마지막 수업을 하면서 "공부 열심히 하세요"라는 떨리던 목소리들이 모두 "너를 사랑한대"라는 말이었을지 모른다. 한 번도 "너를 사랑한다"라고 힘주어 말하지는 않았지만, 우리들에게 보여주었던 모든 모습들은 떨리는 사랑 고백이었다고 생각된다.

가끔, 쭈뼛거리며, 쓰뭉하니, 별일 아닌 척, 강병철은 우리에게 다가올 것이다. 그리고 말할 것이다. 너를 사랑한대.